KB209783

2024 부산아동문학인협회 우수동화선집

생각을 훔쳐보고 있다

2024 부산아동문학인협회 우수동화선집

생각을 훔쳐보고 있다

2024년 11월 20일 1판 1쇄 인쇄 / 2024년 11월 30일 1판 1쇄 발행

지은이 박미경 외 / 엮은이 부산아동문학인협회 / 펴낸이 임은주
펴낸곳 청개구리 / 출판등록 2003년 10월 1일 제2023-000033호
주소 (12284) 경기도 남양주시 다산지금로 202 (현대 테라타워 DIMC) B동 3층 17호
전화 031) 560-9810 / 팩스 031) 560-9811
전자우편 treefrog2003@hanmail.net
네이버블로그 청개구리출판사
인스타그램 treefrog_books

부산아동문학인협회 회장 박선미
편집위원 임순옥, 김나월, 박미경, 강기화, 황선애, 정영혜, 랄라, 임은자

북디자인 서강 / 일러스트 이영아
출력 우일프린테크 / 인쇄 하정문화사 / 제책 정성문화사

책값은 뒤표지에 있습니다.
잘못 만들어진 책은 바꾸어 드립니다.
지은이와의 협의에 의해 인지를 붙이지 않습니다.

ISBN 979-11-6252-140-3 (73810)

● KC마크는 공통안전기준에 적합하였음을 의미합니다.
● 이 책은 친환경 재생용지를 사용해 제작하였습니다.

부산광역시 BUSAN METROPOLITAN CITY 부산문화재단 BUSAN CULTURAL FOUNDATION
이 도서는 2024년 부산광역시, 부산문화재단 〈부산문화예술지원사업〉으로 지원을 받았습니다.

2024 부산아동문학인협회 우수동화선집

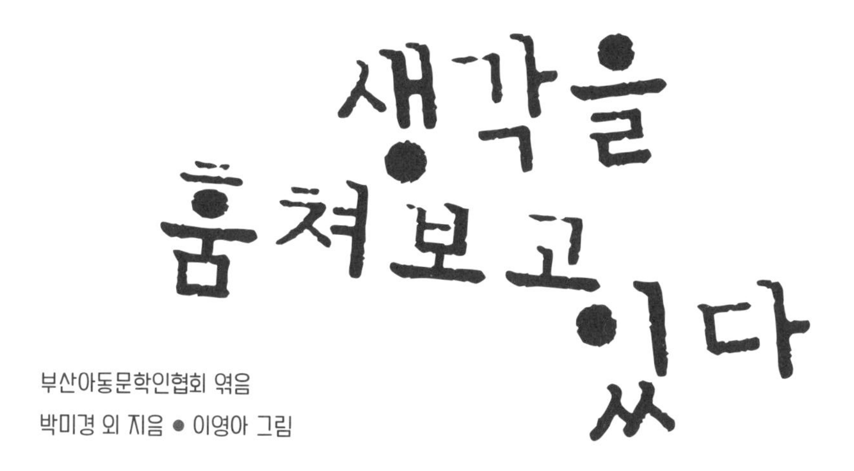

부산아동문학인협회 엮음

박미경 외 지음 ● 이영아 그림

청개구리

'우리'라는 이름으로

김나월

부산아동문학인협회 부회장

부산아동문학인협회 회원들은 본 협회를 칭할 때 우리 협회라고 부릅니다.

우리라는 글자의 '리'에 액센트를 두면 말하는 이가 자기와 듣는 이를 포함한 여러 사람을 가리키는 말이 됩니다. 내 것이 아닌 모두의 것, 나도 포함된 무리, 우리.

그런데 우리의 '우'에 액센트를 두면 울타리라는 뜻을 가진 말이 되지요. 울타리는 안과 밖을 경계 짓는 테두리입니다. 여기서 우리라고 하면 울타리 안에 있는 내가 포함된 어떤 집단 단체라는 뜻인데, 그러고 보면 부산아동문학인협회는 참으로 단단하고 따뜻한 부산의 아동문학가들의 울타리, 우리 협회인 것 같습니다.

이번 여름, 우리는 에어컨 열기가 대지를 더욱 뜨겁게 한다는 걸 알면서도 찬바람을 쏘아주는 에어컨을 사랑할 수밖에 없는 폭염의 시간을 견디었습니다. 에어컨을 켜면서도 일회용품을 안 쓰려고 나름의 노력들을 했을 것입니다. 지구가 보내는 신음소리가 고통스럽게 들렸으니까요. 지난한 여름을 힘들게 밀어내고 그렇게 기다리던 가을은 폭우와 함께 성큼 다가왔습니다. 발간사를 쓰는 이 즈음, 맑고 푸른 가을 하늘을 보며 새삼 감사하는 일상을 보내고 있습니다.

올해도 우리 부산아동문학인협회 이름으로 꽤 많은 결실들을 맺었습니다.

어린이날에 열리는 〈부산아동문학 페스티벌〉이 예년과 같이 다양한 프로그램으로 어린이들과 만나서 동시 · 동화의 한마당을 펼쳤습니다.

협회와 교육청이 연계하여 진행하는 프로그램인 '작가와 함께하는 행복한 글쓰기'와 '학교로 찾아가는 사람책 도서관', '지역 연계 책 쓰기 동아리'를 통해 많은 어린이들을 만났고, 부산시에서 주관하는 〈2024 가을독서문화축제〉에 우리 작가들 책이 전시되어 독자들에게 다가갔습니다. 작년에 처음 시행되었던 '소외계층 어린이를 찾아가는 동시 · 동화 이야기'도 성공적으로 잘 치러졌습니다.

또한 회원들의 작품집 출간 소식과 수상 소식이 연일 단톡방을 뜨겁게 달

구었고, 전국에서 많은 독자들을 만나는 회원들의 책 소식을 들으며 우리는 함께 기뻐했습니다.

변함없이 우리 협회는 연간집을 발간합니다. 작년에 이어 동시와 동화를 나누어 두 권으로 내며 동시 68편, 동화 41편을 수록하였습니다.

이번에는 특집을 조금 새롭게 선보입니다. 두 분 선생님께서 회원들의 작품을 미리 읽고 평론을 썼습니다. 박일 선생님의 동시 평론 「동심의 정신, 동시의 표현」이 동시집에 실리고, 김문홍 선생님의 동화 평론 「동화의 정원에 핀 꽃들의 갖가지 향기」가 동화집에 실렸습니다. 작품과 함께 평론을 읽는 즐거움도 즐길 수 있을 것입니다.

부산아동문학인협회는 '우리'라는 이름으로 계속 발전하고 결속될 거라 믿습니다. 그러기 위해 열심히 뛰고 있는 집행부 여러분의 수고에 감사드립니다. 연간집에 그림으로 수고를 아끼지 않은 김동영, 이영아 회원님도 말할 수 없이 고맙습니다. 청개구리 출판사의 노고가 더해진 연간집이 선물처럼 모두에게 다가가기를 바랍니다.

한강 작가의 노벨문학상 수상이 가슴 벅차게 다가왔습니다.

아동문학 분야에서도 언젠가 노벨문학상 수상 작가가 탄생하기를 즐겁게 소망해 봅니다.

차례

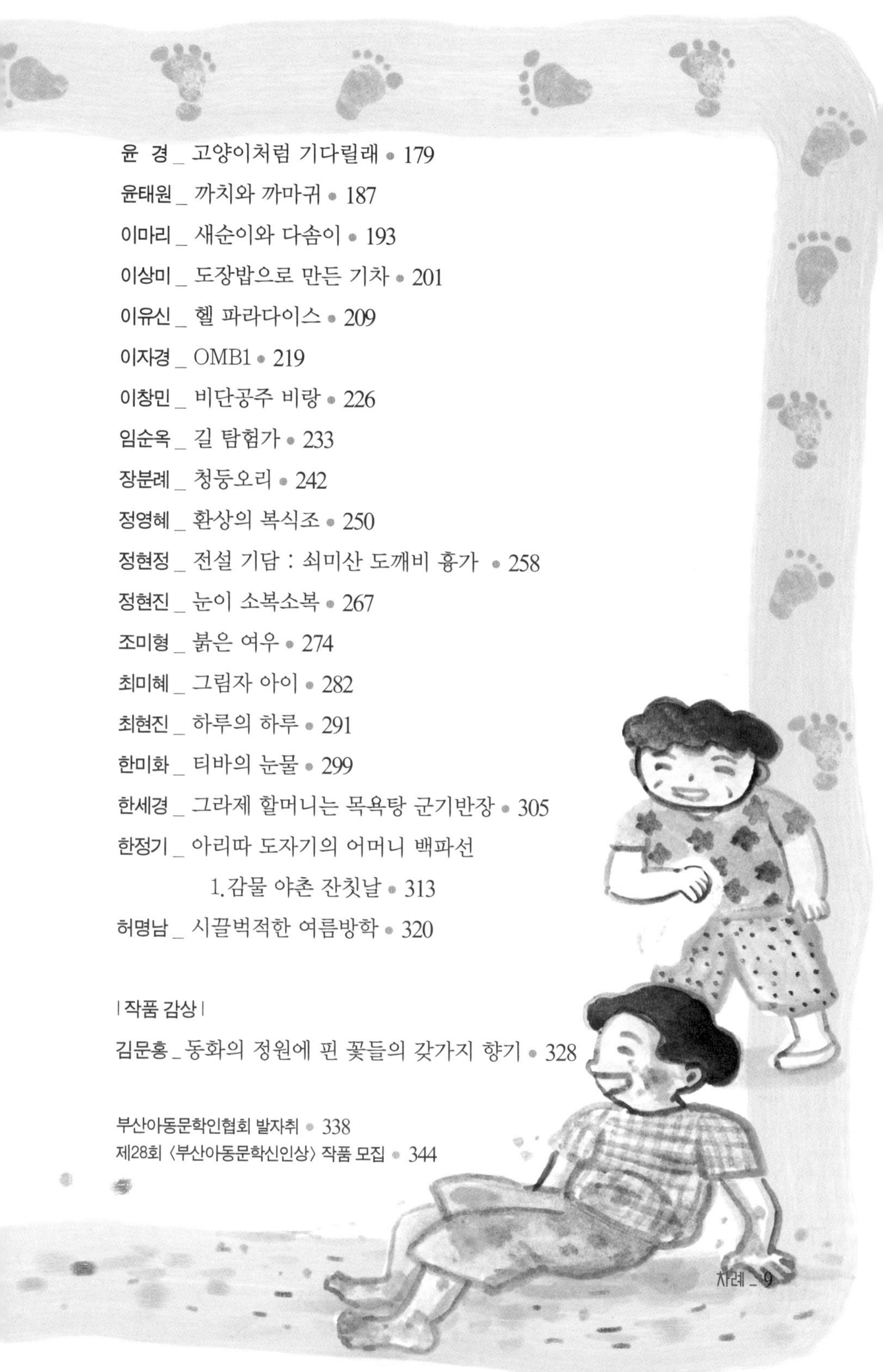

| 작품 감상 |

2024 부산아동문학인협회 우수동화선집

생각을 훔쳐보고 있다

나는야 행복한 냄새

고훈실

"뭐야, 이 쿰쿰 꼬릿꼬릿한 건."

"윽! 지독해."

냄새들이 인상을 찌푸리며 청국장 냄새인 꾹이를 째려보았어요.

꾹이는 지하철 의자 속으로 후다닥 숨었어요. 나쁜 냄새 중에서도 특히 꾹이는 더 구박을 받았어요. 골이 지끈지끈해지는 냄새라며 냄새끼리도 싫어했거든요.

지하철 안에는 정말 많은 냄새들이 살고 있어요. 사람들이 좋아하는 냄새는 활개치며 돌아다니지만 꾹이처럼 싫어하는 냄새는 구석이나 바닥에 웅크린 채 눈치를 보지요.

신발 고린내, 떡진 머리 냄새, 찌개 냄새, 땀 냄새, 입 냄새들은 모두 몸이 넙치처럼 납작하고 눈이 한쪽으로 쏠려있어요.

"킁킁. 어디선가 좋은 냄새가 나."

의자에 앉은 아이가 꾹이 냄새를 쫓아 두리번거렸어요.

'내, 내가 좋은 냄새라고?'

꾹이는 가슴이 마구 뛰었어요. 좋은 냄새라는 말을 처음

들었거든요.

하얀 원피스에 보라색 가방을 맨 여자아이는 초등학생으로 보였어요.

'나도 좋은 냄새가 될 테야.'

꾹이는 결심했지요. 지하철 안에서 구박덩어리로 사느니 그 아이를 따라가 좋은 냄새가 되겠다고요.

꾹이는 냄새들에게 자기 생각을 털어놨어요.

"청국장 냄새는 죽었다 깨어나도 좋은 냄새가 되기 어렵지."

"그럼. 그냥 여기서 적당히 눈치 보며 사는 게 제일이야."

나쁜 냄새들이 손사래 치며 말렸어요.

"하지만……."

그 사이 여자아이가 내리려 일어났어요. 꾹이도 아이를 따라 후다닥 나서려 했지만 냄새들 말이 뒤통수를 잡아 당겼어요.

'어쩌지?'

갈팡질팡 하는 사이 지하철 문이 코앞에서 닫히고 말았어요.

아이는 차창 밖으로 멀어져갔지요. 꾹이는 동동거리며 바라볼 수밖에 없었어요.

깊은 밤. 신발 고린내 아저씨가 시무룩한 꾹이한테 다가왔어요.

"네가 원하면 가는 거야. 다른 걱정은 말고."

늘 말이 없던 고린내 아저씨가 꾹이 어깨를 다독였어요.

"지금 바로 가."

고린내 아저씨가 틈새를 찾아 주었어요. 꾹이는 좁은 문틈으로 겨우 빠져 나왔어요. 차가운 새벽바람이 꾹이를 매섭게 할퀴었죠. 늘 따뜻하던 지하철 안이 떠올라 눈물이 날 뻔했어요.

버스 정류장에 사람들이 보였어요. 꾹이는 꽃무늬 스카프를 두른 아주머니에게 다가갔어요. 그 아이의 엄마일지도 모르잖아요.

"새벽부터 뭔 냄새야."

아주머니는 인상을 찌푸리며 손을 휘저었어요. 꾹이는 바닥으로 나동그라졌지요. 차들이 꾹이 위로 쌩쌩 지나갔어요.

"으악!"

하마터면 몸이 몇 동강 날 뻔 했어요.

납작해진 꾹이는 절뚝거리며 겨우 길 밖으로 나왔어요.

바깥 세상은 꾹이가 생각했던 것보다 훨씬 무서웠어요.

"그러게 내가 뭐랬니?"

"모험은 아무나 하는 게 아니야."

지하철 냄새들의 비웃는 소리가 바로 옆에서 들리는 듯했죠.

꾹이는 축 처져 길가에 앉아 있었어요. 납작한 몸이 자꾸 접혀 더 처져 보였죠. 그때 누군가 꾹이 앞으로 왔어요. 온몸이 누런 썩은 치즈냄새였어요.

"너, 갈 데 없지. 나 따라 갈래?"

치즈 냄새는 따라오라는 시늉을 했어요. 꾹이는 잠시 망설였지요. 하지만 그 아이를 찾으려면 어디든 가야 할 것 같았어요.

치즈 냄새를 따라 간 곳은 음식쓰레기통이었죠. 파란 통 안에 음식 쓰레기가 그득하고 그 위로 파리 떼가 어지러이 날고 있었어요.

'여기엔 그 아이가 올 것 같지 않아.'

꾹이는 껄렁거리는 냄새들 사이를 비집고 밖으로 나가려했어요.

"잘난 척 하기는. 너나 우리나 지독한 냄새인 건 마찬가지잖아."

생선 썩은 냄새가 시비를 걸었어요. 검푸르딩딩한 얼굴에 날카로운 이빨이 금방이라도 꾹이를 물어뜯을 것 같았어요.

"난 찾는 아이가 있어. 여긴 그곳이 아니야."

말이 채 끝나기도 전에 생선 썩은 냄새가 꾹이를 향해 다가왔어요. 그때 흰나비 한 마리가 팔랑거리며 날아왔어요.

꾹이는 나비에게 급히 사정했어요.

"나 좀 태워줘."

팔랑거리던 나비가 꾹이 옆으로 왔어요.

"그럼 넌 뭐해 줄 건데?"

"뭐든 도울게."

흰나비는 꾹이를 태우고 하늘로 높이 올라갔어요. 생선 썩은 내가 이빨을 딱딱 부딪히며 노려봤어요.

흰나비는 음식쓰레기와 한참 떨어진 옥상에 꾹이를 내려놓았지요. 꾹이는 흰나비에게 보답하고 싶었어요.

"네가 우리 곁에 있어주면 돼."

나비들은 꽃향기만 좋아하는 게 아니에요. 콤콤한 냄새도 좋아해서 가끔 외식하듯 꾹이 같은 냄새를 찾기도 하지요.

"좋아. 하룻동안 여기 있을게."

꾹이는 흰나비와 그 친구들이 사는 옥상 배추밭에서 맘껏 냄새를 풍겼어요.

"하루는 너무 짧아."

"맞아. 이 신비한 냄새를 며칠은 맡아야지."

나비들은 대롱을 펼쳐 꾹이를 맡았어요. 간질간질해서 꾹이는 웃음이 빵 터졌어요.

밤이 되었어요. 고슴도치처럼 뾰족한 가시를 단 바람이 거세게 불어오기 시작했어요. 잠자던 나비들이 모두 일어나 몸을 부르르 떨었어요.

"날파람이야. 모두 배춧잎 꼭 붙잡아."

대장 나비가 소리쳤어요. 곧 배춧잎이 찢겨 나가고 옥상에 있는 물건들도 이리저리 마구 날렸어요.

빨래 뒤에 숨은 꾹이도 붕 떠올랐지요. 꾹이는 정신을 차릴 수가 없었어요.

"뭐야! 으 지독한 냄새."

소용돌이치던 바람이 꾹이를 아래로 내팽개쳤어요.

"으아아아."

꾹이는 떨어지면서도 붙잡을 것을 찾았어요. 마침 가지를 활짝 펼친 전나무가 보였어요. 꾹이는 나뭇가지를 향해 팔을 뻗었어요. 하지만 팔이 짧아 닿지 않았죠. 꾹이는 뱅글뱅글 돌며 아래로 푹 처박혔어요. 나무가 드문드문 서 있는 동네 공원이었지요.

꾹이는 죽은 것처럼 보였어요. 꼼짝도 안 했거든요.

"킁킁. 무슨 냄새지?"

길고양이가 앞발로 꾹이를 톡톡 건드렸어요. 그 바람에 꾹이가 정신을 차렸지요. 눈을 떠보니 노란 고양이 눈이 꾹이를 쳐다보고 있어요.

"괜찮아? 너 어디서 맡은 거 같은데."

꾹이는 겨우 몸을 일으켰어요. 하지만 걸을 수는 없었어요.
"거기에 데려다줘. 부탁이야."
꾹이는 고양이 등에 얹혔어요. 자기 냄새가 나는 곳이 궁금했거든요.
얼마쯤 가자 하얀 개와 여자아이가 벤치에 앉아있는 게 보였어요.
"음. 저기였어."
고양이는 개 앞에 꾹이를 내려놓았어요.
"진짜 맞아?"
꾹이는 믿기지 않아 재차 물었죠. 그때 여자아이가 소리쳤어요.
"킁킁, 우리 설탕이 꼬소한 발 냄새네. 아이 좋아."
꾹이는 놀라 거꾸러질 뻔 했어요. 이제껏 청국장 냄새인 줄 알았는데 개 발 냄새였거든요.
여자 아이는 코를 벌름거리며 꾹이를 맡고 또 맡았어요. 더 이상 나쁜 냄새가 아니라 좋은 냄새가 된 거에요.
꾹이는 꽃모양의 개 발바닥에 착 달라붙었어요. 여자아이가 개를 꼭 안았죠.
"아, 행복해."
꾹이는 입꼬리를 한껏 올리며 말했어요. 아픈 것도 힘든 것도 설탕처럼 사르르 녹아내렸거든요.
봄볕에 데워진 바람이 따스하게 꾹이를 스치고 지나갔어요.

고훈실
2023년 《불교신문》 신춘문예 당선

까치와 진주

권옥숙

"안녕하세요? 우리는 어제 결혼했답니다!"

"아, 결혼이요! 정말 축하합니다!"

감나무 우듬지 밑에 까치들은 보금자리를 지었습니다. 집은 동그마니했습니다.

어느 날, 까치 집에는 귀여운 아가들이 태어났습니다.

"까치님, 예쁜 아가들 보고 싶어요!"

날마다 저 먼 길만 보던 진주는 이제 지붕 위에서 까치 집만 보고 있습니다.

아가 까치들은 아빠가 잡아 온 먹이를 먹고 엄마 품에서 쌔근쌔근 잤습니다.

까치 가족들을 보니 진주도 해별네 집에 있는 엄마가 그리웠습니다.

진주가 차를 타고 올 때 엄마는 컹컹, 울며 한참을 따라왔습니다.

엄마가 보고 싶어 진주는 지붕 꼭대기에 올라가 살았습니다. 하지만 떠나온 집은 보이지 않았습니다.

지붕을 떠나지 않자 교장 할아버지는 위험하다고 널빤지를 가져와 지붕

위를 평평하게 해 주었습니다.

엄마 까망을 똑 닮은 진주를 보내며 해별 할머니가 말했습니다.

"꼭 순종 삽살개와 결혼을 시켜! 그리고 새끼 낳으면 한 마리 줘야 해!"

"약속할게."

윤지 할머니가 웃으며 대답했습니다.

해별네 집에서는 엄마랑 개구리도 잡고 뱀도 잡으며 하루를 보냈습니다.

윤지네 집에서는 기둥을 세우고 공중에 매단 철사를 따라, 왔다 갔다 하며 살았습니다.

"윤지야, 삽살개 이름을 한 번 지어봐!"

"제가요?"

윤지는 며칠간 곰곰이 생각하다가 이렇게 말했습니다.

"이 개의 커다란 눈 색깔은 까맣고도 빛이 나요! 마치 엄마의 진주 목걸이처럼 말이에요."

"그래서?"

"진주, 진주가 어떨까요?"

교장 할아버지는 고개를 끄덕이며,

"호, 정말 멋진 이름인데!" 하셨습니다.

"윤지는 표현력이 정말 뛰어나구나! 듣고 보니, 우리도 '진주'가 마음에 쏙 드는구나."

할머니와 엄마, 교장 할아버지는 윤지에게 엄지척을 해 주었습니다.

해별네 집에 살 때 꼬꼬 아줌마는 말했습니다.

"애는 까망 씨랑 눈이 똑 닮았어. 까만 저 눈동자라니!"

"떠나간 아이들도 다 예뻤지요, 꼬꼬 님."

까망은 진주의 몸 여기저기를 핥아 주었습니다. 진주의 은빛 털은 빛나고 고왔습니다.

“왜 강아지들은 함께 살지 못할까요?”

“정말 왜 그럴까요?”

까망이 슬퍼했습니다.

“고양이도 함께 살고 우리도 같이 사는데…….”

꼬꼬 아줌마는 한숨을 쉬었습니다.

“어떻게 하면 진주랑 오래 살 수 있을까요?”

“그걸 제가 어떻게 알겠어요.”

꼬꼬 아줌마는 팔짱을 끼고 심각한 얼굴이 되었습니다.

“하지만 할머니 마음을 기쁘게 해드리면 또 모르죠.” 했습니다.

“아, 참 좋은 생각이에요!”

꼬꼬 아줌마와 까망은 어떻게 하면 할머니를 기쁘게 할 수 있을까, 날마다 골똘히 생각했습니다.

그러던 어느 날이었습니다.

“아니, 요놈들이 또 전깃줄을 갉아 먹었네! 벌써 몇 번째야? 아니, 이 고양이 놈들은 다 어딜 갔누! 쥐를 잡지는 않고 밥만 축내고 있잖아!”

꼬꼬 아줌마와 까망은 드디어 할머니를 기쁘게 할 일을 찾아 얼싸안았습니다.

까망은 쥐를 잡아 할머니가 나오시는 문 앞에 두었습니다.

“아니, 여기다 쥐를 잡아다 놓은 게 누구야!”

까망은 다음 날도 쥐를 잡아다 놓았습니다.

“아니, 우리 집에서 누가 이런 기특한 일을 하는 게야!”

꼬꼬 아줌마와 까망은 숨어서 웃었습니다.

다음 날, 까망이 쥐를 놓는데 갑자기 현관 불이 확 켜졌습니다.

“까망아, 너였구나! 아이구, 고마워라!”

어느 곳이라도 전깃줄이 벗겨져 있으면 정말 위험합니다. 고양이를 키웠던 것은 쥐를 잡기 위함이지만 마침내 까망이가 쥐를 잡아 칭찬을 들었습니다.

"까망아, 새끼 입양 보내서 미안하다."

해별 할머니가 까망의 등을 쓰다듬으며 말했습니다.

"낑낑, 낑낑."

할머니 손을 핥으며 까망이 울었습니다.

"내 약속하마! 진주는 꼭 같이 살자. 할미가 약속할게, 응."

꼬꼬 아줌마가 옆에서 톡 쏘는 말투로 말했습니다.

"할머니, 그때 까망이 털 다 빠졌잖아요! 그러니 꼭 약속을 지켜주세요!"

약속은 정말 소중한 것입니다. 까망은 할머니의 말을 들으니, 이제 안심이 되었습니다. 진주는 엄마 까망과 오래오래 살 수 있게 됐습니다.

까망은 아가들이 떠날 때 차를 따라가며 크게 울었습니다.

하지만 아가들은 계속 입양돼 떠났습니다. 네 마리의 아가들은 다 어디로 갔을까요.

햇살이 화창한 어느 날이었습니다. 하얀 차 한 대가 농장으로 천천히 왔습니다. 차에서 내린 사람은 해별 할머니의 오랜 친구 윤지 할머니였습니다.

고목 매실나무 옆에서 세 사람은 차를 마셨습니다.

윤지 할머니는 진주를 보고 다가가서 가만히 쓰다듬었습니다.

문득 해별 할머니가 부엌으로 가서 무언가를 들고 까망을 불렀습니다.

"까망아, 이거 먹어라."

까망은 꼬리를 흔들며 달려갔습니다.

윤지 할머니가 진주를 가만히 안았습니다. 교장 할아버지는 차의 시동을 걸었고요. 그렇게 윤지 할머니의 차는 먼지를 일으키며 농장을 빠져나갔습

니다. 꼬꼬 아줌마와 꼬꼬들, 고양이들이 점점 눈앞에서 사라지는 차를 보고 있었습니다.

뒤늦게 까망은 헐레벌떡 뛰었습니다. 하지만 진주를 태운 차는 저 멀리 가버렸습니다. 그래도 까망은 "컹컹!" 울며 계속 달려갔습니다.

"진주야, 집 잘 봐!"

교장 할아버지가 여행을 떠나며 진주를 보고 당부했습니다. 모두 서울로 떠나버린 집은 고요했습니다. 어디선가 소쩍새가 "소쩍소쩍" 울었습니다.

진주는 널빤지 위에서 감나무 위 까치 집을 바라봤습니다. 모두 잠이 들었는지 조용합니다. 새끼 까치들은 훌쩍 자라 곧 둥지를 날아갈 만큼 컸습니다. 윤지네 집에 온 뒤 홀로 있기는 처음입니다.

그때였습니다. 진주가 있는 곳으로 검정 개 한 마리가 나타났습니다.

진주는 재빨리 널빤지 위에서 내려왔습니다. 어둠 속에서 아름다운 진주의 눈이 반짝 빛났습니다.

진주는 하늘을 향해 큰 소리로 컹컹, 컹컹! 짖었습니다.

그러자 검정 개도 잠시 멈춰서서 큰 소리로 컹컹, 컹컹! 짖었습니다.

늘 엄마를 그리워하던 외로운 진주한테 친구가 생겼네요.

둥근 달님이 온 마당을 환하게 감싼 고요한 밤이었습니다.

권옥숙
2023년 《부산문협 문학도시》 8월 동화 신인상 등단
《영호남문협》 봄호 수필 신인상 당선
2024년 부산여성수필문협 부회장

어느 날 고양이가

김경순

밤새 울던 고양이는 새벽이 되도록 끝없이 울었어요.

시끄러운 소리에 잠이 깼어요. 나는 마당에 나가봤어요. 고양이가 발자국 소리에 놀란 듯 대문 쪽을 향해 후다닥 달아났어요. 뒷모습만 봤지만 우리 집에 가끔 오던 새까맣고 하얀색이 섞인 조그만 고양이였어요.

"새끼 고양이가 또 왔네!"

나는 대문 밑으로 빠져나가는 고양이를 그렇게 몇 번이나 봤어요.

아침에 학교에 가려고 현관문을 여는데 야옹거리며 앉아 있는 까만 고양이가 있었어요. 생선 구운 냄새가 나서 온 것 같아요.

"아빠, 새벽에 새끼 고양이가 오더니, 아침엔 이 고양이가 왔네요. 새끼 고양이는 통통하던데, 이 고양이는 잘 먹지 못하나 봐요. 몸이 바짝 말랐는데요."

"걔들은 우리 생각과 다르게 잘 먹으면서 다닐 거야. 왜냐하면 여러 곳을 찾아서 먹으니까."

엄마는 도리어 나랑 생각이 달랐어요.

"쓰레기봉투 뒤지며 음식을 찾는 거 보면 꼭 그렇지는 않는데."

아빠는 엄마를 향해 말했어요.

"오늘은 이 고양이가 도망가질 않네요! 엄마, 생선구이 남은 거 있어요? 고양이한테 주면 좋겠어요!"

내가 고양이 등을 만지려고 하자 고양이는 몸을 뒤로 슬그머니 뺐어요.

"알았어. 너 안 만질게."

등교하려다가 다시 주방으로 가 엄마에게 생선구이를 받아서 잘게 뜯어서 주었어요.

"이야옹, 야옹."

고맙다는 듯 날 보고는 허겁지겁 생선을 먹기 시작했어요. 그런데 몇 토막은 먹지를 않고 나를 빤히 보고 있었어요.

"왜 다 안 먹어? 다 먹어."

나는 생선구이를 고양이 가까이에 밀어 줬는데, 고양이는 갑자기 생선구이 토막을 입에 물고 후다닥 담장 쪽으로 뛰어갔어요. 나는 놀라서 움찔했어요.

"엄마, 아빠 학교 다녀오겠습니다."

까만 고양이는 부쩍 우리 집에 자주 왔어요. 가끔 새까맣고 하얀 고양이가 왔는데 그 둘은 어미와 새끼 고양이인 것 같다고 아빠는 말했어요. 어쩌다 까만 고양이가 보였다가 안 보이면 궁금해지기도 했어요. 그래서 고양이가 오면 그렇게 반가울 수가 없었어요.

아빠는 캔으로 된 고양이 먹이를 사와서 주곤 했어요.

"여보, 고양이 사료까지…… 언제까지 그러실 거예요?"

엄마는 별로 마음에 들지 않는다는 듯이 말했어요.

"우리 집에 오는 손님이잖아요. 손님을 그냥 보낼 수가 있나 원!"

아빠는 농담 섞인 말로 얼버무렸어요.

나는 고양이와 처음 만났을 때 무서웠어요.
고양이는 입을 확 벌리며 이상한 소리를 내며 위협했는데 자주 만나게 되니 그러지 않았어요. 그런데 먹이를 주면 그걸 먹고 획 등 돌리며 가버려요. 아주 가끔 새끼를 데리고 오는데 혹시 새끼에게 해코지 할까 봐 경계는 늘 해요.
어제는 문밖에 둔 쓰레기봉투를 고양이들이 죄다 뜯어 놓았어요. 엄마는 쓰레기를 치우느라 미국에 있는 외할머니의 전화를 바로 받지 못했다며 속상해했어요. 한참 후에야 전화 온 걸 알고, 외할머니와 통화는 했지만요.
"저 고양이들을 어쩜 좋아. 쓰레기봉투를 자주 뜯어 놓으니!"
엄마는 나랑 아빠가 들으라는 듯 고양이에게 신경쓰지 말라는 투로 아주 큰 소리를 쳤어요.
"사료를 사다 주면 뭐해! 재네들은 하고픈 대로 하는 걸. 난 고양이라면 딱 질색이야. 고양이를 기를 바에야 금붕어를 키우겠다."
엄마는 화가 많이 났어요.
"엄마, 아빠 저 고양이 기르고 싶어요."
"오민우! 고양이 때문에 어떤 일이 있었는지 안 보여? 엄마는 고양이 싫다잖아."
아빠는 엄마를 보며 조심스레 말을 했어요.
"안 돼. 길고양이는 집고양이가 될 수 없어. 집에서 주는 먹이만 먹는 것보다 늘 그렇듯 자유롭게 지내는 게 고양이를 정말로 아끼는 거야."
"아빠, 그래도 우리 집에서 기르면 쓰레기 뒤지는 일은 없을 건데요."
나는 눈물을 글썽이며 엄마를 봤어요. 엄마의 눈은 '절대로 안 돼.'라고 말하고 있었어요.

먹구름이 꼈나 했는데 밤부터 빗방울이 창문을 세차게 때렸어요. 그리고 천둥까지 쳤어요. 나는 게임을 신나게 하고 있는데 고양이 우는 소리가 들렸어요. 울음소리는 날카로웠어요. 그 울음소리가 어쩐지 슬프게 들렸어요.

'뭐지? 고양이 소리가 왜 그래?'

나는 현관문을 열어봤어요. 비를 맞고 우두커니 있는 까만 고양이가 눈을 깜박이며 나를 보고 있었어요.

"너 왔구나! 비 오는데 왜 여기까지 왔어? 배고파?"

비를 맞아 털이 몸에 붙어 고양이는 더 야위어 보였어요.

나는 냉장고에서 엄마가 김밥을 하려고 사다놓은 어묵을 뜯어서 줬어요.

그런데 고양이는 어묵 몇 조각을 물고 후다닥 가버리는 거였어요.

"야, 까망이!"

소리를 쳐 봤지만 까만 고양이는 들은 체도 안 했어요.

아침을 먹는데, 엄마는 김밥을 싸려고 한 어묵 봉지가 뜯어져 있고 몇 개가 없어졌다고 했어요.

"오민우, 혹시 어제 어묵 먹었어?"

엄마는 미심쩍은 얼굴로 나를 봤어요. 아빠도 나의 말을 기다리고 있었어요.

"엄마, 어젯밤에 비가 많이 왔잖아요."

"그래서?"

"고양이 울음소리가 나서 밖에 나가 보니까 까만 고양이가 비를 맞고 있었어요. 배고플까 봐 어묵을 좀 줬어요."

"우리는 못 들었건만 넌 어떻게 고양이 우는 소리도 잘 듣니?"

엄마는 별거 아니란 듯 툭 말을 던졌어요.

"민우가 고양이 먹이를 준 거네?"

아빠는 하하 웃으며 말을 했어요.

"그래!"

엄마는 별 말이 없었어요.

"까만 고양이가 빗물에 젖으니까 불쌍해 보였어요. 엄마, 아빠 그 고양이 키우고 싶어요. 고양이, 유튜브 보고 잘 길러 볼게요."

"집에서 기른다고 고양이가 행복하고 편하기만 한 건 아니야. 예전에 동물원에서 물개 쇼 봤지? 사람들은 물개 쇼를 보며 환호를 하고 물개를 대단하게 생각하지만 그 물개는 길들여지면서 얼마나 많은 고통이 있었겠니?"

엄마의 말은 하나도 틀리지 않았어요.

"그래, 길고양이는 제가 살고 싶은 대로 사는 게 맞아. 가고픈 곳, 먹고픈 것 찾아가면서. 동물은 그 습성대로 살아가는 게 맞아. 고양이에게 마음이 있음 사료를 주면 되고. 그 대신 집을 지어 주자. 그곳에 오면 고양이가 쉬어 갈 수 있잖아."

아빠는 멋진 생각을 했어요.

"아, 그것도 좋겠어요."

나는 환히 웃었어요.

"뭐 그건 나쁘지 않는데요."

엄마도 좋다는 표현을 했어요.

오랜만에 엄마와 나는 생각이 같았어요.

기다리던 토요일이었어요.

제법 크고 근사하게 아빠는 종이 박스로 튼튼하게 집을 만들고, 나는 그림을 그렸어요. 멋진 고양이 집이 되었어요. 바닥에는 이불을 깔아주고 지붕에는 두꺼운 비닐로 지붕을 덮어 주었어요.

나는 고양이가 이 집에 들어갈까 어떨까 하는 마음에 설렜어요.

"야옹. 야옹."

며칠 후 까만 고양이와 새끼 고양이가 왔어요. 나는 사료와 바나나와 물을 갖다 줬어요. 사료와 바나나를 맛있게 먹었어요. 고양이들은 한참을 서성이더니 마음에 들었는지 상자로 만든 집 안으로 들어갔어요. 그런 후 밖에 나갔다가 늦은 저녁에 들어왔어요.

"엄마, 고양이가 이제 자기 집인 줄 알고 오네요."

"여기가 편안하니까 왔겠지."

고양이는 사료를 주면 잘 먹었어요. 그래서 맛있는 간식도 냄새를 맡고 달라는 듯 "야옹" 하며 나를 봐요.

고양이가 오면 오는 대로, 가면 가는 대로 편안하게 지내도록 해줬어요. 나는 츄르를 사놓고 고양이를 기다렸어요. 츄르는 고양이가 가장 좋아하는 간식이라고 친구가 알려줬어요.

까만 고양이는 나가면 며칠째 들어오지를 않았어요. 그런 때는 낯선 고양이가 와서 사료를 먹고 가기도 했어요. 나는 어떤 고양이라도 사료를 잘 먹고 쉬다 가면 좋겠다고 생각을 하게 되었어요.

비가 올 때 까만 고양이가 제 집안에 들어가 있을 때는 그렇게 안심이 될 수가 없어요. 차츰 새끼 고양이는 전과 다르게 가끔씩 찾아 왔어요. 그리고 조금씩 몸집이 커져갔어요

고양이를 만난 지 이제 두 계절이 지나갔어요.

가만히 생각해보니 까만 고양이는 제 밥을 먹다가 생선 몇 토막과 어묵

조각을 물고 간 것은 새끼고양이 먹이로 주려고 했던 것이었나 봐요.

고양이 기르는 건 딱 질색이라며 싫어했던 엄마였는데, 어느새 엄마는 나보다 더 고양이를 살펴봐요. 사료를 전과 다르게 영양분 많은 것으로 사고, 캔으로 된 사료도 여러 가지를 사다 놓고 먹이를 주지요.

"고양이는 이 사료가 마음에 드나 봐. 닭고기 캔을 좋아해."

엄마는 흐뭇한 표정을 짓고 말을 했어요. 나도 기분이 좋았어요.

"제법 살도 토실토실 올라서 보기가 좋네. 고양이 눈도 예쁘고."

나는 엄마를 봤어요. 엄마는 아무렇지도 않은 듯 사료를 그릇에 부어주며 집안으로 들어갔어요.

'고양이는 츄르를 주면 제일 좋아하던데. 바나나도 계란도 잘 먹고, 사과도 잘 먹고. 참 귀엽다!'

츄르를 맛있게 먹던 고양이 모습이 생각나 나도 모르게 웃음을 지었어요.

그런데 이상해요. 까만 고양이는 집을 잠시 들렀다 사료를 먹는 둥 마는 둥 하고 나가는 거예요. 그러더니 이제는 한 달 반이 지났는데도 오지를 않아요. 어쩌다 낯선 고양이들이 찾아와서 사료를 먹고 가곤 하는데 그 까만 고양이는 오지를 않아요.

"고양이가 왜 안 올까요?"

나는 걱정이 되었어요. 가끔씩 봐도 그렇게 반가울 수가 없었는데 말이에요.

"뭐, 무슨 일이야 있겠어? 더 좋은 곳에서 살고 있을지 모르잖아."

엄마 아빠는 별일 없다는 듯 말했어요.

"까만 고양이는 길고양이니까 제가 살고픈 대로 사는 게 맞지."

엄마의 그 말은 오늘따라 나를 슬프게 해요. 이제는 까만 고양이를 볼 수가 없나, 하는 생각이 막 들어요.

그래도 고양이 집과 사료, 물을 치우지 못하겠어요. 언젠가 또 고양이가 올 수 있으니까요.

김경순
2000년《아동문예》문학상 등단.
작품집『꼬마 깨깨비』,『친구 사용 설명서』
부산시 교육청 한국어 강사

헐렁한 우정 반지

김나월

아파트 정문에서 예지를 기다렸다.

출근하는 어른들이 종종걸음으로 지나가고, 뛰어가는 아이들 모습이 보였다. 예지는 오늘도 늦을 모양이다. 부르르 전화기가 떨렸다. 아빠에게서 온 문자였다.

—아빠는 출근 중. 우리 하연이도 학교 갔지? 저번에 약속 못 지켜서 미안. 곧 만나자. 울 딸 보고 싶다.♡

아빠는 아침에 가끔 문자를 보낸다. 2학년 때부터 나는 엄마랑 둘이 산다. 아빠와 짝수 달에 한 번씩 만난 게 벌써 2년째다.

—나두♡

아빠에게 이모티콘까지 보내고 예지에게 전화했다.

"지금 엘베."

주변 사람을 의식한 듯 소리 죽인 예지 목소리가 들렸다.

"빨랑 와. 지각이야."

나도 목소리를 낮췄다. 115동에서 정문까지 오려면 한참 걸리는데, 시계를 보니 기다렸다가 가면 지각일 거 같았다.

"나 먼저 갈게."

후딱 톡을 날리고 뛰었다.

"안 돼! 같이 가."

예지의 다급한 목소리가 들렸다. 아니 들리는 것 같았다. 뛰다가 끼익, 걸음을 멈췄다. 저번에도 의리 없이 먼저 갔다고 예지가 삐지는 바람에 도리어 내가 미안하다고 말했던 기억이 나서다.

"아, 몰라. 내가 딱 오늘만 기다려준다."

끼고 있는 반지가 헐렁해서 다시 꼭 끼웠다. 마침 헉헉대며 뛰어오는 예지 손을 낚아채듯 잡고 뛰었다. 급하게 교실로 들어섰을 때, 기다렸다는 듯이 수업 시작종이 울렸다.

"휴—."

숨을 몰아쉬며 자리에 앉자마자 뒤를 돌아봤다. 예지가 하이파이브 하자는 듯 손을 흔들고 있었다. 나도 손을 번쩍 들었다. 공중에서 우리 우정 반지가 반짝반짝 빛났다.

예지와 친해진 건 4학년 올라오고 얼마 되지 않아서다.

"하연아, 같이 급식 먹으러 가자."

어느 날 예지가 내 팔짱을 끼며 다정하게 말했다.

예지는 통통하고 하얀 얼굴에 옷도 항상 예쁘게 입고 다녔다. 나는 귀찮아서 만날 같은 옷만 입는데 예지는 날마다 다른 옷을 입고 왔다. 입는 옷마다 잘 어울렸고 멋져 보였다. 목걸이와 귀걸이도 깔 맞춤 잘해서 친구들 부러움을 사기도 했다. 나는 그런 예지가 먼저 말을 걸어서 좋았다. 우리는 금방 절친이 됐고, 예지가 준비한 우정 반지에 나는 완전 감동했다.

그러던 어느 날, 예지가 나보고 새침한 얼굴로 따지듯 물었다.

"너, 오늘은 왜 내 옷 예쁘다고 말 안 해?"

"어? 어. 당연히 예쁘지. 그걸 꼭 말해야 하니?"

영어학원

내가 엄지를 세웠을 때, 예지가 환하게 웃으며 팔짱을 꼈다.

그날도 다른 날과 다름없었다.

3교시 마치는 종이 울리자마자, 나는 용수철처럼 튀어 올라 예지 자리로 갔다. 요며칠 우리는 보드게임에 푹 빠져 있었다. 내가 보드게임판을 펼치자 아이들이 주위로 모여들었다.

"오, 예! 두 칸 점프, 그러면 네 칸 간다."

예지는 '두 칸 더'에 흥분했다. 얼마나 흥분했는지 옮기려던 말이 바닥에 굴러 떨어졌다. 예지가 눈을 반짝이며 나를 바라봤다. 언제나 그랬던 것처럼 나는 잽싸게 말을 주워 예지 손에 건네주었다. 예지는 당연하게 말을 받아 제자리에 놓았다.

"예지가 흘렸는데, 꼭 네가 줍더라. 저번에 지우개 떨어진 것도 주워 주더니."

구경하던 혜성이가 불쑥 말했다. 마르고 키가 삐죽 큰 아이다.

"그게 왜? 아무나 주우면 어때서."

나는 아무렇지도 않게 말했다. 혜성이는 어깨를 한번 올렸다 내리며 제자리로 갔다.

"그치, 지가 뭔데."

예지가 자기 우정 반지를 내 우정 반지에 갖다 댔다. 나는 어깨를 으쓱하며 말에 집중했다. 잘 하면 이번에 승부가 날 수도 있었다.

"자, 내 차례다."

주사위를 너무 높이 던졌는지 내 주사위가 예지 발아래에 떨어졌다. 나는 주사위를 주우려다 말고 예지를 봤다. 예지 눈이 묻고 있었다. '왜? 안 주워?' 나는 갑자기 장난기가 돌았다.

"주사위."

나는 항상 예지가 하던 것처럼 손가락으로 바닥에 떨어진 주사위를 가리켰다. 예지는 영문을 모르겠다는 듯 눈만 깜박였다.

'어휴, 내가 뭘 바래.'

나는 한숨을 쉬며 뻗었던 손가락으로 얼른 주사위를 집어 들었다. 그 바람에 헐렁한 반지가 아래로 흘러내려 빠질 것 같았다. 나는 반지를 다시 꼭 끼웠다.

보드게임에서 내가 이겼다. 웃으며 보드판을 챙기는 나에게 예지가 뭔가 할 말이 있는 것 같았다. 져서 속상해서 그럴 거라 생각했다. 역시 게임은 이겨야 제맛이다. 나는 콧노래를 부르며 내 자리로 왔다.

4교시 마치고 급식실 가면서 예지가 바짝 몸을 붙였다.

"그런데 있잖아."

목소리가 은근하다. 이렇게 착 달라붙을 때는 누군가가 불편하다는 거다.

"재, 혜성이 진짜 이상하지?"

"혜성이가 왜?"

"내가 싫은가 봐. 아까 우리 보드게임할 때 말이야. 네가 왜 내 말을 집느냐고 그랬잖아?"

예지는 그게 내내 걸렸던 모양이다. 한 시간 전 일이라서 난 까맣게 잊고 있었는데.

"그전에 내가 재활용 버리러 갈 때도 그랬어. 너보고 같이 가자고 하니까 혜성이가 왜 자기 일을 자꾸 친구한테 떠넘기냐고 말하던 거 기억나지?"

예지는 다른 사람에게 들리지 않게 입 가까이 손을 갖다 대고 말했다.

"언제? 난 생각 안 나는데."

"안 나면 됐고."

예지는 팩 토라져 끼고 있던 팔짱을 거칠게 풀었다.

"근데 그건 사실이잖아."

일부러 말을 불통하게 했다. 다분히 장난이었다. 왜냐하면 나는 예지가 당번일 때마다 거들어주었으니까. 그건 너무나 당연했고, 자주 있는 일이었으니까.

"너도 그렇게 생각하는 거야?"

예지가 눈을 찡그렸다. 나는 예지와 실랑이하기 싫어서 깨끗하게 비워진 식판을 들고 일어났다.

"남이 무슨 상관이야. 내가 아니면 된 거지."

"그치? 그래서 난 네가 정말 좋아!"

예지가 우정 반지 낀 손을 들어 보였다. 나는 헐렁한 반지를 밀어 올렸다. 배가 불러서 아무것도 생각하기 싫었다. 복도로 들어오는 햇살이 눈부셔서 눈을 찡그렸다.

핸드폰 끄는 걸 깜박했는지 5교시 수업 중에 전화기가 떨렸다. 아빠였다. 궁금해서 선생님 몰래 문자를 확인했다.

—오늘 5교시 하는 날이지? 오늘 학교 근처에 갈 일이 있어. 수업 마치고 잠깐이라도 얼굴 보자. 교문 앞에서 기다리고 있을게.

너무 기뻐 하마터면 소리칠 뻔했다. 선생님에게 들킬까 봐 책상에 코를 박고 혼자 킥킥거렸다. 그러다 퍼뜩 오늘 재활용 당번인 게 생각났다.

'괜찮아. 예지에게 부탁하면 돼.'

5교시가 끝나면 바로 튀어 나가려고 필통도 미리 정리하고 널어진 것들을 가방에 대충 쑤셔 넣고 수업 끝나는 종소리만 기다렸다.

수업 마치는 종소리와 함께 나는 쏜살같이 예지에게 달려갔다.

"예지야, 지금 아빠가 교문 앞에서 기다린대."

좋아하는 나를 보며 예지도 활짝 웃었다.

"좋겠다. 빨리 가 봐."

"근데, 오늘 재활용 쓰레기 당번이야. 대신 좀 해 줄래?"

내가 생각해도 내 목소리가 들떠 있었다. 나는 예지 대답 들을 생각도 하지 않고 몸을 돌렸다. 내 머릿속에는 온통 '아빠와 뭘 먹지?' 하는 생각뿐이었다.

"나 혼자 하라고? 나도 학원가야 하는데……."

뒤통수에 와 닿는 예지 말에 잠깐 멍했다. 생각지도 못한 말이었다. 그런데 그걸 따질 시간이 없었다. 아빠가 교문 앞에서 기다리고 있다. 날 볼 수 있는 시간도 잠깐뿐이랬다. 마음이 급했다. 나는 한 번도 하지 않던 콧소리까지 내며 예지 팔짱도 꼈다.

"후딱 하고 학원가면 되잖아! 오늘만 부탁할게, 응?"

"그러면 학원 지각이란 말이야. 미안……."

예지는 입술을 모아 내밀며 도리어 불쌍한 표정을 지었다. 너무나 익숙한 저 표정, 저 눈빛이 이상하게 낯설었다. 나는 더 이상 말하기 싫어서 돌아섰다.

그 순간, 가슴에서 뜨거운 게 밀고 올라왔다. 목도 따가웠다. 문득 이런 일이 처음이 아니라는 생각이 들었다. 그래도 다른 날은 아무렇지도 않았는데…… 다른 일도 아니고 아빠 일인데…… 내가 아빠를 얼마나 기다리는 줄 예지는 뻔히 알 건데…… 힘든 건 내가 참으면 그만이라고…… 다 괜찮아질 거라고……. 봇물 터지듯 생각들이 튀어나왔다. 나는 안절부절못하며 헐렁한 반지만 만지작거렸다.

차라리 할 일을 후딱 해치우고 가는 게 빠를 것 같았다. 나는 가방을 내려놓고 재활용 쓰레기통을 들었다. 언제 왔는지 혜성이가 손을 내밀었다.

"그거 내가 할게. 급한 거 같은 데……."

너무 반가웠다. 구세주가 따로 있었다.

"나도 같이 할게."

그제야 예지가 나섰다. 혜성이는 혼자 해도 된다며 재활용을 들고 나갔다.

"혜성아, 진짜 고맙다."

나는 혜성이에게 손가락 하트를 날리며 가방을 집어 들었다.

"하연아—."

예지가 다급하게 나를 불렀다. 나도 모르게 습관처럼 뒤돌아봤다. 예지가 나를 향해 손짓했다. 예지가 낀 우정 반지가 공중에서 빛나고 있었다.

나는 대답하지 않고 교실을 빠져나왔다. 급하게 돌아서는 바람에 헐렁하던 반지가 손가락에서 빠져나갔다. 이상하게 손가락이 시원했다.

김나월
새벗문학상 수상으로 등단
작품집 『낙서대장 또야』 『캥거루 복덕방』, 『강아지 왈츠』 외

송이와 구름 가족

김동영

"송이야, 할머니 댁에 심부름 다녀올래? 혼자 가야 하는데…… ."

엄마가 부엌에서 고개를 내밀었어요.

"엄마는요?"

마당에서 소꿉놀이를 하던 송이 눈이 동그래졌어요.

할머니 댁은 산 너머 양지마을이었거든요. 그곳에 가려면 마을 버스를 타고 가야 했어요. 송이 혼자 할머니 댁에 간 적이 없었어요. 그래서 쬐끔 걱정이 되었어요. 한편으론 설레기도 했어요..

"엄마랑 아빠는 바쁘단다. 옥수수를 따야 하거든."

엄마가 보자기에 싼 도시락과 바구니를 들고 부엌에서 나왔어요.

아침 일찍 밭에 간 아빠 점심 도시락과 할머니에게 드릴 찐 옥수수를 담은 바구니였어요. 갓 찐 옥수수에서 구수한 햇살 같은 냄새가 솔솔 났어요.

"어디서 내리는지 알지?"

"알아요. 산을 넘고 들판이 나오면 아주 커다란 느티나무가 있는 정류소예요. 양지마을."

"잘 알고 있네. 어서 손 씻고 오렴."

송이는 소꿉놀이를 정리하고 수돗가에 가서 손을 씻었어요.

"버스 혼자 탈 수 있겠지?"

엄마가 걱정스럽게 말했어요.

"예, 탈 수 있어요."

송이는 다짐하듯 씩씩하게 대답했어요.

"할머니께 전화해 놓았어. 버스 정류소에 할머니가 나와 있을 거야."

"야, 신난다."

송이는 방으로 들어가 옷을 갈아입고 나왔어요.

엄마는 바구니에 시장에서 산 할머니 모자도 넣었어요. 그리고 지갑에 차비와 용돈을 넣어 목에 걸어주었어요. 버스를 혼자 탄다고 생각하니 키가 훌쩍 커지는 것 같았어요.

"버스는 1시 20분에 올 거야. 1시에 집에서 나가서 정류소에서 조금 기다리면 될 거야."

엄마가 시계를 가리켰어요.

"1시 알아요."

송이는 시계 바늘을 유심히 보았어요. 1시가 되려면 아직 멀었어요.

"시계를 잘 보고 있다 나가야 한다."

엄마는 송이에게 시계를 보며 당부했어요. 그리고 아빠 도시락을 가지고 밭으로 갔어요.

송이는 마루에 앉아서 버스 시간을 기다렸어요.

잠자리가 금빛 날개를 반짝이며 마당을 날아다녔어요. 송이는 잠자리가 날아다니는 것을 보다 간간이 시계를 보았어요.

햇살이 따가웠어요. 바람이 불지 않아 더 그랬어요. 하얀 구름이 유난히 낮게 떠 있었어요. 구름을 보다 송이는 깜짝 놀랐어요. 구름이 아래로 조금

씩 내려오고 있었거든요. 송이는 눈을 깜빡이고 다시 보았어요. 정말 구름이 다가오고 있었어요.

"어?"

송이는 마당으로 내려가서 구름을 향해 손을 뻗었어요. 구름이 손에 잡힐 것 같았어요.

순간, 구름 한 덩이가 송이 앞으로 쑥 다가왔어요.

"앗, 깜짝이야."

"안녕!"

작은 구름이 인사를 했어요.

"구름이 땅으로 내려왔네."

송이 눈이 휘둥그레졌어요.

"우리를 태워주는 바람 버스가 고장이 났단다. 그래서 고치러 바람 골짜기로 갔어."

동그란 구름이 송이에게 다가왔어요.

"저 산을 넘어가야 하는데. 양지 들판 말이야."

또 다른 구름이 쑥 내려왔어요.

"산 넘어? 나도 양지 들판으로 갈 거야."

송이가 반가워 말했어요.

"우리 가족은 양지 들판으로 가야 해. 그런데 갈 수가 없어."

"바람 버스가 올 때까지 기다리는 거야."

"너는 어떻게 양지 들판으로 갈 거니?"

구름들이 앞다투어 말했어요.

"나는 마을 버스를 타고 갈 거야. 너희들도 마을 버스를 타고 가면 어때?"

송이 말에 구름들이 웅성거렸어요.

구름들이 송이 주위로 몰려왔어요.

"사람들이 타는 버스를 타고 가자고?"

"양지 들판이 너무 더워. 우리가 빨리 가야 해."

"우리도 태워줄까?"

"사람 모습으로 변하면 어때?"

"저 옷을 입으면 어떨까?"

한 구름이 바지랑대에 걸려있는 아빠 바지에 쏙 들어갔어요. 그리고 사람 모양으로 변했어요. 수염이 기다란 할아버지 모습으로요.

"와!"

송이가 손뼉을 쳤어요.

구름들도 좋은 생각이라고 했어요.

"저 옷들 좀 빌려줄래?"

구름 할아버지가 물었어요.

"그래요."

송이가 고개를 끄덕였어요.

구름들이 빨랫줄에 걸린 옷에 쏙, 쏙, 들어갔어요. 그리고 사람들 모습으로 변했어요. 빨랫줄에 걸린 구름 가족은 그네를 타듯 흔들며 좋아했어요. 송이는 빨래집게를 벌려 옷을 입은 구름이 내려올 수 있도록 도와주었어요.

엄마 바지를 입은 구름, 아빠 조끼를 입은 구름, 엄마 치마를 입은 구름, 송이 원피스를 입은 작은 구름. 모두 바지랑대에 걸려있는 옷을 하나씩 입었어요.

송이는 바구니에서 할머니께 드릴 모자를 꺼냈어요. 엄마 옷을 입은 구름 할머니에게 씌워주었어요. 모두 옷을 입고 있으니 꼭 사람처럼 보였어요. 하얀 구름 같은 수염 할아버지, 구름 같은 하얀 머리 할머니, 송이 옷을 입은 아이 구름…… . 송이의 블라우스도 구름 가족처럼 하얀 색이었어요. 그래서 구름 가족이 된 것 같았어요.

"버스를 타려면 차비가 있어야 하는데."

송이는 손지갑에서 동전을 꺼내 보여주었어요.

구름 할아버지가 구름을 동그랗게 굴려 동전을 만들었어요. 하얀 구름 동전을요. 송이에게도 구름 동전을 선물로 하나 주었어요. 송이는 구름 동전을 받아 손지갑에 넣었어요.

"1시에 버스 정류소로 갈 거예요."

송이를 따라 구름 가족은 마루에 졸졸이 걸터앉아 버스 시간을 기다렸어요.

뻐꾹!

뻐꾸기 시계에서 뻐꾸기가 쏙 나왔어요.

"1시다. 출발!"

송이가 일어나 앞장섰어요. 구름 가족은 송이를 뒤따라갔어요.

모두 마을 앞 버스 정류소 의자에 앉아 버스를 기다렸어요.

버스가 도착했어요.

송이가 먼저 탔어요.

"안녕하세요."

송이는 차비를 넣으며 인사를 했어요.

"할머니 댁에 가니?"

버스 운전사 할아버지가 물었어요.

"예."

"오늘은 혼자 가니?"

"구름 가족이랑 가요. 모두 양지 들판에서 내릴 거예요."

송이를 뒤따라 구름 할아버지가 탔어요.

"안녕하세요? 구름처럼 수염이 멋지군요."

운전사 할아버지가 인사를 했어요.

구름 할아버지는 구름 동전을 차비를 넣는 통에 넣었어요. 할머니 구름이 뒤따라 탔어요.

"할머니 안녕하세요?"

운전사 할아버지가 인사를 하며 '머리가 구름처럼 하얗고 예쁘군.'하고 생각했어요. 구름 할머니는 인사를 하고 구름 동전을 통에 넣고 탔어요. 다른 구름들도 차례로 탔어요. 차비 통에는 하얀 구름 동전이 동동 떠다녔어요. 버스 지붕에 탄 구름도 있어요.

'구름 같은 가족이군.'

운전사 할아버지는 시동을 걸고 출발했어요.

버스는 구름으로 가득 찼어요. 버스 지붕에도 구름 가족이 앉아 있어 마을 버스는 구름에 싸여 달렸어요.

버스는 산길을 구불구불 돌아갔어요. 솔숲도 지나고 목장도 지나고 개망초가 핀 언덕도 지났어요. 들판이 내려다보였어요. 커다란 느티나무가 보였어요. 느티나무 아래 버스 정류소가 보이고 할머니가 보였어요.

"다 왔어."

송이가 느티나무를 손가락으로 가리켰어요.

구름들도 창을 너머다 보며 함박 웃었어요.

버스는 언덕을 내려가서 들판을 지나 느티나무 아래, 버스 정류소에 멈추었어요.

"송이야, 잘 가라."

"안녕히 가세요."

송이는 운전사 할아버지에게 인사를 하고 버스에서 내렸어요.

구름 가족도 인사를 하고 버스에서 내렸어요.

"할머니."

"송이 왔구나."

할머니가 웃으며 다가왔어요. 그러다 눈이 휘둥그레졌어요.

버스에서 내리는 구름 가족을 보았거든요.

버스는 들판 사이로 난 도로를 따라 멀어졌어요.

"저 구름 같은 사람들은 누구니?"

할머니가 눈을 깜빡였어요.

송이는 바람이 불지 않았고, 구름을 태워주는 바람 버스가 고장이 나서 구름 가족과 함께 마을 버스를 타고 온 이야기를 했어요. 할머니는 구름 가족과 인사를 나누었어요. 할머니는 송이 엄마와 아빠, 송이 옷을 입은 구름들이 멋지다고 했어요.

"이 모자는 할머니께 드릴 거라고 송이가 말했어요. 모자를 빌려주어서 고맙습니다."

구름 할머니는 모자를 벗어 송이 할머니에게 씌워주었어요.

송이는 엄마가 장날 산 것이라 말했어요. 할머니에게 드리려고요.

구름 할머니와 송이 할머니 머리는 구름같이 닮았어요. 구름 할머니는 바람이 불지 않아서 걱정이라고 했어요. 송이 할머니도 너무 더워 밭에 심어 둔 채소들이 시들시들하고 땅이 말라서 걱정이라고 했어요.

송이 할머니는 걱정스럽게 하늘을 바라보았어요.

그때였어요.

느티나무 잎사귀가 움질거렸어요. 바람이 불었어요. 바람 버스였어요. 바람 버스는 느티나무 위에서 멈추었어요.

"바람 버스가 왔다."

"송이야, 고마워."

구름 가족이 살퐁살퐁 뛰었어요.

구름들은 입고 있는 옷에서 스르르 나왔어요. 옷을 접어 할머니와 송이에게 돌려주었어요. 할머니는 옷을 송이가 들고 온 바구니에 넣었어요.

휘이이이익.

바람이 불었어요.

구름 가족들이 떠올랐어요. 모두 송이와 할머니에게 인사를 하고 바람 버스에 탔어요. 구름들이 손을 흔들며 멀어졌어요. 하늘로 올라간 구름은 빠르게 움직였어요. 그리고 조금씩 커다래졌어요. 양지 들판이 구름으로 덮였어요. 구름이 회색빛으로 짙어졌어요.

"아이구, 구름이 묵직하다. 소나기 오겠다. 어서 가자."

할머니와 송이는 집으로 종종걸음을 쳤어요.

송이와 할머니가 집에 도착하자,

또닥 또닥 쏴아아아

소나기가 내렸어요.

구름 가족들이 빙그레 웃으며 지나갔어요.

송이와 할머니도 구름가족을 보며 빙그레 웃었어요.

송이는 할머니랑 옥수수를 먹으며 비가 오는 것을 구경했어요.

따르르르릉.

전화가 왔어요.

할머니는 전화를 받았어요.

'엄마, 송이 잘 도착했어요?'

엄마 목소리가 송이에게도 들렸어요.

"아주 잘 도착했지. 송이가 구름을 몰고 온 덕분에 비가 온단다."

할머니 말에 송이가 곁에서 고개를 끄덕였어요.

'송이가 구름을 몰고 왔다고요? 호호호, 송이가 구름인가요? 아참, 빨래 널어놓은 것이 안 보이네요. 송이에게 좀 물어보세요.'

"빨래는 우리 집에 있단다."

'예? 빨래가 왜 거기 있어요?'

"내가 거두어 개어놓았단다. 비 그치면 너희 집에 갖다 주마."

'엄마 저희 집에 왔다 갔어요? 어머나, 소나기가 와요. 마당에 양파랑 고추 말리고 있는데……. 전화 끊을게요.'

"거기도 비 오냐? 어서 나가 봐라."

할머니가 수화기를 내려놓고 송이에게 말했어요.

"너희 집에 비 온대."

"우리 집에도 비 온대요?"

송이와 할머니는 마주 보고 웃었어요.

송이 지갑에서 구름 동전이 쏘옥 빠져나가 하늘로 올라갔어요.

소나기는 더위를 시원하게 씻어내렸어요.

쏴아아아아.

김동영

2005년 우리교육 어린이 책 작가상으로 등단

작품집 『고래 아이 불똥』, 『백성이 주인인 나라 꼬레아』(공저) 외

일러스트 『꿀벌의 수수께끼』, 『개미야 미안해』, 『소리끼리 달달달』 외

생각을 훔쳐보고 있다

김문홍

2099년 12월 31일.

독재자가 강철 도시를 통치하면서부터 많은 것이 바뀌었다.

먼저 영화관과 도서관의 문을 닫았다. 뒤이어 술집 가게도 문을 못 열게 했다. 영화나 책을 보거나 읽게 되면 상상력의 독버섯이 자란다는 것이다. 술에 취하면 독재자의 통치에 분노하거나 저항할 수 있다는 것이다.

시인 대통령 시절에 없애 버렸던 철조망이 도시 외곽에 다시 설치되었다. 강철 도시와 추방된 '시인의 마을' 사이에는 몇만 볼트의 전류가 흐르는 철조망이 버티고 서 있었다. 강철 도시의 생활 쓰레기는 시인의 마을 들머리에 버려졌다. 악취 가득한 쓰레기 때문에 쑥부쟁이, 구절초, 원추리도 사라진 지 이미 오래였다.

강철 도시 시민들을 가장 불안하게 한 것은 뇌 속에 심은 마이크로 칩이었다. 독재자는 아기들이 태어나자마자 마이크로 칩을 강제로 집어넣어 감시했다.

슈퍼 인공지능 로봇 연구소.

아침부터 연구소 앞은 시민들로 긴 줄이 이어졌다. 송 박사가 책임자로 있는 슈퍼 인공지능 연구소가 사람들 머릿속에 마이크로 칩을 집어넣는 프로젝트를 맡은 것이다.

개중에 몇몇 불만을 품은 사람들은 작은 소리로 쑥덕거렸다.

"도대체 칩을 박아 어쩌겠다는 거야?"

"우리들 모든 걸 감시하겠다는 거지, 뭐."

"시인 대통령은 칩을 꺼내 폐기하더니, 이번 독재자는 다시 그걸 박고…… 장난하는 거야 뭐야. 아니고 자기들 마음대로 뺐다 박았다 하다니…… 쳇! "

"흐흐흐, 이젠 자기들 마음대로 밥 먹고 잠자는 거…… 심지어는 우리 생각까지 훔쳐본다는 거야, 쳇!"

"그럼, 뭐 끝장난 거야."

"여기서 추방된 시인의 마을 사람들이 부러워."

"아직 못 들었어? 그쪽으로 탈출하는 사람들이 늘고 있어."

연구원들이 시민들의 머릿속에 칩을 넣고 있는 사이에 송 박사는 시민들 사이를 걸어다녔다. 그 말을 엿들은 송 박사는 속으로 생각했다.

'그렇게 되면 시민들도 로봇이나 마찬가지가 되는 거야.'

그것은 사실이었다.

독재자가 취임하기가 무섭게 송 박사는 과학부 장관에게 불려가 마이크로 칩을 통해 사람들의 생각까지도 엿볼 수 있는 프로젝트 연구를 은밀하

게 요청받았다.

송 박사는 그 요구를 듣는 순간 단호하게 말했다.

"장관님, 그건 안 됩니다."

"아니, 왜 안 된다는 거요?"

"자신들의 행동을 하나하나 뒤쫓는 것도 불안한데, 만약 생각까지도 감시당하면 가만있지 않을 겁니다."

송 박사의 반대 의견을 듣고 있던 장관이 헛웃음을 하며 비웃었다.

"아니, 시민들이 저항하면 어쩔 건데? 송 박사가 이미 개발한 슈퍼 인공지능 로봇 군대만 풀어놓으면 한순간에 제압할 건데 뭐."

"장관님. 시민들의 행동을 감시하는 건 어쩔 수 없다 하더라도, 생각까지 통제하는 건 있을 수 없는 일입니다."

장관은 피우고 있던 담배를 신경질적으로 비벼 끄며 벌떡 일어났다.

"왜 있을 수 없다는 거요?"

"생각과 상상력, 그리고 감정까지 감시하면…… 그건 인간이 아닌 기계의 삶이나 마찬가지니까요."

장관의 태도가 잠시 누그러졌다. 그는 송 박사의 손목을 잡아 어루만지며 나긋나긋 말했다.

"아니, 아니……. 감시해 뭘 어쩌겠다는 건 아니고, 그 정도까진 과학기술이 발전되어야 하지 않냐 그 말이지."

"장관님. 과학기술은 인간의 삶을 행복하게 하는데 보탬이 돼야지, 사람들을 불편하게 하고 인권까지 짓밟는다면 모두 가만 있지 않을 겁니다."

"하여튼 6개월 안에 생각을 감시하는 프로그램을 개발 추진하시오."

송 박사는 철저한 감시 감독 아래 프로젝트를 개발해 완성했다. 독재자를 제외한 모든 시민의 뇌 속에 감시 칩을 삽입하게 된 것이다.

지금 시민들은 자신들의 뇌 속에 삽입하는 마이크로 칩에 생각을 읽어내는 회로가 이미 장착되어 있다. 시민들은 그러한 사실을 까맣게 모르고 있다. 그것은 독재자의 계략이었다.

퇴근 무렵이 되었다. 강철 도시 A 지구에 거주하고 있는 주민들의 몫은 겨우 끝낼 수 있었다. 연구원들이 퇴근하고 나서 송 박사는 컴퓨터 앞에 앉았다. 마이크로 칩이 제대로 작동하고 있는지 확인하는 것이 필요하다.

송 박사는 키보드로 A 지구 주민 중 한 사람의 주민등록번호를 입력했다.

A-560608-M147

A는 강철 도시의 주거 구역을, 560608은 2056년 6월 8일생이고, M은 남자를 의미하고 147은 주민등록번호를 일컫는다. 엔터키를 가볍게 내려치자 그 남자에 관한 모든 정보가 화면에 펼쳐졌다.

이름 : 권혁민

2056년 6월 8일생

주민등록번호 147

남자, 컴퓨터 프로그래머

부동산 3억 7천만 원, 은행예금 2천 4백 5만 원

배우자 : 이경미, 2053년 2월 3일생, 은행원

자녀 : 2남 1녀

여기까지는 그런대로 참을 만하다. 송 박사는 행동을 추적하는 프로그램 번호를 입력한다. 화면에 남자의 모습이 나타난다. 그는 코트 주머니에 두 손을 집어넣은 구부정한 모습으로 지금 걸어가고 있다.

그 남자는 이미 폐쇄된 영화관 앞에 멈춰서서 잠시 극장을 올려다본다. 주머니에서 담배를 꺼내 라이터로 담배에 불을 붙인다. 푸른 연기가 차가운 밤공기 속으로 사르르 흩어지고 있다.

송 박사는 화면을 뚫어질 듯이 바라보며 남자의 행동을 살핀다.

'지금 이 남자는 무슨 생각을 하고 있을까?'

떨리는 손가락으로 남자의 생각을 읽어내는 프로그램 번호를 입력한다. 그의 생각이 화면에 문자로 나타나기 시작한다.

"영화관 문을 닫아버린 독재자를 증오한다. 나는 지금 영화가 보고 싶다. 지금까지 보관하고 있던 영화 USB는 당국에 모조리 압수당했다. 대신 그들이 지급한 영화 USB에는 강철 도시의 발전과 독재자의 정책만을 홍보하는 재미없는 것들뿐이다. 영화 감상을 통해 뭉게구름처럼 피어나던 내 상상력은 이미 죽어버린 지 오래다. 술을 먹고 싶은데 술집의 문조차 모두 닫아버리고 말았다. 돌아가신 시인 대통령의 아름다웠던 시절이 미치도록 그립다."

송 박사는 남자의 생각과 감정을 화면의 문자로 확인하고 소스라치듯 놀랐다. 독재자에 대한 미움, 그리고 시인 대통령에 대한 그리움의 감정도 확인할 수 있었다. 사람들의 생각과 감정을 읽어내는 프로그램을 개발한 송 박사 자신이 무서워지기 시작했다.

'그렇다면 독재자는 앞으로 내 생각과 감정까지도 훔쳐볼 게 아닌가?'

거기까지 생각이 미치자 갑자기 무서운 생각이 들었다. 자신도 모르게 흠칫 주위를 둘러보았다. 누군가가 지금 자기의 감정과 생각을 감시하고 있는 것 같았다.

송 박사는 다시 궁금증이 일었다.

이번에는 A 지구에 거주하고 있는 사람들의 일상이 보고 싶었다. 그래서 그 남자 아들의 주민등록번호를 입력했다.

A-781106-M149

그의 생각과 감정까지 읽어낸다. 그 역시 아버지처럼 독재자를 증오하고 있다. 그는 지금 소파에 앉아 눈을 감은 채 리시버로 음악을 듣고 있다.

그는 지금 스페인의 맹인 작곡가이며 클래식 기타리스트였던 호아킨 로드리고의 〈아란훼즈 기타협주곡〉을 듣고 있다. 2악장의 마지막 부분이 울려 퍼지고 있다. 남자의 아들은 의자 깊숙이 몸을 묻은 채 눈을 감고 있다.

그 남자의 아들 역시 독재자를 미워하고 있었다. 시인 대통령이 다스리던 세상이 하루아침에 바뀌어버린 것이다. 상상력의 힘을 밀어주던 시인 대통령은 이제는 없다. 그 자리에 독재자가 떡 버티고 선 채 강철 도시 모든 시민의 생각을 훔쳐보고 있다.

갑자기 아들 방의 문이 열렸다.

조금 전까지 극장 앞에서 미치도록 영화를 그리워하며 담배를 피우고 있던 바로 그 남자이다. 남자는 희미하게 웃으며 아들에게 말했다.

"상호야, 저녁 먹게 어서 나오너라."

"네, 아버지!"

이번에는 주방의 저녁 풍경이 화면에 펼쳐졌다.

그 옛날의 저녁 풍경이 아니다. 그리고 시인의 마을에서 볼 수 있는 음식들이 아니다. 하얀 접시 위에 캡슐로 된 알약 두 알. 그 옆에 유리컵에 담겨 있는 물 한 잔이 저녁 밥상의 모두이다.

송 박사는 문득 형님이 계신 시인의 마을 저녁 풍경을 떠올렸다.

상 한가운데에는 생각만 해도 군침이 넘어가는 된장찌개와 김치, 상추 겉절이를 비롯한 반찬들이 놓여 있다. 하얀 쌀밥 옆에는 김이 모락모락 피어오르는 토란국이 놓여 있다. 식사 도중에 서로 주고받는 정겨운 대화도 아주 훌륭한 밑반찬이다.

그런데 그 남자의 저녁 풍경은 아주 다르다.

캡슐로 된 알약 2개와 물 한 컵이 모두다. 이런 메마른 저녁 풍경도 끔찍한데 독재자의 하수인들은 지금 생각과 감정까지 훔쳐보고 있을 것이다. 언젠가는 이곳을 탈출하리라 마음을 굳힌다. 오늘 밤 꿈속에선 무지개를 볼 수 있을까 걱정하며 눈을 스르르 감았다.

2099년의 밤이 저물고 있었다.

잠시 후 2100년이 되겠지만 달라진 것은 아무것도 없다.

김문홍

문학박사. 1976년 소년중앙문학상 동화 당선

장편동화 『머나먼 나라』 외 소설집, 희곡집 외 40여 권

부산시문화상, 이주홍문학상, 부산예술대상, 대한민국연극제 희곡상, 한국아동문학상 등

현, 부산공연사연구소 소장

산을 넘어온 도롱뇽

김복임

산벚꽃이 함박눈처럼 흩날리고 있어요. 맑은 옹달샘에 흰 구름이 내려와 있는 봄날이에요.

옹달샘 안 바위틈에는 어미가 된 뇽이가 톡 튀어 나온 눈으로 알들을 살피고 있어요.

옹달샘 옆에 벚나무 위에는 까마귀들이 까악, 까악 소리를 내며 날고 있어요.

몇 년 전 뇽이는 산을 넘어왔어요.

그 작은 몸으로 어떻게 산을 넘어 왔느냐고요?

뇽이가 새끼였을 때 북쪽 엄광산 아래 작은 웅덩이는 도롱뇽이 살기 좋은 곳이었어요. 근처에는 조용한 암자가 자리 잡고 있었지요. 암자 옆 바위 틈에서 흘러나오는 맑은 샘물은 가물어도 물이 마르지 않았어요. 샘물에서 흘러나온 웅덩이에서 어미 도롱뇽들은 알을 품어 세상에 내보냈어요.

그러던 어느 날 절 옆에 요양병원 터를 다듬기 시작했어요. 건물이 올라갈수록 웅덩이에 물이 마르기 시작했어요. 시끄러운 소리는 점점 더 크게 들려왔어요. 공사장에서 날아온 스티로폼과 쓰레기가 웅덩이를 덮기 시작했어요. 도롱뇽들은 오랫동안 살았던 곳을 떠나야 했어요.

키다리 억새가 손을 흔드는 언덕을 올랐어요. 천둥과 돌풍이 몰아치는 날 바위 밑에 엎드려 비가 그치기를 기다렸어요.

"먼 옛날 우리 조상들은 하늘을 날았다고 하는데……."

"그런 꿈같은 소리 말아요. 애들 놀라겠어요."

뇽이 아빠 엄마는 하늘을 보며 얘기했어요.

산을 넘어오는 길은 멀고 험했어요. 먼저 뇽이 아빠가 숲을 헤치고 나가면, 엄마와 동생이, 마지막으로 뇽이가 기어나갔어요. 상수리 잎이 부드럽게 깔린 길은 잠시였어요. 바위를 타고 넘으며, 언덕을 내려올 때 배에 멍이 들고 피가 났어요. 엄마와 아빠가 새끼들의 상처를 쓰다듬고 있을 때, 까악, 까악 까마귀 가족이 날아왔어요.

"내 등에 올라타! 내가 도와줄게."

"무서워요!"

"나를 믿어 봐!"

까마귀들은 뇽이 가족들을 등에 태우고 높이 날아올랐어요. 산 정상을 넘어오는 동안 낙동강 끝자락이 보였어요. 어지러워 눈을 꼭 감았다가 다시 눈을 떠보니 넓게 펼쳐진 바다도 보였어요.

까마귀의 거친 숨소리를 들으며 침을 여러 번 삼켰어요.

뇽이 식구들은 까마귀 등을 타고 부산 앞바다가 보이는 엄광산 남쪽 자락에 내렸어요.

옹달샘 옆에는 작은 텃밭이 있어요.

산 아래 사는 할머니가 자주 올라와요. 작은 텃밭에 앉아 옹달샘을 바라보는 할머니의 눈빛이 맑은 물빛을 닮았어요.

"까아악, 까아악."

까마귀들은 옹달샘에 누가 온다는 신호를 그렇게 알려주었지요. 오늘은 할머니가 손자를 데리고 올라왔어요.

"꽃잎이 한가로이 떠 있네."

"할머니, 옹달샘에 파란 하늘이 담겨 있어요."

"그래! 창대야. 여긴 애기 용들이 사는 곳이란다."

"용들이 산다고요?"

"쉿!"

할머니가 손가락을 입에 댔어요.

얼음이 녹아 옹달샘 물이 아직 차가운 날 뇽이 알을 낳았어요.

바위틈에 숨어 옹달샘 안에 떠 있는 알주머니를 지키는 뇽이의 하루는 한 달보다 긴 날이에요.

어미 뇽은 물속 이끼 주머니에서 자라는 알들이 빨리 깨어나길 기다리고 있

어요. 새끼들이 너무 늦게 깨어나면 산개구리들의 밥이 되기 때문이지요.

"할머니, 옹달샘 바닥에 도넛처럼 생긴 게 뭐예요?"
"아이고, 우리 창대, 배가 마이 고픈가 보네. 할미 눈에는 보석 팔찌처럼 보이는데!"
창대는 작은 막대기로 알주머니를 들어 올렸어요.
할머니 심장이 멎을 것 같았어요.
"안 돼! 창대야!"
할머니 고함에 창대는 알주머니를 물속에 얼른 집어넣었어요.

다음 날이었어요.
창대가 할머니를 따라 옹달샘에 또 왔어요.
"할머니, 도넛 같은 저거, 도롱뇽 알집 맞죠?"
"그래, 도롱뇽 어미가 보석 주머니에 알을 숨겨 두었단다."
"할머니, 우리 반 인준이가 도롱뇽 알을 키운다고 자랑했어요."

할머니는 창대의 마음을 아는 눈치였어요.

"사진으로 보던 도롱뇽 알을 직접 보니 꿈만 같아요."

"먼저 나온 새끼들은 벌써 바닥에 붙어 있구나. 새끼들이 빠져나온 알주머니는 이끼처럼 하늘거리네."

"새끼들 머리가 둥글고 길쭉한 게 꼭 올챙이 같아요."

"……."

"할머니! 도롱뇽 새끼들이 세상으로 나오는 순간을 보고 싶어요."

"……."

'창대가 도롱뇽 어미가 알을 숨겨 놓은 마음을 알까!'

할머니 마음은 누가 쫓아오는 것처럼 두근거려요.

바위틈에서 새끼들을 지켜보는 뇽이는 자기도 모르게 깊은 숨을 쉬었어요. 그나마 밤에는 알을 둘러 볼 수 있지만, 낮에는 창대 같은 아이들이 올까 봐 마음을 놓을 수가 없어요.

"할머니, 우리 반 인준이는 도롱뇽 알을 관찰해 선생님께 칭찬을 들었어요."

"그렇지만, 창대야. 도롱뇽은 일급수에서만 사는 냉수어라 집에서는 기르기 힘들단다."

"정말요?"

창대는 할머니 말을 듣고 그냥 돌아갔어요.

바위 뒤에 숨어 바라보던 뇽이는 까마귀 등을 타고 엄광산을 넘어올 때처럼 입이 마르고 숨이 차는 것 같았어요.

다음날 창대가 할머니와 옹달샘에 또 왔어요.

"할머니, 그동안 도롱뇽 새끼들이 알에서 많이 태어났어요. 헤엄치는 거 보세요."

"창대 너도 아기 때 저렇게 배밀이를 하고 다녔다."

"할머니, 제발요! 몇 마리만 가져가면 안 돼요? 어제밤 꿈에도 도롱뇽 새끼들만 보였어요."

"저 어린 것들이 어미를 떠나서 살겠나?"

"한 번만 키워보고 싶어요."

"까악, 까악……."

창대 말을 들은 까마귀들이 소리를 지르며 날고 있어요.

"할머니, 까마귀가 나를 노려보는 것 같아요."

할머니는 모른 척 옹달샘에 버려진 캔과 비닐봉지를 건져냈어요.

"창대야! 비닐 속에 새끼들이 들어가면 위험하니까 건져내자."

"네, 캔에 들어가도 다칠 수가 있어요."

검은 비닐봉지는 꼭 마녀의 두건 같았어요.

"할머니, 도롱뇽 새끼 안 가져가면 집에 안 갈래요. 나도 한번 키워보고 싶어요!"

"이 녀석! 고집도 세다……. 딱 세 마리만 담아라."

"우와!"

"창대야, 도롱뇽이 말은 못 해도 마음은 우리와 똑같단다."

"할머니는 그걸 어떻게 알아요?"

"밤낮으로 개구리들이 물고 갈까, 비 오면 떠내려갈까, 마음 졸이며 키웠을 텐데……. 창대 네가 어미 마음을 어찌 알겠노!"

어미 뇽의 마음을 위로 하는 듯 까마귀의 울음소리도 길게 들렸어요.

며칠이 지나갔어요.

오늘은 할머니 혼자 옹달샘에 왔어요. 어미는 바위틈에서 당장 나가고 싶었지만, 기회만 보았어요.

할머니는 작은 병에 든 물을 옹달샘에 조심스럽게 부었어요.

"네 어미 있는 곳에서 잘 살아라."

무사히 돌아온 새끼들이 물속을 헤엄치는 모습이 보였어요.

어미는 휴! 하며 숨을 깊이 마셨어요.

"창대 할머니 집에서 숨이 막혀 죽는 줄 알았어."

"창대가 서울까지 우리를 데려간다고 고집을 부렸어."

"엄마가 보고 싶다고 징징대다 우리를 두고 갔지."

까마귀들도 검은 고개를 쭉 빼고 물속을 내려다 봐요.

놓이는 바위틈새에 몸을 감추었어요.

할머니의 미소 짓는 얼굴을 바라보았어요. 순간 할머니와 어미 놓이 눈이 마주쳤어요. 그때 옹달샘에서 푸른빛이 일었어요. 마치 마법에 걸린 것처럼 어미 놓이의 입에서 말이 튀어나왔어요.

"할머니 새끼들을 살려 주셔서……."

"창대를 말리지 못한 내가 더 미안하구나!"

"이 은혜를 어떻게 갚아야 할지……."

"아니다! 아니다!"

할머니 머리 위로 벚꽃 잎이 하늘하늘 내려왔어요. 옹달샘엔 봄이 몽글몽글 피어올랐어요

김복임

《아동문예》 동화 등단, 《수필과 비평》 등단

수필집 『목련나무가 있는 집』, 『아버지의 우물』 발간

쓰레질하기 딱 좋은 날

김여나

나뭇잎이 울긋불긋 물든 언덕 아래
일흔일곱 살 해녀 대장 학숙 할머니와 길고양이들이 살아.
노랑이, 하양이, 검둥이, 삼색이, 얼룩이는
할머니만 졸졸 따라다녔어.

할머니는 파도만 잔잔하면 바다로 나갔지.
검은색 잠수복을 입고,
동글동글한 납으로 만든 연철 허리띠를 허리에 둘렀어.
웃자란 쑥으로 수경을 쓱쓱 닦아 눈을 가린 채
테왁 망사리를 들고 바닷속으로 풍덩 빠졌지.

호잇!
할머니 오리발이 물 위로 솟아오를 때마다
길고양이들은 손뼉을 쳤어.

학숙 할머니는 1등 해녀야.
바위틈에서 길고양이들이 잘 먹는 고둥을 줍고,
바윗돌을 뒤집어 손녀 지유가 좋아하는
문어도 잡았지.
쏴아아 쏴아
바다에서 샛바람이 불고,
철썩 처얼썩
파도가 온몸을 때리면,
할머니는 테왁에 턱을 기댄 채 콧노래를 불렀어.
갈매기들이 날개를 팔락거리며 테왁 위를 빙글빙글 돌고,
물고기들은 지느러미를 흔들며 춤을 췄지.

산보다 높은 파도가 휘몰아치면
할머니는 먼바다로 둥둥 떠내려갔어.
테왁을 꽉 끌어안고 다리를 힘차게 저었지.

"호이잇, 호잇!"
할머니가 숨비소리를 내며 붉은 닭벼슬 등대로 올라갔어.
바람이 불면 몸을 납작 숙여야 하거든.

파도가 치면 잠시 쉬어야 해.
급한 마음에 욕심을 부려봤자, 세상에 억지로 되는 일은 없거든.
바다에서 피고 지는 해초처럼 때를 기다려야지.

추석이 지나면 할머니는 무지무지 바빠.
차가운 물살에 해초들이 하늘거리는 바위마다
돌미역 씨앗 집을 지어야 하거든.
쓱쓱! 싹싹!
농부가 밭을 일구듯
할머니는 바위에 붙은 흙과 조개껍데기를 긁어냈지.

"해녀는 용왕님 딸이라 돌미역 씨앗을 잘 보살펴야 한다. 겨울 칼바람이 불기 전에 바위마다 돌미역 씨앗이 뿌리를 내려야, 내년에 벚꽃이 필 즈음 색이 검고 우들우들한 돌미역을 캘 수 있거든."

학숙 할머니 말에 해녀 열한 명이 잠수복을 재바르게 입었지.

2미터가 넘는 박달나무 작대기에 손바닥만 한 쇠붙이를

붙인 호미를 들고 바다로 첨벙 빠졌어.

"아이고!"
학숙 할머니가 파도에 떠밀렸어.
넓적 바위에 부딪쳐 갈비뼈에 금이 갔어.
할머니는 검푸른 파도가 넘실대는 바다와
길고양이들이 기다리는 방파제를 지나서
언덕 위에 있는 병원으로 향했어.

"야옹아! 할미, 금방 올게!"
할머니는 졸랑졸랑 쫓아오는 길고양이들을 타일렀어.
"야오옹. 야옹."
하지만, 고양이들은 할머니 뒤를 살금살금 따라갔어.
할머니는 병실에, 길고양이들은 병원 마당에서 그저 바다만 바라보았지.

할머니는 점점 건강해졌어.
갈비뼈는 단단해졌지만, 바위에 부딪쳐 멍든 자리는 얼룩덜룩한 보라색 꽃이 피었어.
싱숭생숭한 할머니 얼굴 검버섯처럼 말이야.

할머니는 잿빛으로 물든 바다를 보며 흐느꼈어.
해녀들과 함께 자맥질하며 알콩달콩 이야기를 나누던 그때가 그리웠지.
하지만, 깜깜하고 무서운 바다에 다시 들어갈 용기가 없었어.
다시 또 다칠까 봐 겁이 났거든.

"야옹, 야옹."
길고양이 소리가 들릴 때마다
할머니도 바다를 이룰 만큼 엉엉 울었어.

어이야 어이샤
이 돌을 실걸려고(씻으려고)
찬물에 들어서서

바닷속에 용왕님네
굽이굽이 살피소서

나쁜 물은 썰물 따라 물러가고
미역 물은 들물 따라 들어오소

백색 같이 닦은 돌에
많이 달아 주이소

어이샤 어이샤

내년 봄에 이 미역 따서
풍년 되어 잘 살아보세

별도 달도 잠든 푸른 새벽,
할머니는 바윗돌을 닦을 때 부르던 노래가 떠올랐어.
파도에 휩쓸려 떠내려가는 돌미역 씨앗 생각에 없던 힘이 불끈 생겼지.

"야옹아! 돌미역 씨앗 집 지으러 가자."
할머니가 주먹을 불끈 쥐었어.

할머니는 바다로 내달렸지.
"야오옹."
할머니를 기다리던 길고양이들도 힘차게 뛰었어.

바다는 새파란 물결을 반짝이며, 할머니를 반겨주었어.
넓적 바위에서 꾸벅꾸벅 졸던 갈매기가
날개를 팔락거리며 날아올랐지.
방파제에서 낚시꾼이 잡은 물고기를 낚아채던
강아지도 귀를 쫑긋 세웠어.

바다 위에 테왁 열한 개가 동동 떠다녔어.
해녀들은 기다란 호미로
뾰족섬, 둥글섬, 넓적 바위를 긁고 있었지.

"나도 간다!"
잠수복을 입은 해녀 대장 학숙 할머니가
쪽빛 물살을 가르며 헤엄쳤어.
길고양이들도 물속으로 풍덩 빠졌지.
학숙 할머니와 길고양이들이
전쟁터에 나가는 용감한 전사보다 더 멋져 보였어.

"대장, 이제 안 아파요?"

해녀들이 나울나울 춤추는 미역 씨앗을 쓰다듬으며 물었어.

"괜찮다. 쓰레질하고 나면 몸이 호미보다 더 강해질 거다."

할머니가 오른손을 번쩍 들어 보였어.

손가락은 휘었고, 엄지손톱이 빠져 있었지.

"맞아요. 우리가 해녀로 사는 동안 바다를 잘 지켜서 아이들에게 물려줘야죠."

해녀들이 손뼉을 쳤어.

"까악 까아악."

테왁에 앉아 부리로 털을 고르던 갈매기가 노래를 불렀지.

고양이들도 기쁜지 환하게 웃었어.

오늘은 돌미역 씨앗이 바윗돌에 뿌리를 내리기 딱 좋은 날이야.

쓰레질하기 딱 좋은 날이야.

★테왁 : 해녀가 물질할 때, 가슴에 받쳐 몸이 뜨게 하는 공 모양 기구
★쓰레질 : 기세 작업, 바위에 붙은 해초와 흙을 긁는 일
★숨비소리 : 잠수하던 해녀가 물 위로 떠올라 숨을 휘파람같이 내쉬는 소리

★미역 쓰레질은 해녀들이 쓰는 전통 어로예요. 지금은 지역마다 해녀가 없어, 거의 사라졌어요. 기장군에선 추석이 지나면, 해녀 공동체마다 한 달 정도 물질을 멈추고 돌미역 씨앗이 뿌리를 내릴 바윗돌을 닦으며, 전통 어로를 지키고 있어요.

김여나
2018년 부산아동문학신인상 동화 등단
동화집 『난장마녀와 꽃목걸이』,『나는 해녀입니다』, 『부산의 해녀』(공저) , 『꼬마해녀와 아기돌미역』(공저)
기장군 홍보대사, 도서출판 참놀 대표, 그림책큐레이터, 스토리텔링그림책 지도사

금반지 한 개

김영호

옛날, 경상도의 어느 깊은 산골 마을에서 있었던 일입니다.

커다란 댐이 건설되면서 지금은 깊은 물 속에 잠긴 골짜기에 사람들이 옹기종기 모여 살고 있었습니다.

해가 늦게 떴다가 유난히 빨리 떨어지는 이 산골 마을에 '웅이'라는 총각이 살았습니다. 웅이는 읍내에까지 소문이 날 정도로 얼굴이 잘생기고 부지런한 총각이었습니다.

웅이의 부모님은 웅이가 열아홉 살이 되었을 때 장가를 보냈습니다. 신부는 이웃 마을의 '연이'라는 열여섯 살 예쁜 처녀였습니다.

웅이와 연이 두 사람이 혼례식을 올리던 날은 함박눈이 펑펑 내리는 겨울이었습니다. 마을 사람들은 물론 산 너머에 사는 친척들도 눈길을 걸어와 축하를 해주었습니다.

"혼례식 하는 날에 눈이 내리면 큰 부자가 된다고 했는네……."

"더 말할 필요도 없지. 부지런한 총각이 어여쁜 신부를 맞았으니 잘 살고말고."

하얀 눈을 맞으며 식을 올리는 두 사람의 아름다운 모습을 보며 사람들은 덕담을 그칠 줄 몰랐습니다. 그만큼 웅이와 연이는 잘 어울리는 한 쌍이었습니다.

시끌벅적한 혼례식이 끝나고 첫날밤이 되었습니다.

눈은 소리 없이 계속 내리고 산골의 밤은 깊어졌습니다.

사방이 깜깜한 어둠에 잠겼는데 웅이와 연이의 신방에만 환하게 촛불이 켜져 있었습니다.

혼례식을 마친 첫날밤에는 신방을 훔쳐보는 풍습이 있었는데 그날도 다르지 않았습니다. 어둠 속에서 사람들이 신방을 엿보기 위해 몰래몰래 숨어들었습니다. 그리고 창호지에 침을 발라 작은 구멍을 내고 눈을 갖다 대었습니다.

"……."

"……."

방안에서는 두 사람이 마주 앉은 채 아무 말도 없는 침묵의 시간이 흘러갔습니다.

그렇게 한참이 지난 후에야 웅이가 연이의 족두리를 조심조심 벗겨 주었습니다. 어린 신부 연이는 부끄러움에 고개를 들지도 못했습니다. 사람들은 다음 장면을 상상하며 침을 꼴깍꼴깍 삼켰습니다.

그런데 엿보는 사람들의 기대를 저버리고 웅이가 갑자기 자리에서 벌떡 일어섰던 것입니다. 일어선 웅이가 바지춤 안쪽에 묶여있던 주머니를 풀더니 그 속에서 무엇인가를 꺼내었습니다. 금반지 한 개였습니다. 그동안 남의 집 일을 하며 한 푼 두 푼 돈을 모아 금반지를 마련한 것은 집안 사람 아무도 모르는 일이었습니다.

웅이는 떨리는 손으로 조심조심 연이의 손가락에 금반지를 끼워 주었습니다. 금반지를 낀 연이의 작은 손이 더욱 예뻐 보였습니다. 촛불이 일렁일

때마다 연이의 손가락에서 반짝반짝 빛이 났습니다.

예상과는 전혀 다른 뜻밖의 장면이었지만 그 아름다운 모습을 훔쳐본 사람들의 마음은 흐뭇하였습니다. 하지만 웅이의 혼행길에 함께 온 덕술씨는 부러움과 놀라움이 더 컸습니다. 번쩍거리는 금을 눈앞에서 보는 것이 생전 처음이기도 했고 몰래 금반지를 준비한 웅이에게 서운한 마음도 있었습니다. 덕술씨는 웅이의 삼촌으로 연이가 시집을 가면 시삼촌이 될 사람이었습니다.

"툭,툭, 투두둑~."

쌓인 눈의 무게를 이기지 못한 대나무들이 폭죽 소리를 내며 터졌습니다.

훅~ 바람이 불며 신방의 촛불도 꺼졌습니다.

그리고 눈은 다음 날도 그다음 날도 그치지 않고 내렸습니다.

사흘이 지났을 때 눈이 멈추었고 사람들이 나다니기 시작했습니다.

연이는 신랑을 따라 신행길에 올랐습니다.

그때는 혼례식 이후 신부는 쪽 찐 머리를 하고 그리고 일 년을 더 보낸 후에 신랑의 집으로 시집을 가곤 했습니다. 그런데 양가의 부모님이 그 격식을 깨어버리고 연이를 웅이와 함께 바로 보낸 것입니다.

어린 나이에 시집을 온 연이는 칭찬받을 일만 하며 사랑을 받았습니다. 부모님을 잘 섬기고 신랑에게도 철없이 굴지 않았습니다.

한 가지 특별한 것은 험한 일을 하면서도 손가락에서 반지는 뺄 줄 모르는 점이었습니다. 산에 나무를 하러 갈 때에도 반지를 낀 채로 갔고, 냇가에 나가 빨래를 할 때면 연이의 금반지가 반짝반짝 더욱 빛났습니다. 금반지를 자랑하고 싶어서 그럴 것이라는 사람들의 수군거림에도 연이는 못 들은 척 낮이나 밤이나 반지를 빼지 않았습니다.

이듬해 봄, 천지에 꽃이 만발한 사월이었습니다.

대밭에는 죽순이 쑥쑥 올라오고 바람에 날리는 송홧가루가 마루에 뿌옇게 쌓이는 봄날이었습니다.

마을에서 열리는 봄 잔치를 앞두고 연이는 부지런히 두부를 만들고 있었습니다.

물에 불린 콩을 맷돌에 열심히 갈아 그 콩물을 끓이고 간수를 넣어 잘 저어서 엉기게 하면 되는 일이었습니다. 그렇게 만들어진 연두부를 틀에 옮기고 눌러서 모양을 잡으면 완성이 되는데 연이는 새벽부터 밥 먹을 틈도 없이 그 모든 일을 혼자서 다 했습니다.

땀을 뻘뻘 흘리며 일하는 새색시 연이는 배가 무척 고팠습니다.

"맛있겠다."

모락모락 김이 나는 두부, 막 엉겨진 두부를 나무틀에 넣다가 연이는 자기도 모르게 손이 가고 말았습니다.

한 움큼 집어서 뜨거운 그대로 입에 넣었습니다.

"앗, 뜨거워!"

막 건져낸 두부는 생각했던 것보다 더 뜨거웠습니다. 연이가 입에 넣은 것을 삼키지도 내뱉지도 못한 채 어쩔 줄 몰라 하고 있는데 마침 시어머니와 시삼촌인 덕술씨가 대문에 쑥 들어섰던 것입니다.

"헉!"

당황한 연이는 두부를 꿀떡 목구멍으로 급하게 넘겼습니다.

순간 두부는 목에 걸렸고 연이는 숨을 쉴 수가 없었습니다. 숨을 헐떡이며 괴로워하는 것도 잠시 연이는 그 자리에 픽 쓰러지고 말았습니다. 정말 순식간에 일어난 일이었습니다.

"애야. 애야!"

"세상에 이기 무슨 일이고!"

깜짝 놀란 시어머니가 뺨을 때리며 흔들어 보았지만 연이는 깨어나지 않았습니다. 손가락 하나 움직임 없이 숨소리도 멎었습니다.

한참 동안 시간이 흘러갔고 몰려든 사람들은 안타까운 표정으로 고개를 가로저었습니다.

열여섯 살 새색시의 갑작스러운 죽음에 온 마을이 슬픔에 잠겼습니다.

잔치 준비는 장례식 준비로 급하게 바뀌었습니다.

열아홉 살 신랑 웅이는 끄억끄억 울음을 삼켰습니다.

어른들 앞에서 차마 소리 내어 울지는 못하고 울음을 안으로만 삼켰습니다. 금반지를 낀 연이의 손을 만지며 하염없이 눈물을 흘렸습니다.

시집와서 일 년도 채 살지 못하고 세상을 떠난 어린 신부 연이의 장례식은 숨을 거둔 당일에 바로 치러졌습니다. 너무 원통한 죽음은 시신을 집안에서 잠재우지 않는다는 것이 당시의 풍습이기도 했습니다.

"반지도 그대로 끼워서 묻어주세요."

웅이의 부탁대로 연이는 입은 옷차림 그대로 입관이 되어 하얀 꽃장식이 된 들것에 실렸습니다. 그리고 햇볕이 잘 드는 야산의 잔디밭에 묻혔습니다. 어른들은 먼발치에서 지켜만 보고 웅이와 몇몇 청년들만이 장례의 모든 일을 진행했습니다.

그런데 그날 한밤중의 일이었습니다.

달빛이 환하게 빛나고 산짐승의 울음소리가 가까이에서 들려오는 무서운 밤이었습니다.

흙도 채 마르지 않은 연이의 무덤가에 낯선 남자 한 사람이 나타났습니다.

그 남자는 연이의 무덤 앞에 절을 한번 하더니 곧이어 들고 온 삽으로 무덤을 파헤치기 시작했습니다. 오랫동안 농사일을 한 듯 익숙한 삽질로 흙을 파낸 그 남자는 관이 나타나자 잠시 숨을 고른 후 관뚜껑을 열었습니다.

관속에는 연이가 마치 잠자는 듯 편안한 얼굴로 누워 있었습니다.

그는 연이의 반지 낀 왼쪽 손가락을 더듬거리며 찾았습니다. 그리고 금반지를 잡고 당겼습니다. 하지만 아무리 힘을 주어도 반지는 빠져나오지 않았습니다. 얼마나 애를 썼는지 이마에 땀방울이 송송 맺혔지만 남자는 포기하지 않았습니다.

금반지가 탐이 나서 야밤에 무덤을 파헤친 그 남자는 놀랍게도 연이의 시삼촌인 덕술씨였습니다. 그렇게 금반지와 한참 동안 씨름을 하던 그가 발로 관을 밀치며 마지막 힘을 주었을 때, 그 순간에 정말 믿을 수 없는 일이 일어났던 것입니다.

빠져나온 것은 금반지가 아니라 연이의 목을 꽉 막고 있던 두부 덩어리였습니다.

손가락을 당기는 세찬 충격에 연이가 멈추었던 숨을 토하며 깨어났던 것입니다.

덕술씨는 혼비백산하여 달아나고 연이는 관속에서 나와 마을로 발걸음을 옮겼습니다.

정작 난리가 난 것은 연이의 시댁이었습니다.

장례식까지 다 치른 새아기가 달빛 속에 자기 발로 걸어서 집에 들어왔으니 놀라 자빠지고도 남을 일이었습니다. 귀신으로 생각하여 무서워하며 연이의 얼굴을 마주 보지 못했고 심지어 정신을 잃고 혼절하는 사람도 있었습니다.

설령 귀신이 된 연이라도 같이 살고 싶었던 것일까요? 단 한 사람 연이의 남편 웅이는 연이를 태연하게 맞으며 꼬옥 안아 주었습니다.

다음 날, 모든 일의 자초지종이 밝혀지고 나서 마을에는 큰 잔치가 열렸습니다.

사람들 모두가 믿을 수 없는 이 일에 놀라워하며 함께 기뻐했고 그 소문은 멀리 다른 마을로 퍼져 나갔습니다.

웅이가 끼워 준 금반지가 작은 탓에 빠지지 않아 험한 농사일도 반지를 낀 채로 해야만 했던 연이의 속마음도 모두 알게 되었습니다.

그 후 두 사람은 부모님께 효도하며 아들딸 낳고 행복하게 잘 살았습니다.

덕술씨는 어떻게 되었느냐고요? 마음 착한 연이는 시삼촌을 모른 체하지 않았습니다. 생명의 은인으로 여기며 평생 극진하게 모셨답니다.

수몰지구가 되어 물속에 잠긴 마을, 그 안에 웅이 연이와 함께 지금도 잠들어 있는 옛날이야기입니다.

김영호
1983《어린이문예》동화 당선
한국동화문학상, 부산문학상 대상 등
동화집『방귀택배』외, 사진동화집『바오바브나무의 선물』,『두 이름을 가진 아이』
부산광역시문인협회 부회장

황톳길에서 만난 개구쟁이들

김재원

"하기 싫은데 왜 자꾸 닦달하는 거요?"

방 씨 할아버지가 고함을 질렀다. 할머니는 초승달 눈으로 구시렁거렸다.

"그라믄 방안에 죽치고 앉아서 죽을 날만 기다릴 건가요?"

할머니가 잔소리를 늘어놓자 방 씨는 고개를 저으며 밖으로 나갔다.

아랫배가 나온 방 씨는 걷는 것을 싫어했다. 집안에서 책을 읽거나 텔레비전을 보면서 시간을 보냈다.

그런데 건강 검진을 했더니 고혈압에다 당뇨 수치까지 높다고 의사가 주의를 주었다.

"약을 잘 챙겨 드시고 날마다 운동도 꼭 하셔야 합니다."

그때부터 할머니는 틈만 나면 걸으러 나가자고 다그쳤다. 방 씨가 1층으로 내려가서 놀이터 쪽으로 가자 할머니가 불렀다.

"영감, 새로 생긴 황톳길로 가요."

"아파트를 한 바퀴 돌면 되지 왜 거기까지 가자는 거요?"

"기왕이면 명품 길을 걸어 봅시다."

아파트 근처에 황톳길이 새로 생겼다. 많은 사람들이 맨발로 걷고 있었다. 어제 비가 와서 그런지 군데군데 물이 고여 있었다. 방 씨가 머뭇거리자 할머니가 수돗가 옆에서 손짓했다.

"영감, 얼른 와서 신발 벗고 이 안에 넣어요."

황톳길 입구에는 발을 씻을 수 있는 수도와 신발장까지 있었다.

방 씨는 투덜거리며 신을 벗었다.

할머니는 어느 틈에 저만치 걸어가고 있었다. 방 씨는 우물쭈물하다가 신발과 양말을 벗고 황톳길로 들어섰다. 빗물이 고인 곳은 미끄럽고 질척거려서 조심하지 않으면 넘어지기 십상이었다.

방 씨가 조심조심 걷고 있을 때 저쪽에서 전봇대처럼 키가 큰 사람이 다가왔다. 경로당에서 몇 번 만난 적이 있는 회장 최 씨였다.

"오랜만입니다. 요즘 경로당에 왜 안 나오세요?"

방 씨가 뭐라고 변명을 하려는 순간, 경로당 회원인 대머리 박 사장이 다가와서 인사를 건넸다.

"오, 방 선생님! 여기서 보니 반갑군요. 자주 옵니까?"

"아뇨. 오늘 처음입니다만……."

"날마다 오세요. 잠도 잘 오고 좋은 점이 한두 가지가 아니네요."

"몸에 좋은지는 아직 잘 모르겠고 발이 아프네요."

그 말을 듣고 회장 최 씨가 웃었다.

"곧 익숙해질 겁니다. 오 교수도 왔고 여러 사람이 보이네요. 나중에 한번 모여봅시다."

방 씨는 경로당에도 할머니가 나가라고 부추겨서 건성으로 몇 번 나갔기 때문에 회원들과 별로 친하지는 않았다.

그래서 회장 최 씨 말고는 누가 회원인지도 잘 모르고 있었다.

황톳길은 생각보다 꽤 길었다.

'이놈의 길은 고무줄로 만들었나? 왜 이렇게 줄어들지를 않지?'

할머니는 자주 걸었는지 쉬지 않고 잘 걷는데 방 씨는 발이 아파서 쩔쩔매었다. 그만두고 싶어도 할머니 때문에 그럴 수가 없으니 짜증이 났다. 몇 발짝 걷다가 쉬느라 할머니와 거리가 점점 벌어졌다.

기우뚱거리며 걷던 방 씨는 그만 미끄러지고 말았다. 다행히 다친 곳은 없었지만 바지가 엉망이 되었다. 방 씨는 인상을 쓰며 손수건으로 얼룩진 곳을 닦았다.

방 씨는 옷 버린 것을 핑계 삼아 그만 걸으려고 신발 벗어 놓은 곳으로 갔다.

회장 최 씨와 대머리 박 사장이 다 걸었는지 커피를 마시며 이야기를 나누고 있었다.

"황톳길 걸으니까 좋지요? 두 분 여기 와서 커피 한잔하세요."

박 사장이 커피잔을 건넸다. 방 씨가 손사래를 치며 뒤로 물러서자 할머니가 덥석 받았다. 할 수 없이 방 씨도 받았다.

조금 있으니 성 교장과 오 교수까지 합석하여 경로당 회원이 다섯으로 늘어났다.

박 사장이 황톳길을 가리키며 말문을 열었다.

"질척질척한 황톳길을 걸어보니 어릴 적에 모내기하던 일이 생각나네요. 논바닥이 미끄러워서 참 힘들었죠. 허리도 아프고 죽을 지경이었어요. 지금은 일부러 걷지만 그때는 정말 죽기보다 싫더라구요."

할머니가 맞장구를 쳤고 머리가 희끗희끗한 오 교수도 고개를 끄덕거렸다.

"나도 시골 출신이랍니다. 둠벙에서 미꾸라지 잡던 기억이 새록새록 떠오르네요. 미꾸라지를 잡겠다고 오후 내내 물을 첨벙거리며 다녔지요. 그러다 종아리에 거머리가 붙어서 질겁을 하기도 했구요."

회장 최 씨도 두 사람의 말을 듣고 엄지척을 했다.

"어릴 때 시골에서 자란 것은 축복이죠. 도시에서 자란 친구들은 저수지에서 우렁이를 잡았다면 무슨 말인지 잘 모를 겁니다. 큭큭!"

"저수지에 우렁이가 많던가요?"

성 교장이 묻자 최 씨가 고개를 끄덕거렸다.

"그럼요. 저수지 바닥에 드글드글 붙어 있었지요. 한번은 왕우렁이를 한 소쿠리나 잡아서 나오다가 쫄떡 미끄러져서 다 쏟고 나니 어찌나 아쉽던지요. 에효!"

최 씨는 방금 전에 놓치기라도 한 것처럼 한숨을 쉬었다.

선글라스를 끼고 다니는 멋쟁이 성 교장은 부러운 표정을 지었다.

"어릴 때는 시골에서 살아야 해요. 난 도시 촌놈이라 시골에서 자란 분들이 엄청 부럽네요. 난 학교 운동장 구석에 있는 모래밭에서 닭싸움이나 하고 놀았답니다. 흐흐."

여러 사람의 말을 듣다 보니 방 씨도 문득 어린 시절이 떠올랐다.

기만이는 성이 방 씨라 '방귀만 뀌는 녀석'이라고 친구들한테 놀림을 많이 받았다. 그때는 그래도 좋았다. 그 시절이 문득 생각났다.

"난 바닷가 작은 마을에서 살았어요. 학교에 갔다 오면 가방을 툇마루에 던져 놓고 친구들과 갯벌로 달려가서 조개를 캐고 낙지를 잡았지요. 한 소쿠리 잡으면 저녁 식탁이 푸짐했어요. 운이 좋은 날은 문어를 잡기도 했지요. 옆집 할머니한테 갖다주니 용돈을 주더군요. 그 돈으로 엿과 사탕을 사 먹었는데 온 세상을 다 차지한 기분이었어요."

방 씨 이야기를 듣고 여러 회원들이 고개를 끄덕거렸다.

"바닷가에 살았으면 추억거리가 정말 많겠는데요."

성 교장이 부러운 표정을 짓자 방 씨는 쑥스러우면서도 가슴 속이 후련했다. 아까는 일어설 틈만 엿보고 있었는데 어느새 분위기에 젖어 들고 있었다.

회원들 이야기가 한창 무르익자 성 교장이 갑자기 일어나서 선글라스를 벗더니 이렇게 말했다.

"우리 어린 시절로 돌아가서 씨름 한판 할까요?"

흰머리 오 교수가 어리둥절한 표정으로 물었다.

"아니 저 황톳길에서요?"

"뭐 어때요? 황토흙이 튀어 어차피 옷을 버렸잖아요. 동심으로 돌아가서 놀아봅시다. 후후!"

그 말에 다들 웃으며 고개를 끄덕거렸다. 할머니가 손뼉을 쳤다.

"그래요. 씨름이든 레슬링이든 한판 신나게 놀아보세요. 이럴 때는 남자들이 부럽네요."

회장 최 씨가 벌떡 일어나더니 할머니 손을 잡아당겼다.

"여자면 어때요? 같이 놀아봅시다."

"에이, 저는 좀 그렇구요. 남편이나 따돌리지 말고 끼워 주세요."

방 씨는 돌아가려고 막 일어서던 참이었다. 그걸 본 회장 최 씨가 방 씨를 덥석 끌어당겼다.

"자, 가지 말고 이리 오세요. 나이도 비슷한데 친구 합시다. 나하고 먼저 해볼까요?"

방 씨는 엉겁결에 최 씨 손에 끌려 황톳길로 들어갔다. 최 씨는 걷는 사람들한테 방해가 되지 않도록 구석진 곳으로 갔다.

방 씨는 키가 큰 최 씨가 아무래도 부담스러워서 자신과 체구가 비슷한 사람을 가리켰다.

"아무래도 부담이 되네요. 저분하고 하면 안 될까요?"

그 말을 듣고 성 교장이 피식 웃었다.

"내가 만만해 보이지요. 한 판 붙어봅시다."

방 씨와 성 교장이 허리춤을 잡자 최 씨가 시작 신호를 보냈다. 성

교장은 배가 나온 방 씨를 우습게 보았지만 쉽게 쓰러지지 않았다. 두 사람은 상대를 쓰러뜨리려고 한참 용을 썼다.

그러다가 성 교장이 안간힘을 다한 끝에 방 씨를 넘어뜨리고 말았다.

방 씨는 웃옷까지 황토 범벅이 되어버렸지만 더 이상 부끄럽지 않았다. 개구쟁이 시절로 돌아간 것 같아 웃음이 나왔다.

서로 맞잡고 씨름을 하던 회원들은 기어코 황톳길에 한 번씩은 다 넘어지고 말았다. 체구가 큰 최 씨만 마지막까지 안 넘어졌다.

"내가 우승자군요."

최 씨가 뽐내고 있을 때였다. 성 교장이 눈짓을 하자 모두들 한꺼번에 달려들어 최 씨를 번쩍 들어 황톳길에 메다꽂아 버렸다. 그 바람에 멀쩡하던 최 씨 옷도 황토 칠갑이 되고 말았다.

약이 오른 최 씨가 회원들 얼굴과 몸에 마구 황토를 뿌렸고 다른 회원들도 물러서지 않고 맞섰기 때문에 모두가 황토를 흠뻑 뒤집어쓰고야 말았다. 그래도 화를 내기는커녕 아이들처럼 깔깔거렸다.

방 씨도 철없는 아이처럼 싱글벙글 웃고 있었다.

김재원
경향신문 동화 등단, 계몽사 아동문학상 동화 당선
해강아동문학상 수상, 이주홍 문학상 수상
동화집 『도깨비 할매의 꽃물 편지』, 『똥쟁이, 너도 진돗개니?』 외
현, 글나라 동화창작교실 운영 (cafe.daum.net/qwer3 글나라)

알봇, 출동이다!

김하영

"현지, 알봇. 출동이다!"

"네!"

현지는 단발머리에 소방관 모자를 꾹 눌러썼다. 아래층 소방서 차고로 뛰어 내려갔다. 인공지능 로봇 알봇이 벌써 와 운전석에 앉아 있었다.

"알봇, 지금 당장 큰길 사거리로 출발! 인근 농장에서 황소 한 마리가 출몰했대."

현지가 조수석에 앉으며 안전띠를 맸다.

"알았다, 현지 대원."

사람 형태를 한 알봇이 차를 출발시키며 대답했다.

현지는 3년 차 소방관이다. 로봇공학을 전공했으며 졸업과 동시에 소방관이 되었다. 알봇은 작년에 각 소방서에 배치된 인공지능 로봇이다.

사이렌을 키고 도로로 들어섰다. 황소가 나타난 근처로 가자마자 사이렌을 껐다. 황소는 도로 중앙 화단에 있는 나무와 꽃을 뜯어 먹고 있었다. 주변 차들은 황소를 피해 슬슬 기어가고 있었다. 알봇이 황소와 떨어진 곳에 차를 세웠다.

"알봇, 내가 마취 총을 쏠 테니 넌 황소가 날뛰는 걸 막아 줘. 너도 알다시피 황소는 뿔로 들이박으니까 조심하고."

"알았다, 현지 대원. 지금 황소의 움직임을 포착해 방어할 수 있는 프로그램을 작동시켰다."

현지는 재빨리 황소와 좀 떨어진 곳으로 가 마취 총을 쐈다. 한 방은 제대로 황소 등에 꽂혔다. 그 바람에 놀란 황소가 도로로 뛰쳐나왔다. 현지가 여러 번 마취 총을 쐈지만 빗나갔다. 손목에 차는 무선기인 스마트워치를 터치했다.

"알봇, 황소 앞을 막아! 마취 총을 더 쏴야겠어!"

무전을 들은 알봇이 빠르게 뛰어 황소 앞을 막아섰다. 흥분한 황소는 콧김을 내뿜으며 언제든지 달려들 기세로 앞발을 계속 움직였다. 알봇이 황소의 뿔을 잽싸게 잡아챘다. 그러자 황소가 뒷다리를 들며 온몸을 들썩였다. 알봇은 끄떡도 하지 않은 채 버둥거리는 황소를 꽉 붙잡았다. 기다렸다는 듯이 현지가 달려와 마취 총을 재빠르게 쐈다.더 이상 황소가 움직이지 않자 알봇이 황소를 번쩍 안아 들고 대기하고 있던 트럭에 실었다. 농장 주인은 감사하다는 말을 전하며 멀어져 갔다.

그때 구조 요청 무선이 들어왔다. 현지와 알봇은 다음 구조 요청지로 차를 몰았다. 다행히 멀지 않은 노인정이었다.

"아이고, 현지 대원이 왔구먼. 알봇도 왔네. 그려, 바늘 가는데 실이 와야제. 그나저나 우리 노인정에 말벌집이 웬 말이래. 언제 말벌들이 이렇게 큰 집을 지어 놨는지 모르겠구먼."

반장 할머니가 노인정에서 부랴부랴 나오며 말을 건넸다.

"그러게요. 2년 전에도 이곳에 말벌이 집을 짓더니 또 지었네요. 아마 할머니들의 노랫가락이 듣기 좋아서 또 왔나 봐요. 하하하."

"하여튼 현지 대원의 넉살 좋은 건 알아줘야 한다니께. 그나저나 알봇, 요즘엔 빳데리 잘 충전하고 댕겨?"

"네. 현지 대원이 두 달 전에 최고 용량 배터리를 발명해 이젠 오래 버틸 수 있습니다."

또박또박 얘기하는 알봇이 마냥 예쁜지 할머니들이 가까이 와서 손을 잡아주고 쓰다듬어 주었다.

"참, 잘 만들었구먼! 알봇에게 옷과 가발만 씌우면 완전 우리랑 똑같이 생겼다니께."

"자, 그럼 지금부터 말벌 집을 제거할 테니 모두 노인정 안으로 들어가세요."

현지는 촘촘히 짜인 쇠그물망을 준비해서 알봇에게 주었다. 옆에서 기다리고 있던 알봇이 망을 들고 사다리를 올라갔다. 말벌들이 붕붕거리며 알봇을 공격했다. 강하고 가벼운 재질로 만들어진 알봇은 말벌의 공격에도 끄떡없었다. 창문 위에 지어놓은 말벌 집을 툭 떼 내어 망에 집어넣고 묶었다.

"임무 완료!"

노인정 창문 안에서 이 모습을 지켜보던 할머니들이 손뼉을 치며 환호성을 질렀다. 외진 곳으로 가 살충제를 잔뜩 뿌려 말벌을 없애고 집을 부쉈다. 주변을 정리하고 차에 올라탔다. 무선기가 시끄럽게 울렸다.

"싱크홀 발생! 자동차가 3미터 아래로 떨어졌다. 구조대원 출동 바란다, 오버."

사고지역은 여기서 5분 거리였다.

현장에 도착해 보니 도로 중앙에 자동차가 거꾸로 박힌 채 하얀 연기를 내뿜고 있었다. 알봇이 투시 프로그램을 작동시켜 자동차 안을 스캔했다. 운전석에 남자 한 사람이 에어백에 얼굴을 묻고 기절해 있었다.

"현지 대원, 주변 지반이 아주 약하다. 내가 가서 운전자를 구해 내겠다."

양쪽 차 문이 싱크홀에 꽉 끼는 바람에 열 수가 없었다. 알봇은 차 뒤 유리창에 레이저를 쏘아 잡아당겼다. 유리창이 뿌지직 소리를 내며 뜯겼다.
"알봇, 서둘러! 차가 곧 폭발할 것 같아."
알봇은 재빨리 운전자를 둘러업고 바위를 뛰어오르는 표범처럼 자동차 위를 밟고 도로 위로 올라왔다. 알봇이 싱크홀을 빠져나오자마자 차가 펑 하며 폭발했다.
현지가 부른 119구급차로 운전자를 옮긴 뒤, 알봇은 현지와 함께 자동차 불을 껐다. 알봇 혼자서 차를 꺼내기에는 역부족이어서 레커차가 와서 부서진 차를 끌고 정비소로 갔다.
"알봇, 이제 소방서로 돌아가자."
현지와 알봇이 소방서에 도착했을 땐 해가 저물고 있었다. 알봇은 충전실로 들어가고 현지는 소방서 근처 작은 원룸으로 향했다.
"아빠, 다녀왔어요."
현관에 들어서면서 벽에 걸린 사진 속 아빠를 보며 인사를 했다. 현지는 저녁을 챙겨 먹고 엄마에게 전화를 걸었다.
"응, 엄마. 오늘도 알봇 덕분에 다치지 않고 일했어. 알봇이 얼마나 고마운지 몰라. 10년 전에도 알봇 같은 인공지능 로봇이 있었으면 아빠는 살았을까? 곧 아빠 기일이네. 그땐 집에 내려갈게."
엄마와 통화를 끝낸 현지는 벽에 기대어 아빠 사진을 쳐다보았다.
10년 전 이맘때쯤, 현지 아빠는 터널 속 사고를 접하고 현장으로 달려갔다. 터널 안은 엉망이었다. 쓰러진 대형 트럭, 운전석 앞까지 찌그러져 옆으로 누운 자가용, 뒤집힌 봉고차. 세 대의 차가 충돌한 사고였다. 먼저 사람을 구해야 했다. 우선 걸을 수 있는 사람들을 터널 밖으로 대피시켰다. 다행히 한산한 도로였기에 다른 차들은 없었다. 다른 대원들이 차에 깔린 사람들을 구하고 현지 아빠도 트럭 운전사를 구해 부축해 나왔다. 그리고 나서 현지 아빠는 팀장이어서 사고 원인을 조사하러 터널로 다시 들어갔다.

그때였다. 밖에서 “대장님!” 하는 소리가 들리더니 기름을 잔뜩 실은 주유차가 끼익 굉음을 내며 터널 안으로 들어왔다. 순간 폭발음과 함께 불기둥과 검은 연기가 터널에서 튀어나왔다. 주유차가 터널 속 사고 사실을 모른 채 졸음운전을 하며 온 것이었다.

그 사고로 현지는 아빠를 잃었다. 만일 그때 알봇 같은 인공지능 로봇이 있었다면 아빠는 살았을 것이다. 그래서 현지는 그때 결심했다. 구조요원 로봇을 꼭 만들어 아빠와 같은 죽음을 막겠다고 말이다. 그래서 로봇 전공을 했고 아빠의 뒤를 이어 소방관이 된 것이었다. 다행히 10년 전과 다르게 2035년인 지금은 로봇이 일상에도 많이 사용되고 있다.

다음 날, 오전 11시를 향해 가고 있을 때였다.

“출동하라! 창송터널 앞 칠 중 추돌!”

사고가 난 곳은 차량이 많은 고속도로 터널이었다. 도시 끝자락에 위치해있어 터널 주변에 주택이 꽤 있었다. 터널 인근에 있는 소방서에서 모두 출동을 했다.

“알봇, 출동이다!”

현지는 알봇과 함께 대형 소방차에 올라탔다. 아빠 사고가 생각나자 손이 덜덜 떨렸다. 옆을 슬쩍 봤다. 알봇이 바른 자세로 앉은 채 앞만 보고 있었다. 현지는 떨리는 손과 마음을 진정시키려고 알봇의 손을 잡았다. 알봇이 고개를 돌려 현지를 바라봤다. 그러더니 엄지를 ‘척’ 하고 들어 올렸다.

‘그래! 알봇과 함께라면 잘 해낼 수 있어.’

현지는 모자를 고쳐 쓰고 앞을 바라봤다. 요란한 사이렌 소리와 함께 사고 현장에 도착했다. 생각보다 심각했다. 버스를 탄 나들이객들이 많이 다쳐 인명 피해가 심했다.

우선 기름 유출로 인해 불이 난 자동차 불을 껐다. 조금만 더 늦었으면 폭발로 이어질 뻔했다. 10대의 소방차들이 달려왔고 구급차도 줄지어 도착했

알봇
출동이다!

다. 다른 소방서에서도 알봇과 같은 인공로봇들이 함께 출동한 상태였다. 다섯 명의 인공지능 로봇 소방관이 재빠르게 차들을 들어 올리고 다친 사람들을 실어 날랐다. 현지를 포함해 많은 소방관이 함께 사람들을 구했다. 그렇게 사고 현상은 아주 빠르게 수습되어 갔다.

그때 끼이익, 하며 브레이크 잡는 소리가 사방에 울렸다. 현지가 고개를 돌려 소리 나는 쪽을 봤다. 유조차가 무게를 못 이기고 터널을 향해 달려오고 있었다. 브레이크가 전혀 듣지 않는 상황이었다. 현지는 너무 놀라 그 자리에 얼어붙고 말았다.

'안 돼!'

그때 알봇과 네 명의 인공지능 로봇 소방관들이 아주 빠른 속도로 달려 나갔다. 그러더니 달려오는 유조차를 양손과 온몸으로 막았다. 아까보다 더 심한 굉음이 났다. 모두가 귀를 막을 만큼 엄청난 소리였다.

하지만 주유차는 멈추지 않고 로봇들과 함께 앞으로 계속 나아갔다. 곧 터널 입구였다. 만약 로봇 소방관들이 주유차를 멈추지 못하면 여기 있는 사람들이 다 죽게 된다. 현지는 손목에 찬 무전기에 대고 외쳤다.

"알봇, 내가 새로 달아준 제트 엔진을 가동해! 그러면 팔과 다리에 힘이 10배는 커질 거야!"

'우-웅' 소리가 들리더니 주유차가 서서히 멈추기 시작했다. 터널 입구 바로 앞에서 주유차가 가까스로 멈췄다. 모두가 "와아!" 하며 함성을 터트렸다. 현지는 재빨리 알봇에게 뛰어갔다.

"알봇, 다친 데 없어? 괜찮아?"

현지가 알봇의 이곳저곳을 만지고 살피며 물었다.

"괜찮다, 현지 대원. 발바닥이 닳았고 왼쪽 어깨에 금이 갔다."

현지는 알봇을 와락 안았다. 눈물이 볼을 타고 주르륵 흘러내렸다.

"고마워, 알봇. 너와 로봇 소방관들 덕분에 모두가 살았어! 정말 고마워!"

그날 터널 사고 뒷수습은 더 이상의 사고 없이 잘 마무리되었다.

이 사건으로 인공지능 로봇 소방관들의 필요성을 확실히 알게 되어 전국 소방서마다 셋 이상 로봇 소방관이 배치되었다.

소방서에 사이렌 소리가 요란하게 울렸다. 현지가 알봇을 향해 큰소리로 외쳤다.

"알봇, 출동이다!"

김하영
2022년 부산아동문학신인상 동화 등단
제31회 눈높이 아동문학대전 아동문학상 동화책 부문 우수상
동화집 『쏙쏙 메모지』

두부는 내 친구

김현경

"길고양이는 나빠!"

구리가 두부 집에 포르르 앉으며 투툴댔다. 구리는 직박구리, 두부는 백구다. 구리가 아기 때 둥지에 뱀이 한 마리 쳐들어왔다. 뱀을 피하던 구리가 땅으로 떨어졌다. 마침 나무 아래를 지나던 두부가 등으로 구리를 살짝 받았다. 그 덕분에 구리가 다치지 않았다. 이 일을 계기로 구리와 두부는 친해졌다.

"아유, 잘 잤다. 구리야, 좋은 아침!"

두부는 입을 벌려 하품을 하며 구리에게 인사했다.

"두부야, 좋은 아침이 아니라니까!"

"왜 무슨 일 있었어?"

"딱새 아줌마가 며칠 전에 낳은 알을 고양이가 다 먹었대. 아줌마는 너무 슬퍼서 울고 있어. 고양이는 아주 나빠."

"구리야, 네 말도 맞아. 하지만 고양이도 배가 고파서 그러지 않았을까?"

두부는 구리를 다독거렸다.

"너는 친구인 내 편을 들어야지! 왜 얼굴도 모르는 고양이 편을 들고 그래?"

구리가 홱 토라지며 쏘아붙였다.

"구리야, 나는 누구 편을 드는 것이 아니라……."

"아니긴 뭐가 아니야. 넌 내 친구도 아니야."

구리는 두부 말을 뚝 자르며 날아가 버렸다.

하늘에 먹구름이 잔뜩 몰려왔다. 마치 하늘에 구멍이 뚫린 것처럼 비가 쏟아졌다.

"쏴아, 쏴아."

비는 며칠 동안 계속되었다. 두부는 비를 피해 집 안에서 시간을 보냈다. 구리는 며칠째 나타나지 않았다.

"이렇게 비가 많이 오는데……, 구리는 괜찮을까?"

두부는 구리가 걱정되었다. 다행히 비가 그치며 해가 살짝 보이기 시작했다.

밖에서 고양이 울음소리가 들렸다.

두부는 집 밖으로 고개를 내밀었다. 집 앞에 비를 흘딱 맞은 고양이 한 마리가 새끼의 목덜미를 문 채 서 있었다.

"무슨 일이세요?"

"부탁을 드리려고 왔어요. 비가 너무 많이 와서 보금자리가 물에 잠겼어요. 이사를 해야 하는데……, 아기가 몸이 안 좋아서 데려가기 어려워요. 잠시 맡아 줄 수 없을까요?"

"안 돼요. 저는 아기를 키운 적도 없고, 집도 좁고. 미안하지만 어려울 것 같아요."

"꼭 데리러 오겠습니다. 그냥 두고 가면 아기는 죽을 수밖에 없어요."

"아, 이거 곤란한데……."

두부는 어쩔 줄 몰라 했다.

엄마 고양이는 두부의 눈치를 살피며 두부 집 앞에 아기 고양이를 조심스럽게 내려놓았다.

"아기 이름은 춘삼이에요. 봄에 태어나서 붙인 이름입니다. 우리 막둥이예요. 꼭 데리러 오겠습니다."

엄마 고양이는 할 말을 끝내고는 서둘러 골목길로 사라졌다.

춘삼이는 두부가 무서운지, 엄마가 보고 싶은 건지, 계속 하악하악 소리를 냈다. 노랑 털에 눈이 초롱초롱 예뻤다.

"괜찮아. 엄마 곧 올 거야."

두부는 춘삼이를 살살 달랬다.

주인 아주머니가 나오더니 고양이를 보고는 말했다.

"어머나! 웬 새끼 고양이가 있네."

주인 아주머니는 두부 밥그릇에 닭고기를 듬뿍 담아주었다. 두부는 춘삼이가 편하게 먹도록 옆으로 살짝 비켜 주었다. 춘삼이는 닭고기를 맛있게 먹었다. 배가 부르자, 춘삼이는 새록새록 잠이 들었다.

"녀석, 계속 하악거리더니 먹기는 잘 먹네."

두부는 그릇에 조금 남은 닭고기를 마저 먹었다.

오랜만에 구리가 두부 집에 놀러 왔다.

"구리야, 이번 비에 괜찮았어?"

두부는 걱정스럽게 물었다.

"응, 피해는 없었어. 너를 못 보니 심심하긴 했어."

"나도 너가 보고 싶었어."

"특별히 내가 놀아주는 거야. 앞으로는 내 편 들어. 알았지?"

"그래. 알았어. 구리야."

두부도 웃으며 대답했다.

그때 잠에서 깬 춘삼이가 두부 집 밖으로 나왔다.

"으잉, 왜 고양이가 너희 집에서 나와? 도둑처럼 남의 집에 함부로 들어가다니! 혼나 봐라."

구리는 푸드덕 날아올라 춘삼이 머리를 쪼았다.

"안 돼. 그러지 마. 나랑 같이 사는 고양이야."

두부가 구리에게 소리쳤다.

춘삼이는 오들오들 떨며, 두부 뒤에 숨었다.

"뭐어! 너랑 같이 살아?"

구리는 눈이 휘둥그레져서 두부와 춘삼이를 번갈아 보았다.

"구리야, 내 이야기 들어봐. 아기 고양이가 몸이 안 좋아. 불쌍하잖아. 나중에 엄마 고양이가 데리러 온다고 했어. 우리 집에 잠시만 맡아주는 거야."

두부는 그간에 있었던 일을 구리에게 차근차근 말했다.

"너는 그 말을 믿니? 너에게 아픈 고양이 버리고 간 거야!"

구리는 춘삼이가 불안하게 걷는 것을 보더니 답답한 듯이 말했다.

"아냐. 그렇지 않아. 몇 번이고 꼭 데리러 온다고 했단 말이야."

"너는 남의 말을 너무 잘 믿어서 탈이야."

구리는 콧방귀를 끼었다.

춘삼이는 두부 밥그릇에 놓인 먹이를 자기 것처럼 마음껏 먹었다. 두부는 춘삼이의 아픈 다리를 핥아주었다. 춘삼이도 두부 몸을 꾹꾹 누르며 기분 좋게 비볐다.

"으이구! 너는 네 밥도 못 챙겨 먹고. 쯧쯧! 누가 보면 네 새끼인지 알겠다."

구리는 못마땅한 얼굴로 춘삼이를 째려보았다.

두부가 잘 먹이고 정성으로 돌본 덕분에 춘삼이는 하루가 다르게 살이 오르고 다리에도 힘이 생겼다. 한참이 지나도 엄마 고양이는 나타나지 않았다.

어느새 춘삼이는 뛰어다닐 정도로 건강이 좋아졌다.

춘삼이는 동네 나들이를 하러 나갔다. 향긋한 꽃향기가 솔솔 풍기고 나비가 한가롭게 날아다녔다. 춘삼이는 이곳저곳을 자유롭게 돌아다녔다.

길 건너편 풀숲에서 구리가 풀잎에 붙은 애벌레를 먹고 있었다. 춘삼이는 구리를 못 본 체하고 지나가려고 했다. 그런데 조금 떨어진 나무 사이에서 삵이 구리를 노리고 있었다.

삵이 날카로운 이를 드러내며 구리에게 살금살금 다가갔다.

"위험해요!"

춘삼이는 소리를 지르며 구리에게 달려갔다.
춘삼이 소리를 들은 구리는 삵을 보고는 놀라서 하늘 위로 날아올랐다.
구리를 놓친 삵은 춘삼이를 향해 사납게 다가왔다.
“조그만 새끼 고양이가 어디 삵 무서운지 모르고! 내 먹잇감을 놓치게 하다니. 가만두지 않겠다!”
구리는 두부에게 급히 상황을 알렸다.
“두부야, 춘삼이가 위험해!”
“뭐, 어디! 어디!”
두부는 우렁차게 짖으며 구리가 날아가는 곳으로 내달렸다. 두부 소리를 들은 삵은 아쉬운 표정으로 사라졌다.
“춘삼아, 고마워.”
구리가 춘삼이에게 다정하게 말했다.
“다치지 않아서 정말 다행이에요.”
춘삼이도 웃으며 대답했다. 셋은 기분 좋게 집으로 돌아왔다.
엄마 고양이가 집 앞에 서 있었다.
“집이 비어 있어서 기다렸어요.”
엄마 고양이가 두부에게 공손하게 말했다.
춘삼이는 엄마 고양이를 보자 반갑게 달려갔다.
“엄마!”
“춘삼아, 미안하다. 늦게 데리러 와서. 이제 제법 건강해졌구나.”
엄마 고양이가 춘삼이를 꼭 안아주었다. 그때 아기 고양이 두 마리가 두부 집 안에서 나왔다.
“하하. 녀석들, 내 집이 마음에 쏙 드나 보구나.”
두부는 귀여운 아기 고양이를 보면서 껄껄 웃었다.
“안녕하세요. 아저씨, 저는 춘삼이 형 춘일이에요.”

"안녕하세요. 아저씨, 저는 춘삼이 누나 춘이예요."

춘일과 춘이는 두부에게 자기를 소개했다.

춘삼이는 춘일, 춘이와 어울려 마당에서 신나게 뛰어놀았다.

"그동안 고마웠습니다."

엄마 고양이는 두부에게 정중히 인사했다.

"그동안 고마웠습니다."

춘일, 춘이, 춘삼이도 두부에게 인사했다.

고양이 가족들은 자신들의 보금자리로 돌아갔다.

"흠, 엄마 고양이가 새끼를 찾아갔네. 버린 건 아니었네."

"봐. 내가 꼭 데리러 온다고 했지."

두부가 기분 좋게 웃었다.

"춘삼이가 가족과 함께 있는 모습이 행복해 보이네."

구리가 고양이 가족을 부러운 눈으로 보았다.

"걱정하지 마. 구리야, 너에게는 내가 있잖아!"

두부가 얼굴을 들이밀며 따뜻하게 말했다.

"맞아, 맞아. 두부는 내 친구!"

구리도 기분 좋게 맞장구치며 두부 어깨 위에 포르르 앉았다.

김현경

2010년 동서커피문학상 아동문학부문 금상 수상

제2회 미래엔 창작글감 공모전 입선, 밀크T 창작동화 공모전 동상 수상

동화집 『내 발바닥 곰 발바닥』, 『슈퍼맨이 나타났다』

현, 명덕초등학교 교사

아기 반달가슴곰

남순

숲 속 가장자리에 커다란 산벚나무 한 그루가 살고 있었어요. 나무의 키는 엄마 반달가슴곰의 열 배가 넘었어요. 숲 속에서 가장 큰 나무였어요. 열매는 숲 속 친구들의 약이 되었지요.

반달가슴곰들은 대대로 그 나무를 지켜왔어요. 가슴에 반달무늬가 자부심 같았지요.

"아가, 놀러 다니지만 말고, 엄마 일을 좀 배우거라."

"싫어요."

아기 반달가슴곰은 친구들과 숲 속에서 노는 것이 재미있었어요.

그러던 어느 날이었어요.

"아가, 이 나무를 목숨처럼 지켜야 한다!"

엄마는 이 말을 남기고 하늘나라로 떠났어요.

"엄마, 엉 엉 엉……."

아기 반달가슴곰은 울다가 지쳐 그만 잠이 들었어요.

'엄마!'

잠에서 깨어난 아기 반달가슴곰은 엄마가 일하던 곳을 찾아다녔어요. 그런데 아기 반달가슴곰의 발이 가장 많이 머문 곳이 산벚나무 아래였어요.

'엄마는 여기서 일을 많이 했구나!'

아기 반달가슴곰은 산벚나무 주위를 맴돌았어요.

산벚나무에서 움이 방싯거렸어요.

'아!'

아기 반달가슴곰은 어떻게 산벚나무를 지켜야 하는지를 몰랐어요. 답답한 아기 반달가슴곰은 친구들과 놀던 곳으로 가 보았어요. 양지바른 곳에 낙엽 거름이 수북이 있었어요.

"저걸, 산벚나무에게 갖다 줄까?"

아기 반달가슴곰은 마음이 바빠졌어요.

"아얏!"

급하게 일을 하다가 낙엽에 미끄러져 그만 엉덩방아를 찧고 말았어요.

"엄마~."

아기 반달가슴곰이 하늘을 보며 울었어요.

그때였어요.

하늘에서 누런 모래가 날아오고 있었어요.

"왕 왕 왕……."

누런 모래 사이로 벌레들이 날아와 산벚나무에 붙었어요.

뚝

뚜

둑

흙비가 내렸어요.
아기 반달가슴곰은 산벚나무 쪽으로 허겁지겁 달려갔어요.
벌레들이 움을 갉아먹고 있었어요.
“안 돼!”
아기 반달가슴곰은 벌레들을 쫓았어요.
하지만 벌레들은 끄떡도 하지 않았어요.
‘엄마는 이럴 때 어떻게 했을까?’
아기 반달가슴곰은 엄마 일을 배우지 않은 것을 후회했어요.

마침, 다람이가 지나갔어요.
“다람아, 다람아, 알밤 하나 줄게. 저 벌레들을 좀 쫓아줄래?”
“꼴랑, 알밤 하나로?”
“너도 알잖아. 산벚나무가 잘못되면 우리들이 어떻게 되는지.”
“음, 알겠어.”
다람이는 산벚나무에 올라가서 가지를 마구 흔들었어요.
그러나 벌레들은 끄떡도 하지 않았어요.
“난, 더 이상 못하겠어.”
다람이는 알밤 하나를 받아 들고 그만 가버렸어요.

혼자 남은 아기 반달가슴곰은 산벚나무를 지킬 방법을 몰랐어요.
‘어떡하지?’
아기 반달가슴곰은 산벚나무 주위를 뱅뱅 돌며 생각을 하고 또 했어요.
왕왕거리던 벌레들이 뱅뱅 도는 아기 반달가슴곰을 보느라 조용했어요.
‘말을 걸어볼까?’
아기 반달가슴곰은 용기를 냈어요.

"음! 음!"

우선, 목소리를 가다듬었어요.

"너희들 어디서 왔니?"

"거기, 바다 건너에서, 왕왕."

"왜?"

"거긴 나무가 자라지 않아 발붙일 곳이 없어, 왕왕."

"그런데 왜, 여기로 온 거야?"

"위에서 보니까 이 나무가 가장 커서 발붙일 곳이 많을 것 같아서, 왕왕."

"숲에 이 나무가 없으면 우리는 살 수가 없어."

아기 반달가슴곰은 벌레들에게 산벚나무 이야기를 해주었어요.

"그럼, 우리는 어디서 살지? 왕왕."

"내가 너희들이 살만한 곳을 알려줄게."

아기 반달가슴곰은 벌레들이 살 만한 곳을 알고 있었어요.

"어딘데?"

친구들과 숲에서 놀 때 썩은 나무에 번데기가 많은 곳을 알고 있었거든요. 그곳을 벌레들에게 알려주었어요.

"고마워, 왕왕!"

벌레들은 모두 몰려갔어요.

"호오오~."

산들바람이 산벚나무 상처에 입김을 불어주었고요.

햇살은 따뜻하게 안아주었지요.

"휴우우~."

그제야 산벚나무가 크게 숨을 쉬었어요.

벌레들이 떠난 자리에 깨알만한 새움이 돋아났어요. 산벚나무에 잎사귀들이 초록초록 피어났지요.

숲을 떠났던 친구들이 돌아오고 있었어요.

아기 반달가슴곰은 산벚나무를 지키는 동안 늠름한 반달가슴곰으로 자라났어요.

남순

2004《아동문예》동화, 2013《문학예술》시 등단

제6회 남제문학 작가상, 제21회 부산문학상 우수상

작품집『무지개나라 화가아저씨』,『물고기 아파트』,『빨강 연필』(공저) 외

현, 부경대학교 평생교육원 외래교수

사이좋게 지내요

박미경

윤아는 미술학원을 나와 집으로 향했어요.

걸어가다 폴짝폴짝 뛰기도 하고 빙글빙글 돌기도 해요. 입가엔 싱글벙글 웃음을 머금었어요. 수업시간에 선생님께 칭찬을 받았거든요.

윤아는 나무와 새들과 동물들을 그렸어요. 선생님이 그림에서 자연과 동물을 사랑하는 윤아 마음이 느껴진다고 했어요. 윤아는 너무 기분이 좋아서 하늘로 날아갈 뻔 했어요.

윤아가 아파트 단지에 들어서서 걸어갈 때였어요. 비둘기 한 마리가 윤아 앞에 내려앉았어요. 윤아는 걸음을 멈추고 비둘기를 신기하게 보았어요. 비둘기가 도망가지 않고 고개를 갸우뚱거리며 윤아를 보았어요. 그 모습이 귀여웠어요.

윤아는 가방에서 과자를 꺼냈어요. 윤아가 과자 부스러기를 주자 콕콕 쪼았어요. 보석 같은 눈으로 윤아를 쳐다보기도 했어요. 윤아는 기분이 좋았어요.

"아악! 비둘기닷!"

누가 소리 질렀어요. 같은 학원에 다니는 도영이에요. 도영이 소리에 놀란 비둘기가 날아갔어요. 윤아는 비둘기와 같이 있고 싶었는데 아쉬웠어요.

"난 비둘기 무서워."

도영이가 윤아 팔을 꽉 잡았어요. 그러고 보니, 도영이는 매미나 애벌레, 달팽이도 무서워했어요. 윤아는 아무렇지 않게 만지는데 말이에요. 윤아가 좋아하는 걸 다른 사람은 싫어할 수도 있나 봐요.

"나하고 같이 가자."

윤아는 102동 입구까지 도영이랑 손잡고 갔어요. 도영이는 얼른 집으로 갔고, 윤아는 기분이 좋았어요.

"엄마, 친구를 도와줬어."

집에 들어가자마자 윤아는 자랑을 했어요. 강아지 콩이가 꼬리를 흔들며 반겼어요. 어항 속 금붕어 빨강이와 검둥이도 입을 뻐끔거리며 인사했어요.

"그래? 잘했어. 우리 윤아 최고!"

간식을 챙겨주며 윤아 얘기를 듣던 엄마가 고개를 들고 윤아를 보았어요.

"비둘기한테 과자를 줬어?"

"응. 더 같이 있고 싶었어."

윤아는 아쉬운 눈빛으로 창밖을 보았어요. 아직도 비둘기가 눈에 선해요.

"근데 윤아야, 앞으로 비둘기 보면 못 본 척해. 먹이도 주면 안 돼. 알았지?"

엄마가 윤아 눈을 똑바로 쳐다보며 말했어요. 엄마가 그런 눈빛으로 말할 땐, 새겨들어야 해요.

"왜요?"

"비둘기는 사람에게 해로운 동물이야. 가까이 가면 병이 옮을지도 몰라."

엄마가 그런 말 할 줄 몰랐어요. 그렇게 예쁜 새가 나쁜 병을 옮긴다니, 윤아는 울상이 되었어요. 비둘기와 친구가 되고 싶었거든요.

그래도 윤아는 엄마 말을 듣기로 했어요. 착한 윤아니까요.

다음 날, 윤아는 어제 비둘기가 날아왔던 길을 걸었어요.

'절대 비둘기는 보지 않을 거야. 절대!'

엄마 당부를 떠올리며 되뇌었어요. 하지만 눈길은 비둘기를 찾고 있어요.

푸드득.

어디선가 비둘기 날갯짓 소리가 들렸어요. 윤아는 어느새 소리가 들리는 곳으로 달려갔어요.

아파트 화단 구석에 비둘기들이 모였어요. 그리고 한 할아버지가 비둘기들에게 모이를 주고 있어요. 머리카락이 하얗고 허리가 구부정한 할아버지예요. 할아버지 어깨에도 비둘기 한 마리가 앉아 있어요. 윤아를 보자 비둘기가 고개를 갸웃거렸어요.

엄마가 처음 보는 사람에게 말 걸면 안 된다고 했지만, 윤아는 모른 척할

수 없었어요. 할아버지는 윤아처럼 비둘기에 대해 모르는 게 분명하니까요. 동물을 사랑하는 착한 사람이 병에 걸리게 둘 순 없었어요.

"할아버지, 비둘기한테 먹이 주면 안 돼요! 병 옮길지 몰라요."

윤아가 소리쳤어요. 할아버지가 윤아를 돌아보았어요. 주름진 입가에 인자한 미소가 번졌어요.

"착한 아이구나. 몇 살이니?"

할아버지가 물었어요.

"열 살이요."

윤아는 할아버지가 갑자기 나이를 물어서 이상했어요.

"우리 애도 너만할 때 참 예뻤지. 난 그 애가 태어난 걸 몰랐어. 전쟁터에 있었으니까."

할아버지는 윤아가 물어보지도 않았는데 혼자 얘기했어요.

"할아버진 비둘기가 해롭다는 거 모르셨죠?"

"사람들이 해롭다고 하더구나. 먹이도 주지 말라고 하고."

할아버지 말에 윤아는 깜짝 놀랐어요.

"예에? 알고 있었어요? 근데 왜 먹이를 주세요?"

"예쁘고 착하니까. 비둘기는 죄가 없어. 예전엔 말이다……."

할아버지가 뭔가 말을 하려고 할 때, 경비아저씨가 나타났어요.

"영감님, 비둘기 먹이 주면 안 된다고 했잖아요! 민원이 심해요. 어서 집으로 돌아가세요! 워어 워, 저리 가!"

경비아저씨가 비둘기들을 쫓아냈어요. 할아버지는 어쩔 수 없다는 듯 돌아섰어요.

"얘야, 너도 빨리 집에 가! 하루 이틀도 아니고, 고집불통 영감 같으니라고."

경비 아저씨가 투덜거리며 종종걸음으로 사라졌어요.

윤아는 그날 있었던 일을 엄마에게 말하지 않았어요. 엄마가 알면 화낼 것 같았어요. 윤아는 할아버지를 잊어버리기로 했어요. 그런데 윤아를 보며 웃던 할아버지 눈빛이 잊히지 않아요. 윤아를 보던 비둘기 눈빛도 자꾸 생각났어요.

다음 날, 윤아는 할아버지를 만났던 곳으로 갔어요. 비둘기 몇 마리만 있을 뿐, 할아버진 없었어요. 비둘기들이 구구구— 할아버지 왜 안 오냐고 묻는 것 같았어요.

할아버지는 이제 비둘기 먹이를 주지 않기로 했나 봐요. 잘됐다 싶으면서도 마음 한구석이 허전했어요.

며칠 후, 학원을 마친 윤아는 늘 가던 길로 걸어갔어요. 저도 모르게 할아버지를 만났던 곳으로 갔어요.

오늘도 할아버진 없었어요. 대신 할아버지를 기다리는 비둘기들이 있었어요. 과자 주고 싶은 걸 꾹 참았어요. 돌아서려던 윤아는 이상한 걸 보았어요.

비둘기 한 마리가 다리에 종이쪽지를 달고 있었어요. 그 비둘기는 윤아 앞에서 고개를 갸우뚱거렸어요. 윤아는 가슴이 두근두근 했어요.

쪽지엔 뭐라 쓰여 있을까요? 쪽지를 보고 싶었지만 비둘기는 가까이 다가가면 그 만큼 멀어졌어요.

"윤아야, 거기서 뭐하니?"

엄마였어요.

"엄마, 저거 봐요."

윤아가 비둘기 다리를 가리켰어요. 엄마가 다리에 묶인 쪽지를 보았어요. 엄마는 경비 아저씨한테 도움을 청했어요. 아저씨가 뜰채로 비둘기를 잡았어요.

"이, 이건!"

쪽지를 본 엄마와 아저씨는 할아버지 집으로 달려갔어요. 윤아도 따라갔어요. 비상 열쇠로 들어간 할아버지 집에는 할아버지가 쓰러져 있었어요. 엄마가 구급차를 불렀어요. 경비 아저씨는 할아버지 비상연락망으로 연락했어요.

"할아버진 미끄러져 허리를 다친 모양이야. 병원에서 수술 받으면 괜찮을 거래. 하지만 나이가 많아서 빨리 회복되진 못할 거래."

윤아가 궁금해 하자 엄마가 할아버지 소식을 전해 주었어요.

할아버지는 혼자 살고 있었는데, 발을 헛디뎌 그만 미끄러지고 말았대요. 할아버지는 쓰러져서 꼼짝을 못해 아무것도 먹지 못하고 이틀을 보냈고, 사흘째 날에 마지막 희망을 담아 쪽지를 보냈다고 해요. 집이 좁아 메모지와 볼펜이 손닿는 곳에 있어서 그나마 다행이었대요.

할아버지가 6 · 25전쟁에 참전했을 때 적군에 포위되어 절망에 빠졌을 때처럼. 그때 비둘기가 소식을 전해 지원부대가 온 것처럼. 할아버지는 평소 가장 친했던 비둘기를 휘파람으로 불러 가까스로 쪽지를 보냈던 거예요.

그리고 할아버지가 목숨을 구해 준 엄마와 윤아에게 고맙다고 했대요. 그날 윤아가 그곳에서 쪽지를 발견하지 못했더라면, 할아버진 견디지 못했을 거라고 했대요.

윤아는 할아버지가 왜 비둘기에게 계속 먹이를 주었는지 알았어요.

윤아는 생명을 사랑하라고 배웠어요. 그래서 사랑하기만 하면 되는 줄 알았어요. 그게 다가 아니었나 봐요. 언젠가 삼촌이 사랑은 힘든 거라고 했던 말을 알 것 같았어요.

"엄마, 사람들이 비둘기를 싫어하지 않으면 좋겠어. 사이좋게 지내면 좋겠어."

윤아 눈이 촉촉해졌어요.

"엄마도 그랬으면 좋겠어."

엄마가 윤아를 살며시 안아주었어요.

박미경
2004년《아동문학평론》신인상 동화 등단
작품집『동물들이 수상해』,『동래성에 부는 바람』,『온천천 오리알 소동』외
현, 부산아동문학인협회 부회장

우산 셋이 나란히

박미라

비가 옵니다.

투둑 툭툭

비가 창가에 부딪칩니다. 경쾌한 소리가 납니다.

은우는 신발장을 엽니다. 우산 통에 낡은 우산 하나만 덜렁 꽂혀 있습니다. 살짝 구멍이 나 있습니다. 새 우산은 아빠가 가져간 모양입니다.

"엄마, 새 우산 없어?"

엄마가 현관으로 달려 나옵니다.

"깜빡했네. 오늘 사다 놓을게."

은우는 입을 삐죽입니다. 하지만 어쩔 수 없습니다. 당장 학교에 가야 하니까요.

엄마가 현관문을 나서는 은우에게 말합니다.

"아들! 학교 잘 갔다 와!"

바쁜 엄마는 미안할 때마다 '아들' 하고 정겹게 부릅니다.

비가 옵니다.

투둑 툭툭

서미는 색색의 우산 가운데 파란 우산을 집어 듭니다.

할머니가 분홍 우산을 서미에게 건넵니다.

"예쁜 거 여기 있는데, 와 어른용 남자 우산을 갖고 가노?"

서미가 야무지게 말합니다.

"여자라고 꼭 분홍을 써야 해? 난 파란색이 좋은데."

"으이그, 저 선머슴 같은 애를 우짜면 좋을꼬?"

서연이는 파란 우산을 자랑스럽게 폅니다. 우산이 펴지듯 가슴도 확 펴집니다.

집 앞에 나오자 웅덩이가 있습니다. 장화 신은 발로 웅덩이를 첨벙 첨벙 밟고 갑니다. 저절로 노래가 나옵니다. 바지에 빗물이 튀어도 괜찮습니다. 재밌거든요.

비가 옵니다.

투둑 툭툭

이층집 창가에도 비가 떨어집니다.

민재의 얼굴이 밝아집니다. 민재는 비 오는 날을 좋아합니다. 커다란 우산으로 얼굴을 가릴 수 있으니까요.

아빠가 민재에게 당부합니다.

"앞을 잘 보고 다녀야 해!"

민재는 아빠가 걱정하는 이유를 잘 압니다. 바닥만 보고 걷다 넘어져 무릎이 깨진 적이 있거든요.

민재는 대답합니다.

"알았어요."

민재는 커다란 검정 우산을 챙깁니다.

파란 우산이 구멍 난 우산을 따라잡습니다.

"야, 주은우! 같이 가!"

은우가 뒤를 돌아봅니다. 누군지 바로 알 수 있습니다. 쩌렁쩌렁 울리는 목소리는 바로 서미입니다.

키가 한 뼘은 더 큰 서미가 은우를 내려다봅니다.

"우산 같이 쓸래?"

은우 얼굴이 빨개집니다. 구멍 난 우산이 부끄러워 우산을 접습니다.

"놀리려고 그러는 거 아니야. 내 우산이 크니까 같이 쓰자는 거지."

서미는 항상 당당합니다. 성격이 좋아 친구들이 많습니다. 맛있는 게 있으면 나눠 주고, 좋은 학용품이 있으면 나눠 씁니다.

은우는 서미 성격을 알기 때문에 기분이 나쁘지 않습니다.

서미가 은우 쪽으로 우산을 기울여줍니다. 서미에게서 좋은 냄새가 납니다. 은우 심장이 두근두근 뜁니다. 누가 보는 것 같아 마음이 조마조마합니다.

서미는 장난치고 싶습니다. 서미가 슬쩍 우산을 기울입니다. 은우 머리 위로 비가 떨어집니다.

"앗! 미안!"

서미가 혀를 쏙 내밀더니, 다시 은우 쪽으로 우산을 씌워줍니다. 혀를 내민 서미 표정이 귀여워서, 은우는 그만 웃고 맙니다.

문방구 앞에서 파란 우산이 검정 우산을 만났습니다.

검정 우산은 낮게 펼쳐져 있어 마치 텐트 같습니다. 민재가 고개를 푹 숙이고 우산을 낮게 쓰고 있기 때문입니다.

서미는 또 장난치고 싶습니다.

파란 우산이 검정 우산을 툭툭 칩니다. 깜짝 놀란 민재가 고개를 들었습니다. 앞니 빠진 서미가 씩 웃습니다.

"안녕! 민재야! 텐트 좋네!"

민재가 고개를 갸우뚱합니다.

"한번 들어가 봐도 될까?"

서미는 민재가 대답하지 않았는데도 슬쩍 검정 우산 안으로 들어갑니다.

파란 우산을 든 은우가 그 모습을 멀뚱히 지켜봅니다.

민재는 가까이 다가온 서미가 불편합니다.

"왜 그래?"

민재 목소리는 모기처럼 작습니다.

그때 자동차가 지나갑니다. 여기저기로 흙탕물이 마구 튑니다.

서미가 재빠르게 우산으로 흙탕물을 막습니다. 덕분에 민재와 은우가 물벼락을 피합니다.

서미가 묻습니다.

"괜찮아?"

민재가 대답합니다.

"난 괜찮아. 넌?"

서미가 이를 드러내며 웃습니다.

"너무 빨리 피해 버렸어. 흙탕물 맞는 게 재밌는데……."

민재와 은우는 그런 서미를 보고 그만 웃고 맙니다.

서미가 눈빛을 보냅니다. '준비 됐냐?'는 신호입니다. 민재와 은우는 서미의 눈빛을 알아채지 못합니다.

서미는 물웅덩이로 폴짝 뜁니다. 첨벙첨벙 물을 튀깁니다. 민재와 은우에게 흙탕물이 튑니다. 민재와 은우 옷에 얼룩이 생깁니다.

이렇게 되면 은우도 가만히 있을 수 없습니다.

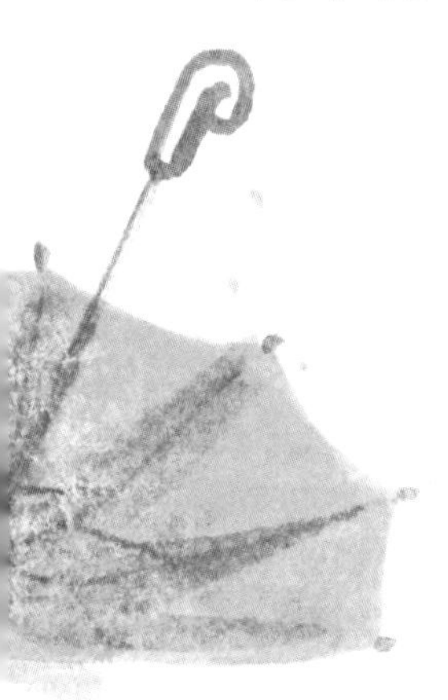

장화 신은 넓은 발로 크게 첨벙 물을 튀깁니다. 서미의 노란 티셔츠에 흙탕물이 튑니다. 성공입니다.

서미가 은우를 노려봅니다.

"네가 먼저 공격했어!"

서미는 오른발 왼발을 번갈아 가며 재빨리 첨벙거립니다. 누런 물방울들이 여기저기로 튑니다. 물방울이 민재와 은우에게 날아갑니다.

이제 민재가 나섭니다. 두 손으로 흙탕물을 모아 던지듯 뿌립니다. 아쉽게도 서미와 은우에게 닿지 않습니다.

서미가 혀를 쏙 내밉니다.

"약 오르지?"

셋은 서로 흙탕물 튀기기 내기합니다. 어느새 우산 셋은 팽개쳐져 있습니다.

빗방울이 우산 위로 토독토독 떨어집니다. 은우, 서미, 민재 머리에도 떨어집니다.

우산 셋이 세 친구를 바라봅니다. 흙탕물 범벅이 된 얼굴들이 환하게 웃습니다.

● 윤석중 동요 '우산'에 영감을 받아 쓴 동화입니다.

이슬비 내리는 이른 아침에 / 우산 셋이 나란히 걸어갑니다. /
파란 우산 검정 우산 찢어진 우산 / 좁다란 학교 길에 우산 세 개가 /
이마를 마주 대고 걸어갑니다.

박미라

2015년 창주문학상 동화 등단
작품집 『금발머리 내 동생』, 『오만데 삼총사의 대모험 2』, 『금슬이 열쇠를 찾아라』 외
현, 부산영어방송에서 구성작가로 근무

엄마를 기억할게요

박윤덕

봄입니다.

엄마는 봄바람들에게 둘러싸여 있어요. 나는 엄마의 꽃대에 붙어있는 하얀 민들레 꽃씨 중의 하나예요. 엄마는 달아나려는 우리들을 힘겹게 꼭 붙들고 있어요.

나는 아무도 모르게 내 마음에 드는, 날개가 튼튼한 바람을 고르는 중이에요. 그래야 빠르고 쉬이 지치지 않거든요. 드디어 바람을 골랐어요. 참 운이 좋았어요. 바로 내 옆에 튼튼한 바람이 있었거든요.

엄마는 봄바람들에게 뭔가 귓속말로 부탁을 하고 있어요. 봄바람들은 모두 고개를 끄떡거려요. 그러겠다고 약속을 하듯이.

"자, 준비 됐니? 아기들아, 안녕. 잘 가거라!"

엄마가 꽃대를 흔들어 우리를 하늘에 띄웠어요. 나는 재빨리 점 찍어둔 바람의 등에 올라탔지요. 바람의 등은 편안했어요.

나는 어젯밤에 엄마가 가르쳐준 걸, 꿈꾸기도 했어요.

"엄마가 가르쳐준 대로 살아갈게요."

나도 가슴이 북받쳐 올랐어요. 이별이란 너무 슬퍼요.

바람을 타고 하늘에 둥실 떴어요. 내 자매들은 뿔뿔이 흩어졌어요.

"네 엄마의 부탁대로 안전한 곳에 데려다주마."

바람이 말했어요.

"고마워요. 바람님!"

바람의 등에 꼭 붙었어요. 내 주위에는 모두 노란 민들레 꽃씨들뿐이어요.

"왜 하얀 민들레 꽃씨는 나 혼자뿐이람?"

불평을 했어요. 가까이 있던 노란 민들레 꽃씨가 들었어요.

"너희는 우리보다 귀하잖아. 사람들이 너희만 보면 캐 가는데, 사람들에게 쓸모가 많은가 봐."

말을 마친 노란 민들레 꽃씨는 어디론가 날아갔어요.

'그런가? 나는 귀한 몸인가?'

나는 기분이 좋아져서 바람을 타고 하늘로 치솟은 후 아래를 봤어요.

넓은 세상과 녹색 풀과 숲, 파란 물줄기가 보였어요.

물줄기를 보는 순간, 조금 전에 이별한 엄마가 생각나서 한눈을 팔았어요. 갑자기 몸이 허전했어요. 세상에! 바람이 나를 허공에 버려두고 어디론가 가버렸어요.

"살려줘!"

당황해서 비명을 질렀어요. 다행히도 나는 몸이 가벼워서 천천히 아래로 떨어지고 있었어요.

"어떻게 해야 되지? 물에 빠지면 죽을 텐데."

살아날 궁리를 했어요. 엄마가 매일 몇 번이고 말씀하시던 가르침을 떠올렸어요.

"얘들아, 우리 민들레 꽃씨들은 날아가다가 물에 빠지면 매우 위험하단다. 그럴 경우에는 무조건 바람님에게 살려달라고 빌어라. 그리고 너희는 꼭 살아 남아서 하얀 민들레 꽃씨를 많이 퍼뜨려라."

나는 사방을 휘둘러보았어요. 아이고, 세상에! 나를 이렇게 허공에 버려두고 바람은 저 아래 쪽에서 예쁜 장미 아가씨와 정답게 이야기를 나누고 있어요. 화도 나고 질투도 나고 겁도 났지만 어쩌겠어요.

"바람님, 바람님, 절 좀 구해 주세요!"

목청이 터져라 바람을 향해 소리쳤어요. 바람이 힐끗 고개를 돌렸어요. 그러나 바람은 곧 고개를 돌려 장미꽃과 이야기를 하고 있어요. 나는 어이가 없었지만, 성질을 부릴 때가 아니었어요.

"바람님, 다른 날은 저를 도와주지 않아도 괜찮아요. 그러나 오늘만큼은 저를 도와주세요. 제발요!"

간절히 애원했어요. 바람이 고개를 돌려 나를 봤어요.

"음, 곧 물에 빠질 것 같은데."

바람이 급히 달려왔어요. 바람은 내가 냇물에 빠지려는 순간 등을 내밀었어요.

"미안하구나. 장미 아가씨와 할 얘기가 있어서 잠깐……."

나는 다시 바람을 타고 하늘로 올라갔어요. 냇물 쪽을 보았어요. 몇몇의 친구들이 냇물에 빠져서 허우적거리며 비명을 지르기도 했지만, 대부분은 바람을 타고 날아가고 있었어요. 냇물에 빠진 친구들을 보니 무척 마음이 아팠어요.

"바람님, 고맙습니다! 고맙습니다!"

고개를 숙였어요. 바람은 싱긋 웃었어요. 시냇물을 건넌 후, 공원의 울창한 숲에 다다랐어요. 울창한 숲에서 우리는 제대로 자라지 못하고, 꽃도 피울 수 없다는 걸 엄마에게 들어서 잘 알고 있어요.

"여긴 울창한 숲인데 어쩌지?"

내가 말했어요.

"걱정 마, 저쪽에 있는 길섶에 데려다줄 테니까."
바람은 나를 공원의 길섶에 내려주었어요.
"자, 여기면 괜찮을 거야. 나는 그만 간다."
"바람님, 바람님!"
바람을 급히 불러 세웠어요. 바람이 돌아섰어요.
"왜, 더 할 말이 있어?"
바람이 물었어요.
"저를 화단에다 옮겨주세요."
"네 엄마가 우리 바람들에게 신신당부했어. 너희를 절대로 화단에 내려주지 말라고."
"왜요?"
뜻밖의 말을 들었어요.
"여기가 더 안전해. 화단에서 싹을 틔우면 사람들이 잡초라고 뽑아버린단다."
바람이 씩 웃었어요.
"그렇네요."
하며 여기까지 나를 데려다준 바람에게 깊이 고개를 숙였어요.
"괜찮아. 너희가 살 곳으로 데려다 주는 게 내 할 일이야."
바람이 떠나갔어요. 나는 바람을 향해 손을 흔들었어요.
나는 자리를 잡았어요. 잠시 후에 다른 바람들이 친구들을 데려왔어요. 모두가 노란 민들레 꽃씨였어요. 노란 친구들도 길섶에 터를 잡았어요. 바람들은 노란 친구들이 하도 화단에 터를 잡겠다고 고집을 부리니까 그곳에 터를 잡아주기도 하고, 더 멀리 날아가 들판이나 공터, 풀숲에 자리를 잡아주기도 했어요.

며칠 후에 비가 촉촉이 내렸어요. 참으로 단비였어요.

땅속에 뿌리를 내리고 싹을 틔웠어요.

나는 하얀 꽃봉오리를 맺기 시작했어요. 친구들은 노란 꽃봉오리를 맺고요.

나와 친구들이 한창 꽃봉오리를 키우려 할 때였어요.

사내아이들이 공을 들고 우르르 몰려왔어요.

사내아이들이 다가오자, 우리는 짓밟힐까 봐 겁이 나서 몸을 움츠렸어요.

"여긴 길이 넓어서 피구를 해도 되겠다."

키가 큰 사내아이가 말했어요. 아이들은 돌멩이로 금을 그었어요. 잠시 후, 피구가 시작됐어요. 아이들은 공을 따라 이리 뛰고 저리 뛰었어요.

"아이구, 하필이면 왜 여기서 놀아!"

우리는 불평을 늘어놓으며 밟힐까 봐 전전긍긍했어요. 아이들이 뛸 때마다 나도 가슴을 졸이며 납작 엎드렸어요.

"악!"

노란 친구 하나가 비명을 질렀어요. 한 아이가 친구를 밟아 으스러트렸기 때문이어요.

"아아 악~."

뒤를 이어 고통스런 비명소리가 또 들렸어요. 그리고 사방에서 비명소리가 났어요. 나는 숨을 죽이고 몸을 숙여 땅에 찰싹 붙였습니다. 내 머리 위로 커다란 신발이 떨어져 내려왔어요. 눈을 질끈 감고 견딜 수 없는 두려움에 온몸을 덜덜 떨었어요. 신발 바닥이 나를 덮쳤어요. 꽃봉오리가 짓밟히고, 꽃대가 부러지고, 잎이 으스러졌어요. 견딜 수 없는 아픔을 겪었어요.

며칠 후였어요.

나는 화단과 공터의 민들레들을 보았어요.

"너희가 너무 부러워"

내가 말했어요.

"왜 하필 위험한 길섶에 내렸어? 우리처럼 안전한 화단이나 공터에 내리지."

화단과 공터의 민들레들이 큰소리쳤어요.

나는 아픔을 참고 다시 몸을 추스렸어요. 오랜 시간 동안 공을 들여 잎을 키우고, 꽃대를 세우고 꽃봉오리를 맺었어요. 다친 친구들도 모두가 상처를 치료하고 꽃대를 내밀어 꽃봉오리를 맺었어요.

해님이 햇살을 내리쬐어 우리를 어루만져주었어요. 그리고 바람도 살랑살랑 불어와 나와 친구들을 안아 주었어요.

"해님, 바람님 고맙습니다."

우리들은 밝고 환한 얼굴로 인사를 했어요.

우리들이 꽃을 한창 피우고 있을 때였어요.

한 무리의 일꾼들이 손에 호미를 들고 화단과 공터에 나타났어요. 일꾼들은 잡초를 캐냈어요. 민들레들도요. 길섶에 있는 우리들은 안타까워도 바라볼 수밖에 없었어요.

며칠이 지났어요.

우리들은 꽃봉오리를 활짝 펴며 주위를 아름답게 물들였어요.

"엄마, 드디어 꽃을 피웠어요."

나는 보이지 않는 엄마를 향해 소리쳤어요.

우리들이 꽃을 피운 지 며칠이 흘렀어요.

나물을 캐는 사람들이 나타났어요. 어머니와 어린 딸이었어요.

"엄마, 여기 민들레가 많아요."

딸이 나물 바구니를 내 옆에 내려놓았어요. 나는 하늘을 원망했어요. 공놀이를 하는 아이들에게 밟히기도 하고, 이번에는 밥상의 나물이 될 신세

가 되었으니까요.

딸은 바구니에서 칼을 꺼내들었어요. 어머니가 딸 옆으로 왔어요.

"민들레가 많구나."

어머니가 말했어요. 나는 친구들을 둘러보았어요. 아이들에게 짓밟혀 깨끗하지 못하고 지저분해 보였어요. 그리고 상처를 치료했지만 짓이겨진 잎이 많았어요.

주위를 살펴본 어머니가 말했어요.

"민들레는 쌈을 싸먹어도 괜찮고, 전을 부쳐도 좋단다. 네 아빠가 민들레 전을 무척 좋아한단다."

"엄마, 여기 약이 된다는 하얀 민들레가 있어요!"

딸이 주저앉아 칼을 치켜들었어요.

나는 눈을 꼭 감았어요.

'아, 이렇게 허무하게…….'

목숨을 포기했어요.

"얘, 나도 그 하얀 민들레를 봤단다. 여기 있는 민들레는 모두 짓이겨져 나물을 해 먹기에 너무 지저분하구나. 오면서 보니까 저쪽 공터에 일꾼들이 작업을 하지 않아서 깨끗한 민들레들이 많이 있더라. 그리로 가자."

어머니가 말했어요. 딸은 칼을 나물 바구니에 넣고 일어섰어요.

어머니는 딸을 데리고 공터가 있는 쪽으로 발걸음을 옮겨갔어요.

"휴우!"

나는 길게 안도의 한숨을 내쉬었어요.

'엄마, 엄마도 이런 고생을 하면서 우리를 기르셨어요?'

엄마 민들레가 있는 쪽으로 고개를 돌리며 중얼거렸어요. 그리고 하늘을 쳐다봤어요. 파란 하늘에는 해님이 빙긋이 미소 지으며 내려다보고 있었어요.

바람이 불어와 우리들을 어루만져 주었어요.

며칠이 더 흘렀어요.

나는 솜털처럼 부드러운 하얀 꽃씨를 키웠어요. 어릴 때 엄마에게 들은 이야기를 아기 꽃씨들에게 해주었어요.

내일은 아기 꽃씨들이 내게서 떠날 거예요.

밤이 되었어요. 아기 꽃씨들이 잠들었어요. 아마 아기 꽃씨들이 꿈을 꾼다면, 내가 어릴 때 꾸었던 꿈을 꿀 거예요. 나는 엄마에게서 배운 대로 아기 꽃씨들을 가르쳤거든요.

아기 꽃씨들이 내 곁을 떠날 때가 되었어요.

바람이 불어왔어요.

"바람님들, 덕분에 이 땅에서 아기들을 잘 길렀어요. 내 아기들이 좋은 곳에서 뿌리를 내리게 해주세요."

바람들에게 신신당부했어요.

"당연히 그렇게 해야지. 자, 출발한다. 얘들아, 새로운 세계로 가자."
바람들은 내 아기 꽃씨들을 등에 태우고 두둥실 하늘에 올라갔어요.

나는 떠나가는 내 아기들을 향해 손을 흔들었어요.

박윤덕
1988년 《경남신문》 신춘문예 동화 등단
경남아동문학상, 한국불교아동문학상, 한국불교청소년문학상 등
동화집 『내 친구 달백이』,『불타는 돌』,『마법의 청동거울과 구부러진 칼의 비밀』 외
부산에서 초등학교 교장으로 퇴직

나무 무덤

박진희

사계절이 아름다운 숲속에 산새 포롱이가 살고 있어요. 포롱이의 꼬리는 길고 깃털은 아름답지요. 오늘도 포롱이는 이른 아침부터 즐겁게 노래를 부르고 있었어요.

"바위님, 편히 주무셨어요?"

"소나무 할아버지, 좋은 아침이지요?"

아침 햇살이 숲속에 따뜻한 손길을 내밀고 있었어요. 포롱이는 나뭇가지 사이를 오가며 인사하기에 바쁘기만 했어요.

"멋쟁이 소나무님, 소나무님은 이 숲속에서 제일 멋지다는 것을 아세요?"

그 말을 들은 소나무는 그저 소리 없이 웃기만 했어요. 그러자 옆에 있던 다른 소나무가 섭섭하다는 표정으로 물었어요.

"포롱아, 나는 어떠냐?"

"아저씨는요 아무리 봐도 두 번째예요!"

그렇게 딱 잘라 말하고 포롱이는 친구들이 있는 곳으로 날아갔어요.

"녀석, 난 두 번째라도 좋다!"

그런 어느 날, 숲속에 이상한 소문이 돌기 시작했어요. 상수리나무가 쪽동백나무에게 속삭이듯 말했어요.

"어제 다람쥐가 내게 이런 말을 했어!"

쪽동백나무는 심심하던 차에 재미있는 일이 생겼으면 좋겠다는 생각을 하며 물었어요.

"무슨 말?"

뜸을 들이며 상수리나무는 작은 소리로 말했어요.

"큰일이 일어나고 있대. 저기 산등성이에."

쪽동백나무는 침을 꼴깍 삼키며 다음 말을 기다렸어요.

"그 큰일은, 우리하고는 상관이 없는 일이래."

"그럼 누구랑 상관이 있다는 거야?"

상수리나무는 소나무를 가리키며 눈짓을 했어요.

"상수리나무야, 답답해 죽겠어. 그냥 말로 해."

"소나무들에게 전염병이 돌고 있다고 했어."

"전염병이라고?"

"응."

상수리나무는 나뭇가지를 조심스럽게 흔들며 말했어요.

"그 병에 걸리면 소나무들이 빨갛게 말라서 죽는대."

"혹시 우리에게도 전염되는 병은 아니겠지?"

"걱정하지 마. 소나무들에게만 옮기는 병이래."

전염병에 대한 소문은 숲속에 퍼져갔어요. 나무와 새, 곤충들까지 입을 다물고 있을 뿐 이젠 아무도 말을 하지 않았어요. 포롱이도 이미 그 무서운 소문을 듣고 있었어요.

"내가 직접 산 너머로 가서 알아봐야겠어!"

포롱이는 혼자서 산을 넘었어요. 그곳에는 소나무들의 앓는 소리와 함께

잎이 누렇게 변해가고 있었어요. 포롱이는 가슴이 철렁 내려앉았어요. 소나무 전염병이 자신을 쫓아오는 것만 같아 날개를 마구 흔들며 돌아왔어요. 포롱이는 마음속으로 간절하게 기도했어요.

'제발 이곳에 있는 멋진 소나무 아저씨를 비롯하여 모든 소나무들이 별일 없게 해 주세요!'

숲속에는 새싹이 돋고 산수유 꽃이 피더니 진달래 꽃도 피었어요. 하지만 모두들 숨을 죽이고 두려운 표정이었지요. 포롱이는 즐겁게 노래를 부르려고 애를 썼지만 그전처럼 즐겁지 않았어요. 하루에도 몇 번씩 소나무 아저씨의 주위를 맴돌 뿐이었어요. 며칠 후 포롱이는 깜짝 놀랐어요. 소나무 아저씨의 윤기 있던 잎이 점점 시들해지고 있었어요. 포롱이는 조심스럽게 다가가 물었어요.

"멋진 소나무 아저씨, 오늘은 왜 힘이 없으세요?"

"글쎄다. 며칠 전부터 몸이 간지럽고 목이 타는구나."

포롱이는 혹시 소나무 아저씨도 전염병에 걸린 것은 아닐까 걱정이 되었어요. 그러나 그것은 소나무 아저씨만 그런 것이 아니었어요.

숲속 몇몇의 소나무들이 목이 마르다고 야단이었어요.

포롱이는 급히 숲속의 의사 딱따구리를 불러왔어요.

"딱따구리님, 소나무들이 몸이 간지럽고 목이 마르다고 해요. 혹시 무슨 병이라도 걸린 걸까요?"

딱따구리는 눈을 크게 뜨고 여기저기를 살펴보았어요.

"저런! 이거 큰일이로구나. 못된 녀석이 붙었어."

"네? 못된 녀석이라니요?"

"솔수염하늘소라는 벌레지. 바로 이 녀석이란다."

딱따구리는 솔잎을 갉아먹고 있던 작은 벌레 한 마리를 잡아냈어요. 솔수염하늘소는 바들바들 떨면서 말했어요.

"잠깐만요. 전 아니에요. 소나무들을 병들게 하는 건 제가 아니라고요!"

"그렇지만 네 몸에 작은 재선충이라는 나쁜 벌레를 숨기고 다니잖니."

"그건 그래요. 하지만 저도 어쩔 수 없어요. 그 조그마한 재선충들이 제 몸에 딱 붙어서 떨어지지 않는 걸 어떡해요?"

솔수염하늘소는 자기 탓이 아니라는 듯이 고개를 마구 흔들며 말했어요.

포롱이는 걱정이 되어 딱따구리에게 물었어요.

"그럼. 이제 소나무들은 어떻게 되죠?"

"한 번 재선충병에 걸리면 수분을 빨아올리는 통로가 막히는데 아직 치료약이 없어 모두 말라죽게 된단다."

순간 포롱이의 눈에서 눈물이 주르륵 흘러내렸어요. 소나무 아저씨의 잎이 빨갛게 말라서 죽는다고 생각하니 무섭기만 했어요.

"울지 마라. 일본에서 처음 발생했던 이 병은 결국 우리나라에까지 옮기고 말았구나."

소나무들이 여기저기 말라 죽어가고 있었어요. 그날부터 포롱이는 노래를 부르지 않았어요.

포롱이는 사랑하는 소나무 아저씨 옆에서 힘주어 말했어요.

"아저씨, 힘내세요. 제가 도와드릴 방법은 모르지만 언제나 아저씨 곁에 있을게요."

"그래. 포롱아, 정말 고맙구나. 네가 있어서 그동안 행복했었단다."

포롱이는 흐르는 눈물을 감추며 말했어요.

"아저씨는 앞으로도 행복하실 거예요. 제가 아저씨를 위해 항상 노래를 불러 드릴게요."

소나무는 씽긋 웃으며 말했어요.

"포롱아, 지금 나를 위해 너의 노래를 들려주겠니?"

“네. 아저씨가 좋아하시던 그 노래를 부를게요.”

포롱이는 천천히 아주 부드럽게 노래를 부르기 시작했어요. 노랫소리는 아파서 끙끙 앓던 소나무들에게도 은은하게 퍼져나갔어요.

사랑은 숨어있지 않아요
늘 당신 곁에 있어요
손을 내밀어 봐요
금방 닿을 거예요

사랑은 멀리 있지 않아요
당신 곁에 늘 있어요
가만히 속삭여 봐요
사랑아, 네가 필요하다고

포롱이는 노래를 부르며 자신도 모르게 흐르는 눈물을 감출 수가 없었어요. 상수리나무도 쪽동백나무도 모두 울고 있었어요. 그 노래를 들으며 소나무 아저씨는 포롱이와 숲에 있는 모든 것들과 작별을 해야만 했어요.

숲속에 무거운 침묵이 흐르던 어느 날이었어요.

전기톱을 든 사람들이 몰려오더니 누렇게 변해 죽어 있는 나무들을 베기 시작했어요.

“참 이상한 일도 다 있지. 치료 방법도 없이 병에 걸린 소나무들을 다 베어야 한다니 보통 일이 아닌걸.”

“그러게 말일세. 토막 내어 약을 뿌리고 비닐로 덮어야 한다니 이건 사람 무덤이 아니라 나무 무덤인가?"
"나무 무덤? 허허 그런 셈이 되었군."
윙윙, 며칠 동안 숲속은 톱질 소리로 가득하더니 여기저기 소나무 무덤이 생겨났어요.
그리고 소나무 무덤엔 묘비 대신 경고문이 붙었지요.
'이 나무를 땔감이나 다른 용도로 이용하고자 가져가는 이는 인위적 확산임으로 처벌을 받게 될 것이다.'
눈으로 보아도 제대로 보이지 않는 작은 벌레 재선충 한 쌍이 20일 뒤면 어마어마한 숫자인 20만 마리까지 많아진다니 걱정이에요.

소나무 무덤은 산 곳곳에 그 수가 눈에 띄게 늘어났어요. 바닷가 동암 마을 언덕에도 여기저기 숫자가 늘어갔어요.
서울에서 놀러온 이모가 언덕을 바라보며 혼잣말을 했어요.
"저 언덕에는 놀러온 사람들이 참 많은가 봐. 초록 텐트를 많이 쳤네."
형이 그 소리를 들었어요.
"이모, 지금 뭐라고 하셨어요?"
"저기 바닷가 바위에서 사람들이 낚시를 하고 숲에는 초록색 텐트가 있잖아."
형은 어이가 없다는 듯이 고개를 저으며 말했어요.
"이모, 저건 텐트가 아니라 소나무 무덤이에요."
이모는 무슨 말인지 잘 알아들을 수 없는지 형의 말을 따라 했어요.
"소나무 무덤?"
형은 한참을 이모에게 재선충에 대한 설명을 했어요. 그제야 이모는 놀라는 표정이 되었어요.
"저렇게 많은 초록 텐트가 소나무들의 무덤이라는 거니?"

"네. 재선충 예방을 하기 위해 죽은 소나무들을 베어 저렇게 무덤을 만든 거예요."

이모의 표정이 점점 굳어 갔어요.

"그리고요. 소나무에 구멍을 내서 재선충 방제약을 주입시키기도 해요."

엄마도 형의 설명을 거들었어요.

"항공 방제 방법은 헬기를 이용하여 재선충이 발생한 산림 전체를 약제로 공중에서 대대적으로 살포한단다. 그래서 그 기간 동안은 산나물이나 버섯과 약초 등은 채취하면 안 된다고 마을 이장님이 홍보하고 다니셨어."

이모는 놀랐어요. 상상하지도 못한 일들이 일어나고 있다는 것이 슬프기만 했어요. 가슴이 먹먹해진 이모는 말문을 닫고 언덕을 바라보았어요.

"아, 정말 안타까운 일이야. 우리나라 산에는 많은 소나무들이 있는데……."

엄마도 한마디 거들었어요.

"그러게 말이다. 소나무들을 재선충이 없는 곳으로 피신시킬 수도 없고 말이야."

"피신을 시킨다고요?"

엄마의 말을 따라하며 형은 피식 웃었어요.

포롱이는 날마다 숲속에서 일어나고 있는 일들이 무섭기만 했어요. 날마다 괴로워하는 소나무를 보는 것이 몹시 슬펐어요. 전기톱에서 나는 소리를 듣는 것도 너무 괴로웠어요.

포롱이의 다정한 노래와 재미있는 이야기를 들을 수도 없는 소나무 아저씨! 그 자리엔 초록 무덤만이 덩그렇게 놓여 있었지요. 포롱이는 나무 무덤에 묻힌 소나무 아저씨를 생각하며 주위를 빙빙 돌았어요. 바위틈에 핀 구절초 꽃잎 하나를 딴 포롱이는 늠름했던 소나무아저씨 무덤에 가만히 올려놓았어요. 그리고 나지막이 속삭였어요.

"소나무 아저씨, 보고 싶어요!"

박진희

2004년 한국아동문학연구회 등단

한국해양문학상 우수상, 한국아동문학 창작상

동화집 『썸낭의 모험』, 동시집 『좋은 날 만들기』

박진희 동화구연 연구소 소장

저는 앨습니다

배익천

할아버지를 떠나보내고 혼자 살던 할머니도 구십이 되었습니다.

'이제는 모든 것이 힘 드는구나.'

햇살이 한참 퍼진 아침나절 할머니가 텃밭에서 허리를 폈습니다. 돌담 위에서 호박꽃이 노랗게 웃고, 할머니 키만큼 자란 참깨가 연분홍으로 웃으며 조잘거렸습니다.

"할매도 이젠 그만해. 보는 우리가 힘들어."

"그래, 이제는 쉬어야겠다. 내가 그만두면 이 텃밭은 풀밭이 될 텐데 그걸 어찌 보고 살겠노?"

"보지 말고 다 팔고 도시로 가세요. 여름에 시원하고 겨울에 따뜻하다는 아파트에 살면서, 온갖 것 다 있다는 마트에 가서 맛있는 것 사 먹으며 사세요."

돌담에 기대어 마당과 텃밭에 그늘을 드리우는 늙은 감나무였습니다.

"자네는 내가 시집올 때부터 거기 있었으니 백 살도 더 될 텐데 아직까지 주렁주렁 열매를 다니 참 부럽네."

"다 할머니, 할아버지가 잘 보살펴 주신 덕분이지요."

"우리가 해 준 게 뭐가 있노. 그저 함께 산 거지. 그러나저러나 내가 떠나면 자네도 외로울 텐데?"

"외롭고 섭섭하겠지요. 그러나 저는 이대로 명대로 살면 되지만 할머니는 이제 누군가가 보살펴줘야 돼요. 참깨꽃 말마따나 우리가 보기에 힘들어요."

"힘들게 하면 안 되지. 누구라도."

"그런데 요즘은 통 발길이 없네요?"

"누가?"

"딸이며, 아들이며, 손자, 손녀, 증손자도요."

"에고, 이제 가져갈 것 다 가져가고 아이들도 어른들보다 더 바쁜 세상인데 뭐 때문에 오겠노?"

"그래도 그렇지요. 그만큼 가져갔으면 이제는 할머니를 잘 모셔야지요."

"다, 옛날 이야기네. 부모 모신다는 것은."

"다들 그래요. 이제 할머니도 아들딸에게 기대하지 말고 다 정리해서 여기 한번 가 보세요."

"어디?"

"저 방화골 있잖아요?"

"방화골이라면 영감 사는 데 아닌강?"

"그래요. 영감님 산소 있는 데요. 거기 요사이 새 길을 냈는데, 그 길 따라 주욱 올라가면 요양병원이 있대요."

"요양병원? 요새 요양병원은 저승길 대기소라던데 나는 죽어도 여기서 죽지 거기는 내가 싫구만. 기저귀 갈아 주기 귀찮아서 먹을 것도 안 주고, 온몸에 도라지꽃을 피운다던데……."

"도라지꽃을 피우다니요?"

"꼬집고 때려서 온몸을 멍들게 한다더라."

"그것은 나쁜 소문이고, 정말 그렇다면 아주 나쁜 사람들이 하는 짓이지요. 거기는 정말 아들딸보다도 더 잘해준다니 한번 생각해 보세요. 이렇게 있다가 언제 어떻게 될지 아무도 몰라요."

"그렇긴 하다. 복 있는 사람은 자고 일어나니 저승이라던데 그렇게 가면 얼마나 좋겠노? 아무도 모르게 쓰러져서 자식들 애먹이면 그것보다 못 할 짓이 없지. 내 한 번 생각해 봄세."

하랑하랑 하랑하랑.

들깻잎이 유난히 반짝이고, 통통, 옥수수가 야무지게 여물어 가는 칠월 아침이었습니다.

"며칠 생각해 보니 자네 말이 맞네. 내 가진 거 모두 정리하고 이제 거기로 갈 걸세. 새로 산 주인에게도 집이며 논밭, 잘 가꾸어 달라고 했네. 특히 자네는 우리의 터줏대감이니 잘 모시라고 했네. 그동안 참 고마웠네. 잊지 못할 걸세. 저것들도 잘 보듬어 주게."

할머니는 푸르게 자라고 있는 호박이며 참깨, 들깨를 어루만지듯 가리키다 늙은 감나무를 살포시 껴안았습니다.

"잘 있게나. 오래오래 사시게."

할머니는 목이 메었습니다. 가만히 감은 눈두덩 아래로 뜨거운 눈물이 하염없이 흘렀습니다.

"잘 생각하셨습니다. 모든 게 잘 될 겁니다. 편안해지실 겁니다."

늙은 감나무는 할머니보다 더 크고 따뜻하게 할머니를 품어 주었습니다.

할머니는 가진 것 모두 팔아 카드 하나 속에 담고, 그 카드가 든 작은 손가방만 들고 집을 나섰습니다.

옛날옛날에 할머니의 할머니가 들려주던 이야기가 생각났습니다.

—옛날옛날에, 그때는 부모가 나이가 많으면 살아있는데도 지게에 지고 깊은 산 속에 갖다버린 거라. 그런데 어느 할매 하나는 아들의 지게에 얹혀 깊은 산 속으로 들어가면서 머리 위에 스치는 나뭇가지를 툭툭 꺾었지. 아들은 어머니가 얼굴에 부딪히니까 툭툭 꺾는 줄 알았지. 그러나 깊은 산 속에서 빈 지게를 지고 내려가려는 아들에게 그 어머니가 말했지. 혹시나 내려가는 길 모르겠거든 에미가 꺾어놓은 나뭇가지 보고 가라고—

옛날옛날 어릴 때는 아무 뜻도 모르고 들은 이야기가 할머니 음성 그대로 살아났습니다.

'아. 이 길이 그 길이구나.'

할머니는 묘한 마음으로 방화골로 향했습니다.

'그라고보니 너무 오래 안 찾아왔네. 영감, 조금만 기다리시오. 내 금방 가리다.'

할머니는 어디에서 힘이 났는지 훨훨 황새가 날갯짓하듯 두 팔을 훠이훠이 흔들며 방화골로 접어들었습니다.

'여기가 맞는데?'

분명히 영감님 산소가 있는 방화골로 들어섰는데, 경운기 한 대 겨우 다닐 수 있는 길이 새까만 포장도로가 되어 있었습니다. 양쪽으로 칠해진 흰 페인트 선과 가운데 칠해진 노랑색 페인트 선에서 아직도 페인트 냄새가 날 것 같았습니다.

'희한타!'

할머니가 신기해하며 새 길에 발을 들여놓자 길이 가는지, 할머니가 걷는지 모르게 할머니는 훠이훠이 황새처럼 새 길을 걷고 있었습니다. 아니, 날아가고 있었습니다.

"잘 오셨습니다. 기다리고 있었습니다."

커다랗고 새하얀 건물로 들어서자 새하얀 옷을 입고 금테가 둘린 새하얀 모자를 쓴 아저씨가 공손하게 허리를 굽히며 말했습니다.

"저를 기다렸다고요?"

"네. 할머니, 할머니가 첫 손님이거든요."

"저는 손님이 아니라 이 요양병원에 입원할 환잔데요."

"아직은 환자가 아니지요. 할머니는 아프지 않으시니까요. 여기는 할머니처럼 평생을 자식들을 위해 살았지만 점점 잊혀지는 분들을 모시는 곳이지요. 나라에서 운영하고요. 무료로요."

금테 모자를 쓴 아저씨가 할머니를 희고 깨끗한 방으로 안내했습니다. 건물 곳곳에서, 물건마다 새것 냄새가 상큼하게 났습니다.

"이 방은 오직 할머니를 위한 할머니의 방입니다. 할머니 세상이지요. 먹는 것을 비롯해서 필요한 것, 필요한 일이 있으면 빨간 버튼만 누르시면 됩니다. 금방 할머니를 위한 분이 옵니다. 언제나 손에 쥐고 계십시오."

금테 모자를 쓴 아저씨가 하얗고 납작한 작은 물건 하나를 할머니 손에 쥐여 주었습니다. 가운데에 동전만 한 빨간 점이 앵두처럼 박혀 있었습니다. 금테 모자를 쓴 아저씨가 공손하게 허리를 굽히고 나갔습니다.

"아!"

할머니는 온몸이 새하얀 햇솜에 품겨져 있는 것 같았습니다. 새하얀 침대, 깨끗한 화장실과 욕실, 커다란 거울이 있는 세면대와 텔레비전, 벽 한쪽이 창으로 된 바깥은 호수와 산과 하늘로 가득했습니다.

시간 가는 줄 모르고 바깥을 내다보고 있던 할머니는 배가 고픈 걸 느꼈습니다. 그러고 보니 집을 깨끗하게 해서 준다고 아침밥도 안 해 먹고, 점심도 안 먹은 것입니다. 할머니는 손에 쥐고 있던 것의 빨간 버튼을 눌렀습니다.

"예, 할머니, 무엇을 도와드릴까요?"

참 따뜻한 목소립니다. 간호사 옷차림도 아니고 수수한 한복을 입은 아주머니였습니다. 사십은 넘었을까, 무명 저고리에 발목을 약간 넘어선 까만 치마를 입고 하얀 고무신을 신고 있었습니다. 머리는 하얀 수건을 고깔처럼 쓰고 있었습니다. 아무리 살펴봐도 기저귀 갈아주기 싫어서 밥 안 주고, 온몸에 도라지꽃을 피울 사람은 아닌 것 같았습니다. 할머니는 마음도 새하얀 햇솜에 쌓여 있는 것처럼 푸근했습니다.

"배가 좀 고파서……."

할머니가 눈을 맞추며 조심스럽게 말했습니다.

"그러시지요? 곧 식사 준비해 오겠습니다."

조용히 방문을 닫고 나간 아주머니가 금방 작은 밥상을 들고 와 탁자 위에 놓았습니다.

"세상에!"

할머니는 밥상과 아주머니를 번갈아 쳐다보며 입을 다물지 못했습니다. 정갈한 밥상에는 금방 지은 좁쌀이 약간 섞인 쌀밥과 아직도 김이 모락모락 나는 삶은 호박잎, 그리고 보글보글 끓는 강된장이 놓여 있었습니다. 아주머니가 나가고 금방 생각한 그 밥상이었습니다.

"보호사님은 내가 먹고 싶었던 것을 어떻게 알았어요?"

어떻게 부를까 망설이는 사이 어정쩡하게 보호사라는 말이 나왔습니다. 참 하기 싫은 말이었습니다.

"할머니 오시기 전에 교육을 받았지요. 할머니에 대해서는 무엇이든 다 알아요."

그랬습니다. 아주머니는 할머니의 모든 것을 다 알고 있었고, 슬프고 즐거웠던 옛일들을 이야기하며 함께 울고 웃어주었습니다. 빨간 단추를 누르면 금방 바람처럼 나타나 모든 것을 해결해 주는 아주머니를 할머니는 '현

산댁'이라고 부르기로 했습니다. 현산은 '어진 산'을 뜻하지요. 현산댁은 늘 같은 차림, 같은 목소리로 할머니 가까이에 있으면서 무슨 일을 시킬 때마다 하얀 장갑을 낀 오른쪽 손목을 살짝살짝 눌렀습니다.

현산댁과 지내는 사이 세월이 얼마나 흘렀는지 할머니는 이제 나이도 잊었습니다. 현산댁과 울고 웃는 동안 원망도 미움도 슬픔도 다 사라지고 오직 현산댁 하나만 남았습니다.

'내 떠나면 다 사라지고 없어지는 것이야. 아들, 딸들은 잘살겠지. 암 잘 살 거야. 옛날 옛날의 이야기 속에 어머니는 아들에게 나뭇가지를 꺾어줬는데 나는 이렇게 잘 살다 가면서 무엇을 주고 가지?'

기력이 쇠할 대로 쇠해진 할머니가 어느 날 밤 가만히 누워서 생각했습니다. 그리고는 고이 간직하고 있던 손지갑에서 카드를 꺼내며 빨간 단추를 눌렀습니다. 이내 현산댁이 바람처럼 앞에 와 섰습니다.

"현산댁, 그동안 참 고마웠어요. 현산댁은 내 두 자식보다 훨씬 귀하고 귀한 사람이오. 이거, 내 전 재산이 든 것이니 현산댁이 가지시오."

가만히 서 있던 현산댁이 카드를 쥔 할머니 손을 조용히 감쌌습니다. 그리고 아주 낮은 목소리로 말했습니다.

"할머니, 저는 이것을 어디에도 쓸 수 없는 AI 로봇 A3입니다. 앨스라 부르지요. 저도 이제 할머니를 위해 할 수 있는 일을 다 한 것 같아요. 그동안 고마웠습니다. 오늘은 할머니를 위해 노래 한 곡 불러 드릴게요."

앨스는 하얀 장갑을 낀 오른쪽 손목을 살짝 한 번 누르고 따뜻하고 조그만 할머니 손을 잡은 채 세상에서 가장 아름다운 목소리로 노래했습니다.

—울 밑에 귀뚜라미 우는 달밤에
  기럭기럭 기러기 울며 갑니다.

'내가 제일 좋아하는 노래네!'

할머니는 아주 편안하게 눈을 감았습니다. 큰 창 너머로 둥근 달이 떠오르고 어디선가 귀뚜라미가 울었습니다.

배익천

1974년 《한국일보》 신춘문예 동화 등단
한국아동문학상, 세종아동문학상, 이주홍아동문학상, 소천아동문학상, 윤석중문학상 등 수상
동화집 『별을 키우는 아이』, 『잠자는 고등어』, 『우는 수탉과 노래하는 암탉』, 그림책 『풀종다리의 노래』, 『털머위꽃』 외
현, 계간 《열린아동문학》 편집 주간

할아버지 추억

소민호

"할아버지, 누리 왔어."

할아버지가 침대에 누워서 잇몸을 발갛게 드러내며 웃었다.

"아버님, 누리 아시겠어요?"

"누리는 내 손년데, 그쪽은 누구요?"

할아버지 눈빛이 금세 싸늘해졌다.

"아, 아버님, 알았어요!"

엄마가 두 손을 모아 쥐고 굽실거렸다.

할아버지는 80년의 추억들을 다 놓쳤어도, 내가 유치원에 다니던 그때의 추억은 꼭 붙들고 있다.

"오늘도 유치원에서 재미있게 놀았냐?"

6학년인 내가 할아버지 눈에는 여전히 유치원에 다니는 누리다.

"응, 할아버지."

"쯧쯧쯧, 그게 무슨 말버릇이냐?"

옆에서 지켜보던 엄마가 혀를 차며 못마땅해 했다.

"친구처럼 말해야 좋아하셔."

"누가 들으면 버릇없다고 손가락질……."
"이봐요. 우리 누리 야단치지 말아요!"
할아버지가 엄마에게 화를 버럭 냈다.
"예 예, 잘못했습니다."
엄마가 나 보고 좋겠다고 하며 입을 삐죽거렸다.
"왜 할아버지는 그때 기억만 할까?"
"할아버지는 너와의 추억을 무척 소중하게 여기셨지. 특히 처음 유치원으로 너를 데리러 가셨던 일은 할아버지의 단골 추억담이었어."
엄마는 그윽한 눈길로 할아버지를 바라보며 그때 일을 들려줬다.

그날 엄마가 몸이 많이 아팠어.
"아버님, 시간 맞춰 누리 좀 데리고 오세요."
"알았다. 걱정하지 말고 병원부터 다녀와!"
할아버지는 일찍부터 유치원 문 앞에서 한참 기다리셨대.
하원할 시간이 되자 할아버지 할머니들이 속속 모여들었다고 했어.
"처음 오셨나 봐요?"
어떤 할머니가 할아버지를 훑어보며 물으셨어.
"예, 오늘 처음입니다."
그때 유치원 문이 열리며 선생님들이 아이들 손을 잡고 나왔대. 먼 데 사는 아이들은 차에 태우고, 가까운 곳에 사는 아이들은 할아버지 할머니들이 챙겼어.
"할아버지!"
너는 달려와서 할아버지 품에 포옥 안겼어.
"아이구야, 이산가족이 따로 없네!"
"어쩌면 할아버지를 저렇게 좋아해?"

고개를 갸웃거리는 할아버지 할머니들과 함께 선생님도 지켜보았어.

“할아버지, 오늘 할아버지가 데리러 온다는 거 누리도 알고 있었어!”

“그랬구나. 할아버지가 데리러 와서 좋아?”

“응, 좋아. 그런데 오늘…….”

너는 그때부터 유치원에서 있었던 이야기를 시작했고, 할아버지는 네 이야기를 듣기 위해 쪼그려 앉으셨지.

주위에 있던 할아버지 할머니들은 손주들의 손을 잡은 채 신기한 듯 지켜보았어.

무엇보다 선생님이 너 때문에 들어가지 못하고 붙들려 있었다고 했어.

그러거나 말거나 너는 이야기보따리를 풀어놓았고, 할아버지는 네 이야기를 들으면서 ‘참 잘했구나.’ ‘오, 그랬어.’ 하시며 추임새를 넣거나 맞장구를 치셨어.

다른 때도 너는 말이 참 많았지. 입을 열면 시간가는 줄 모르고 재재거렸거든.

한 번은 네 말을 듣던 아빠가 회사에 지각까지 했던 적도 있었어. 그래도 할아버지는 네 말을 들어주는 게 제일 먼저라고 말씀하셨지.

그날도 너는 자그마치 10분 가량 쉬지 않고 재잘거렸다고 했어.

그러다 보니 다른 할아버지 할머니들은 아이들 손을 잡고 모두 집에 가고, 선생님과 친구 손을 잡은 할머니 한 분만 남았다고 했어.

“손녀가 어째서 할아버지를 그렇게 좋아해요?”

“글쎄요. 할애비가 동무 같은가 보죠.”

할아버지는 아무렇지 않게 대답하셨어.

“나는 같이 놀아주려고 갖은 애를 다 써도 안 되던 걸요.”

그 할머니는 비결이 있을 것 같다고 하셨대.

“비결은 무슨 비결이 있겠습니까, 그냥 아이를 좋아하는 것뿐입니다.”

"그 참, 이상한 일이지요. 자기 손주 좋아하지 않은 할아버지 할머니가 어디 있겠어요. 예뻐하고 좋아하는 건 마찬가진데……!"

하지만 할아버지는 빙그레 웃기만 하시더래.

"할아버지, 이제 집에 가. 선생님, 안녕히 계세요."

누리가 배꼽인사를 하자 할아버지도 누리 따라 배꼽인사를 했고, 선생님은 아무 말도 못 하고 그냥 허리만 숙였다고 했어.

엄마 이야기를 듣는 동안 어둠이 서물서물 내려앉았다.

"다녀왔어요."

아빠가 들어섰다.

"벌써 퇴근했어요?"

"어, 오늘은 좀 일찍 온 건가?"

"아니에요. 누리랑 이야기하느라고 시간 가는 줄 몰랐네요."

"아버지는 오늘도 잘 지내셨지?"

아빠는 엄마와 함께 할아버지 방에 들어갔다.

"아버지, 다녀왔습니다."

"누구……?"

할아버지는 여전히 아빠를 못 알아보셨다.

아빠는 한참 동안 말없이 슬픈 눈으로 할아버지를 바라보다가 방을 나왔다.

"여보, 고마워!"

아빠 눈에 눈물이 맺혔다.

"새삼스럽게 왜 그래요."

엄마는 아무렇지도 않은 듯 말했지만, 아빠를 바라보는 엄마의 눈에도 슬픔이 고여 있었다.

"어머니도 저렇게 보내드리고, 아버지까지 저러시니 당신한테 너무 미안해. 그래서 하는 말인데……!"

아빠는 가족도 못 알아보고 몸도 마음대로 움직이지 못하는 할아버지를 요양원에 입원시키자고 했다.

"여보,……!"

엄마는 눈을 치뜨고 아빠를 바라보았다.

"그러면 환자도 편하고 가족들도 많이 자유로워진대."

"아빠, 안돼요!"

나는 아빠를 보고 소리쳤다.

"엄마가 힘들면 할아버지는 더 힘들어져."

시설도 좋고 잘 보살펴 주는 요양원이 있다고 아빠가 말했다.

"어머니를 모실 때보다 더 힘들긴 해도 요양원은 생각지도 않았어요."

엄마가 눈물을 닦으며 아빠를 쳐다보았다.

"어머니 때문에 당신 고생한 걸 생각하면 조금 더 일찍 서둘렀어야 했어."

"나는 마음이 안 놓여요."

"걱정하지 마. 요즘은 가족들보다 더 살갑게 모신대."

아빠는 이미 할아버지가 가실 요양원을 정해두었다고 했다.

"내일 오전에 아버지를 모시러 올 거야."

요양원까지 가족들이 함께 갈 수 있는 토요일을 선택했다고 했다.

"그렇게 빨리……!"

엄마는 말을 잇지 못했다.

나는 자꾸만 눈물이 났다.

나만 기억하는 할아버지를 내가 모시지 못하는 게 더 속상했다.

할아버지한테는 내가 제일 먼저였다. 내가 말을 하면 끝까지 들어주셨다. 내가 아파하면 같이 아파하셨던 할아버지를 위해 나는 아무 것도 할 수가 없다.

나는 내방으로 들어가서 이불을 뒤집어썼다.

"누리야!"

한참 뒤에 아빠가 방문을 열고 들어왔다.

"자주 찾아뵐 수 있으니까 너무 걱정하지 마라."

나는 아무 말도 하지 않고 울기만 했다.

방문을 나서는 아빠 어깨도 들썩거렸다.

다음 날 하얀 가운을 입은 사람들이 할아버지를 요양원 차에 태우고 집을 나섰다.

우리를 태운 아빠 차도 그 차를 따라갔다.

오늘은 잿빛 하늘만큼 참 무거운 날이다!

소민호
《동화문학》 신인상 당선
부산아동문학상 등 수상
『다라국 소년 더기』 외

사장님 길들이기

손수자

52층 사장실에서 내려다보는 강물은 흐르지 않는 한 장의 그림이었다.

높은 곳일수록 하늘과 더 가까워져 햇살이 친구처럼 느껴지는 오후였다.

"사장님, 7번 전화입니다. 사모님이십니다."

"뭐라고?"

정 사장의 넓은 이마에 잔물결이 두어 줄 생겼다가 사라졌다.

"학교 일은 당신이 알아서 해야지. 바쁜 사람을 보고 학교에 갔다 오라니?"

큰 목소리에 놀란 단풍나무 분재 잎이 파르르 떨렸다.

"그럴 리가? 입학하기 전에 글도 가르쳤고, 좋다는 것은 모두 다 사주었는데……."

벌떡 일어난 정 사장은 벨을 꾹 눌렀다.

"내일 오후 2시 일정을 비워 두도록 해."

쩌렁쩌렁한 목소리 때문에 책상 위에 놓여 있던 컵 속의 물이 빙그르르 돌았다.

"내일은 싱가포르 경제 담당 이사와 중요한 약속이 되어 있는데요."

"대신 부사장이 가도록, 바로 양산 공장으로 가야 하니까 차 대기시켜요."

정 사장이 나가자, 비서실 사람들은 하던 일을 멈추고 일어나 깊게 허리를 숙였다.

1층에 닿자, 경비 아저씨가 얼른 달려와 회전문 앞에서 머리를 조아렸고, 현관 앞에서 기다리고 있던 김 기사가 앞문을 얼른 열어주었다. 윤이 나도록 잘 닦인 차창에 김 기사의 흰 머리카락이 언뜻 비쳤다 사라졌다.

깊숙이 뒷자리에 파묻힌 정 사장은 눈을 감고 한숨을 푹 쉬었다. 김 기사는 걱정스러운 듯 운전대 앞에 있는 거울로 정 사장의 모습을 바라보았다.

차가 시내를 벗어나자 정 사장이 물었다.

"아들이 초등학교 다닌다고 했나?"

"네, 사장님."

"공부는 잘하는가?"

"네, 사장님. 늘 할머니와 있지만 그런대로 잘하고 있습니다."

김 기사는 아들 이야기가 나오자 싱글거리며 즐거워했다.

정 사장의 얼굴이 굳어졌다. 그 모습을 본 김 기사도 얼른 굳은 표정을 지었다.

갑작스러운 아들 이야기에 사장의 뜻을 눈치 채지 못해 미안한 생각이 들었다.

다음 날, 담임선생님을 만나고 돌아오는 정 사장의 발걸음은 돌을 한 짐 진 듯 무거웠다.

하나뿐인 아들 민서는 공부에 집중하지 않을 뿐만 아니라, 아이들과도 잘 어울리지 않는다는 것이었다. 조그만 충고에도 울어버리기 때문에 함께 의논하고 싶다고 했다.

"교육은 학교에서만 하는 게 아닙니다. 가정과 학교가 서로 문제를 나눌 때, 아이는 바르게 자랄 수 있습니다."

선생님은 부드럽게 말했지만 정 사장의 마음은 나무 가시가 박힌 것처럼 아팠다.

"민서 어머니하고도 여러 번 상담하였지만, 조금도 나아지지 않아 아버지를 한번 뵙고 싶었습니다. 교육은 어머니 몫만 아니기 때문입니다."

정 사장은 선생님에게 회사 직원처럼 허리를 깊게 굽혀 인사를 하고는 교문을 나오며 중얼거렸다.

"맞아, 머리 좋은 과외선생님을 두는 거야. 돈을 두 배, 세 배로 주면 잘하겠지."

그래서 일류 대학을 나오고 최고로 가르친다는 과외 선생님을 모셨다. 그러나 선생님은 사흘 넘기지 못하고 모두 손을 들고 말았다. 책상에 앉으려 하지 않는 민서와 숨바꼭질만 하다가 고개를 살래살래 흔들고 돌아갔다.

민서 엄마도 가정부가 해 놓은 밥을 젓가락으로 한 올 한 올 세다가 골프를 치러 나가 버렸다.

'3대 외동아들을 이렇게 둘 수는 없어.'

정 사장은 오후 일은 될 수 있으면 이사들에게 맡기고 공부를 직접 가르쳐 보기로 하였다.

"아니? 이것도 몰라."

정 사장의 목소리에 놀란 민서는 화장실로 들어가 나오지 않았다.

"민서야, 민서야!"

엄마가 불러도 소용이 없었다. 아빠가 더 크게 소리를 질러도 들은 척도 하지 않았다. 아무리 달래고 달래도 열어주지 않았다. 한참 후, 문을 따고 들어가 보면 민서는 화장실 바닥에서 자고 있었다.

세상을 다 얻은 듯 마음자리가 등등했던 정 사장은 너무 괴롭고 피곤했다. 어려운 회사 일보다 훨씬 다루기 힘든 것이 아들 민서였다. 그렇다고 포기할 수는 없었다.

정 사장은 회사의 중요한 일을 제쳐두고 달려왔지만, 아버지 소리만 들리면 바로 화장실로 들어가 문을 잠가 버렸다.

그날도 정 사장은 일찍 들어왔다.

'아이가 내 뜻대로 되지 않아도 절대 고함을 지르지 않으리라.'

'하나둘씩 차근차근 가르치리라.'

몇 번이나 다짐하고 깊은숨까지 들이쉬었다.

일단 민서와 마주 앉는 데 성공했다.

그러나 아버지 말은 듣지도 않고 옷에 달린 단추를 뜯으며 놀고 있었다.

"야, 이놈아!"

자신도 모르게 벌컥 고함을 질러버렸다.

민서는 울면서 자기 방으로 들어가 문을 잠그고 열어주지 않았다.

정 사장의 짙은 눈썹이 부르르 떨렸다. 얼굴이 찌그러지면서 붉어졌다. 자신도 모르게 대문을 박차고 밖으로 튀어나왔다.

머리가 텅 빈 달걀 껍데기 같았다.

하늘을 올려다보고 땅을 내려다보면서 걸었다.

참으로 열심히 일했다. 맨손으로 회사를 세우고 이렇게 성공하기까지 수많은 고통과 좌절을 맛본 정 사장이었지만 이렇게 마음이 어둡지는 않았다. 한숨이 절로 나왔다.

조용하고 정돈된 동네 주택가를 빠져나와 산등성이 쪽으로 발걸음을 옮기고 있었다.

"아니? 사장님 아니십니까?"

김 기사였다.

자기가 마치 승용차가 된 것처럼 바로 정 사장 앞에 머리를 대고 멈춰 섰다.

"저기가 바로 제 집입니다."

비닐로 덮어씌운 작은 집 하나가 외롭게 서 있었다.
“김 기사 집에서 물 한잔하고 싶네.”
김 기사는 어쩔 줄을 모르면서도 앞장서서 걷고 있었다.
뒤따라가던 정 사장은 김 기사의 희끗희끗한 머리를 보면서 자신보다 나이가 많을 거로 생각했다. 항상 반말로 지시만 하던 자신이 부끄러웠다.
“어머니, 사장님께서 오셨습니다.”
“아이고, 이 누추한 곳에 어떻게 오셨을까? 어서 들어오세요.”
단정한 모습의 할머니가 반가워하며 아랫목으로 자리를 만들어주었다.
아들과 같은 또래 아이가 쪼르르 달려 나와 두 손을 모으고 인사를 했다.
바닥은 따뜻했다. 아이는 상을 가운데 두고 책을 읽는 중이었다.
“무슨 책이니?”
“홍길동전이에요. 도서관에서 빌려왔어요.”
정 사장은 갑자기 눈시울이 뜨거워졌다. 자기도 모르게 눈물이 뺨을 타고 주르르 흘러내렸다.
“사장님, 고민이 있으시죠?”
“네, 하나밖에 없는 3대 독자 아들 때문에 죽고만 싶습니다.”
처음 만난 할머니한테 정 사장은 콧물까지 흘리면서 자세히 이야기했다.
“가장 쉬운 방법은 아버지를 바꾸는 것이요.”
“아버지를 바꾸다니요?”
“사장님이 아이만 보면 고함을 치니까 고함을 치지 않는 아버지로 바꾸는 겁니다.”
정 사장은 흠칫 놀라면서 할머니를 바라보았다. 머리는 할미꽃처럼 하얗게 피었고, 이마에는 물결이 여럿 있었으나, 처진 눈꺼풀 속에 눈만큼은 맑고 총명함이 비쳤다.
“가장 쉬운 방법이 어렵다면 또 다른 방법이 있지요.”

할머니는 호호백발 머리카락을 두어 번 쓰다듬고는 말을 이었다.

"먼저 가정부를 내보내세요. 엄마가 음식도 하고 빨래를 하도록 해요. 그리고 사장님은 공부를 가르치기 전에 아이와 노는 것부터 하셔야 합니다."

"아니? 빨래하고 음식 만드는 일을 아내더러 하라고요."

정 사장은 눈을 크게 뜨면서 의아해했다.

"그럼요. 엄마가 만들어주는 음식이 사랑이고 보약이지요."

"꼭 그런 일을 아내가 해야 합니까?"

"엄마의 따뜻한 손과 아버지의 포근한 품이 아이에게 제일 좋은 교육입니다."

정 사장은 고개를 갸웃거리며 그 집을 나왔다.

김 기사 아들은 문밖까지 나와 큰 소리로 인사하고 들어갔다.

정말 부럽고도 부끄러웠다.

집에 돌아온 정 사장은 밤늦게까지 아내와 이야기를 나누었다. 아내는 처음에 두 팔을 깍지 낀 채 들으려 하지도 않았다.

"하지만, 당신의 부탁이니 딱 보름만 해 보겠어요."

다음 날 학교에 돌아온 민서는 깜짝 놀랐다.

엄마가 부엌에서 음식을 만들고 있었다.

"엄마도 밥할 수 있어?"

"그럼. 엄마가 계란 부침 만들었으니 먹어 봐."

민서는 고개를 갸웃거리며 의자에 앉았다.

"짜잖아."

"그럼, 물 좀 마시고."

밥을 먹는데 곁에서 있어 주는 엄마가 너무 좋았다.

"네 옷 이리 가져와."

"엄마가 빨래할 수 있어?"

세탁기를 돌리는 엄마의 모습은 낯설었지만, 정말 엄마 같았다. 집에 돌아오면 항상 가정부 아줌마가 반겨주었는데 엄마가 이렇게 기다리고 있으니, 빨리 오고 싶었다.

민서는 아버지를 보고 달아나지 않았다. 인사는 없어도 빙그레 웃고는 자기 방으로 들어갔다.

정 사장은 인사하지 않는다고 소리치지 않았다. 바로 따라 들어가 공부하자고 닦달하지도 않았다. 그러고는 거실에서 혼자 축구공을 가지고 이리저리 발로 차고 있었다.

따라 들어올 아버지가 한참이 되어도 오지 않으니 민서는 궁금했다. 살금살금 내려와 아버지를 본 민서의 눈이 알사탕이 되었다.

"아빠! 뭐 하는 거야?"

"축구하는 중이야."

"축구는 방에서 하는 게 아니라 운동장에서 하는 거야."

"그렇구나, 그러면 아빠하고 축구하러 갈까?"

민서는 그런 아버지가 낯설기는 했지만 정말 좋았다.

휘파람을 불며 앞장서 가는 아버지를 따라가 손을 잡았다. 크고 거칠었지만, 무섭지 않았다.

땀을 뻘뻘 흘리며 공놀이하고 돌아온 정 사장과 민서는 목욕탕에 들어가 물장난했다.

아내도 김치전을 만들면서 음식을 만드는 시간이 얼마나 행복한지 알게 되었다.

"그런데 아빠! 요즘 왜 공부하자고 안 해?"

일주일이 지난 날 수영장으로 가는 차 안에서 민서가 대뜸 물었다.

정 사장은 웃기만 했지만, 속으로는 목청껏 소리를 지르고 싶었다.

말없이 길가에 차를 세웠다.

"아빠, 말해 봐요! 왜 공부 이야기 안 하는 거예요, 네?"

차에서 내린 정 사장은 앞문을 열고, 민서를 번쩍 들어 올려 목말을 태웠다.

지나가던 구름이 은행나무 꼭대기에 앉아 웃고 있었다.

손수자

1988년 《아동문학평론》 동화 등단

1993년 제1회 눈높이 아동문학상 당선, 이주홍아동문학상 등 수상

창작집 『꽃이 된 구름』 외

현, 한국아동문학인협회 부이사장

시장 놀이

안덕자

"은서야, 시장 놀이 때 뭘 팔 거야?"

채민이가 생글거리며 다가왔다.

"넌, 뭘 팔 건데?"

"나? 동생이 없으니까 작아서 못 입는 원피스, 바지, 신발 같은 거……, 너는?"

채민이가 연거푸 물었다.

"집에 가보고 이것저것 찾아봐야지."

얼마 전, 학교에서 시장에 대해 공부를 했다. 모니터 화면에서 나오는 전통 시장 모습과 시장 상인들이 물건을 팔며 하는 말투가 너무 색다르게 들렸다. 아이들은 재미있다며 선생님을 졸라댔다.

"선생님, 우리도 교실에서 시장 놀이 해요."

"와, 좋은 생각이네? 그럼, 집에 있는 물건 중에서 지금은 안 쓰지만 남이 쓸 수 있는 물건을 가져와 시장 놀이 해볼까?"

"예, 좋아요. 선생님."

아이들은 들떠서 당장이라도 전을 펼칠 기세였다. 선생님은 우리 전통 시장에서 물건을 팔 때 쓰는 말도 찾아보고 직접 시장 놀이도 해보자고 했다. 아이들은 뭘 가져와야 장사를 잘 할 것인지 서로 재잘거렸다. 그러나 은서는 조금 걱정이 되었다. 좁은 집으로 이사를 오면서 엄마는 당장 쓰지 않는 물건은 모두 정리를 한 터라 마땅한 물건이 없었다. 재미있게 읽었던 동화책도, 애지중지하며 모았던 인형도 모두 사라졌다. 이런 일로 쌍둥이 동생 은비는 많이 울었다. 집안 여기저기를 뒤져봐도 시장 놀이에 어울리는 물건은 없었다.

"아이참, 어떡하라고! 가져갈 게 하나도 없잖아."

은서는 엄마를 원망했다. 시장 놀이에 채민이 못지않게 근사한 물건을 가져가고 싶었다. 생각 끝에 동생 은비가, 소중한 물건을 모아두는 상자를 열어보았다.

"얘는, 쓸데없는 물건들만 잔뜩 넣어 놨네?"

상자 안에는 예쁜 병뚜껑과 엄마 아빠가 다정하게 마셨던 와인 코르크 마개, 아주 맛있었던 초콜릿 빈 봉지, 살구 씨 다섯 개, 인형을 잃어버리고 남은 인형 옷, 유치원 때 만든 종이카네이션. 어디를 봐도 쓸 만한 물건이 없었다. 상자 뚜껑을 닫으려는 찰나였다. 분홍색 머리띠가 눈에 들어왔다.

어느 날, 아빠가 퇴근길에 보라색과 분홍색 머리띠 두 개를 사왔다. 리본 부분을 누르면 빛이 반짝이는 머리띠다. 물건을 조심조심 다루고 정리를 잘하는 은비가 늘 챙겨 놓는다. 보라색은 은서가 망가트려 없다.

"아! 은비도 그렇고 나도 요즘 머리띠 안 하고 다니는데 이거 가져가야겠네? 하나로는 안 되고, 좀 더 있어야 되겠는데."

은서는 물건을 잘 챙겨놓는 은비에게 미안했지만 슬쩍 머리띠를 꺼냈다. 서둘러 상자를 제자리에 두었다. 반도 다르고 방과 후 수업까지 하고 오는 은비가 집으로 왔다. 은서는 시치미를 떼며 말했다.

"은비야, 이제 오니? 방과 후 재밌었어?"
"그저 그랬어, 오늘은 나보다 일찍 왔네? 무슨 일 있어?"
"무슨 일 있긴, 오늘은 채민이랑 안 놀고 바로 왔지. 나도 방금 왔어."
은서와 은비는 학습지도 같이 하다가 텔레비전도 보면서 퇴근해 올 엄마를 기다렸다. 은서는 그 와중에도 구석에 쌓아놓은 상자를 열어보기도 하고 좁은 집안 곳곳을 기웃거리며 시장 놀이에 가져갈 물건을 찾았다.
"언니, 뭐해? 잃어버린 거 있어? 같이 찾을까?"
"아니, 괜찮아. 그냥 이사 올 때 가져 온 상자가 아직 그대로 있어서 본 거야. 그릇이네 뭘."

엄마와 저녁을 먹으면서 은서는 은비 눈치를 보면서 말했다.
"엄마, 우리 반, 금요일에 시장놀이 해. 그래서 시장 놀이에서 팔 물건을 가져가야 해. 망가진 것 말고, 난 필요 없지만 남들에게는 필요한 것 말이야."
엄마가 난감한 표정을 지으며 말했다.
"어쩌지? 좁은 집으로 이사하면서 지금 당장 쓸모없는 것들은 다 남들 주거나 팔았잖니."
"그러게 왜 다 없애버렸냐고!"
은서는 투덜대며 입을 툭 내밀었다.
"시장 놀이 때, 내 가게만 텅 비어있겠어. 채민이는 많이 가져올 거라는데."
엄마가 방으로 들어가 뭔가를 들고 나왔다.
"은서야, 그럼 이 양말이라도 가져가겠니? 새 양말인데 너희들한테 작아서 서랍에 넣어두었던 거야."
엄마가 꽃무늬가 그려진 양말 세 켤레를 주었다.

"은비야, 너희 반도 다음에 하는 것 아니니?"
"엄마, 저는 시장 놀이 하게 되면 몇 개 가져갈 것 있어요."
은서는 은비의 말에 뜨끔 했다.
'혹시, 머리띠를 가져가지는 않겠지? 은비가 지금 당장 상자라도 열어보면 들통 날 텐데.'
다행히 은비는 그럴 생각이 없어 보였다.

드디어 시장 놀이 하는 날이다. 은서 반은 수업 시작 전부터 웅성거렸다. 마치 진짜 시장처럼 말이다. 1, 2교시는 공부를 하고 3, 4교시에 시장 놀이가 시작되었다. 모둠끼리 책상을 붙여 놓고 물건을 진열했다. 아이들은 어디서 조사를 했는지 시장에서 쓰는 재미난 말들을 흉내 냈다.
"자자! 싸요, 싸요. 오늘 아니면 없습니다. 막 드려요."
채민이가 정말 장사꾼처럼 말했다. 민석이 다가왔다.
"이 신발 천원이라 적혀있는데 200원 정도는 에누리해 주이소!"
"아이고! 무슨 소리요. 마수걸이도 안 했는데예. 그래 팔면 손햅니더."
"안 깎아주면 딴 데 가볼랍니더."
"하이고, 흥정하다 오데 갑니꺼? 딴 데는 이 신발 없습니더. 그라모 100원만 에누리해 드릴게예. 이게 생물은 아니라도 물이 좋습니더. 새거나 다름 없습니더. 됐지예?"
옆에서 듣고 있던 다른 모둠 아이들이 배를 잡고 웃었다. 채민이는 민석에게 신발 한 켤레를 팔았다. 채민이가 받은 돈을 이마에 갖다 댔다.
"앗싸! 내가 제일 먼저 팔았다. 오늘 이 물건 다 팔리겠네."
아이들은 돌아다니며 물건을 구경하며 사기도 했다. 채민이가 잠시 가게를 맡기고 은서에게 왔다.
"은서야, 물건이 두 가지 밖에 없니?"

"이사 올 때 엄마 다 없애 가지고 갖고 올 게 없었어."

채민이 분홍색 머리띠를 두르며 말했다.

"이거 얼마야? 내가 살게."

"천 원! 이거 불빛도 반짝반짝 낼 수 있어. 예쁘지? 깎지 말고 사 가."

채민이는 흥정도 하지 않고 값을 치렀다.

"은서야, 너도 이제 마수걸이는 했으니 나한테 와서 살 것 있나 봐 봐."

은서는 얼른 채민이 가게로 갔다.

"와! 진짜, 많이 가지고 왔네? 이 원피스 정말 예쁘다. 나한테 딱 맞겠는데?"

"오! 그러네? 나보다 조금 키가 작으니까 너한텐 딱이네. 에누리 없이 단돈 천 원이요."

은서는 흥정도 하지 않고 망사로 된 연분홍 원피스가 아주 마음에 들었다.

좀 전에 채민에게 머리띠를 팔고 받은 천 원으로 원피스를 샀다.

"자, 떨이요 떨이. 양말 세 켤레가 천 원이요. 천 원."

은서는 양말을 떨이로 팔았다. 더는 팔 물건이 없어 장사를 끝냈다. 아이들은 집에서 가지고 온 물건만큼 또 사가지고 갔다. 다들 가방이 두둑했다. 채민이는 시장 놀이가 끝나자 새로 산 머리띠를 두르고 화장실에 갔다. 그때 복도에서 은비와 마주쳤다. 채민이는 은비에게 반짝반짝 빛나는 머리띠를 자랑했다.

"은비야, 어때? 예쁘지? 이거 은서한테서 산거야."

"뭐라고? 은서한테서?"

은비는 방과 후도 안하고 집으로 돌아와 은서를 기다렸다.

"어찌, 물어보지도 않고 아빠가 같이 쓰라고 한 머리띠를 가져가 파냐고!

내가 그 머리띠를 얼마나 아낀다고. 그걸 팔다니! 언니도 아니야."

듣고 있던 은서도 화가 났다.

"뭔 소리야, 우리들의 것이긴 하지만 지금은 안 쓰는 거잖아."

"언니도 엄마랑 똑같아. 지금 안 쓴다고 어떻게 다 버려? 난 물건보다 거기에 담겨 있는 우리들의 추억을 남겨놓은 거라고, 아빠 사업 실패 때문에 이렇게 작은데 이사 오면서 난 엄마가 우리 가족 추억이 담긴 것들 거의 다 없애서 너무 속상해. 물건 안에 깃든 우리들의 추억은 어디서 찾아?"

은서는 동생 말에 머리를 한 대 얻어맞은 기분이었다. 엄마가 오기 전에 빨리 해결을 해야 했다.

"은비야, 내가 단순해서 거기까지는 생각 못했어. 정말 미안해."

은비는 눈물에 콧물까지 훌쩍거렸다.

"아참, 은비야. 머리띠 팔고 이거 샀어. 봐봐 진짜 예쁘다니까. 이거 우리 둘이 같이 입으면 돼."

은서가 가방에서 원피스를 꺼냈다.

"진짜야, 잘 샀다니까? 너 먼저 입어봐. 이거 입고 또 많은 이야기 만들면 되잖아. 머리띠 아니었으면 난 시장 놀이에 끼지도 못했을 거야. 아기 양말만 가지고 어떻게 참가를 해."

"그건 그렇긴 해."

은비가 진정이 됐는지 흐느낌이 잦아들었다. 은서가 사 온 원피스를 이리저리 살피며 만지작거렸다.

"내가 좋아하는 분홍색이라 마음에 들긴 해."

"그렇지? 예쁘지? 이거 채민이 가게에서 산거야."

은서는 그제야 마음이 놓여 얼굴이 밝아졌다.

"아! 잘 됐다. 채민이랑 만날 때 이 옷 입고 나가자. 채민이 보고 머리띠 하고 오라하면 되겠네?"

은서는 분홍 원피스를 갈아입는 은비를 보며 말했다.
"시장 놀이 덕분에 우리의 새로운 추억이 만들어지겠는걸?"
은서와 은비는 서로 원피스를 입어보며 거울 앞에서 깔깔거렸다.

안덕자

부산아동문학신인상 등단, 《농민신문》 어린이동산 중편동화, 《국제신문》 신춘문예 동화 당선
부산아동문학상, 한국동요대상, 울산동요대상 등 수상
작품집 『아빠와 나의 행복한 방』, 『박재혁』, 『고래를 타는 아이』, 그림책 『굿하는 날』 외

게릴라 정원사

양지영

"사람들이 쓰레기를 생각 없이 버리네."

민우 아빠가 이마에 주름살을 잔뜩 모으며 말했다. 민우와 아빠가 막 아파트를 벗어나 큰길로 접어들 때였다. 청소하던 미화원 김 씨 아저씨가 맞장구를 쳤다.

"그러게요. 공터가 생길 때마다 쓰레기 때문에 죽겠어요. 차라리 꽃밭이라도 만들면 동네가 환해질 텐데."

아저씨는 아쉬운 표정을 짓더니 옆에 뻘쭘하게 서 있는 청년에게 말했다.

"인사드려라, 새로운 세상 아파트 소장님이시다."

아저씨는 청년이 아들이고, 현재 취업 준비 중이라고 소개했다. 청년은 들고 있던 빗자루를 놓으며 공손하게 인사했다.

아빠는 청년에게 힘을 내라고 어깨를 다독였다.

아파트를 벗어나 도로 건너 산책길로 접어들었다. 휴일이 되면 민우는 아빠와 마라톤을 한다. 아빠가 슬슬 속력을 내기 시작했다. 아빠나 민우나 승부욕이 발동하면 누구도 말리지 못한다.

"어어, 아빠, 타임, 시작도 안 했는데 갑자기 왜 속력 내요?"

"하하, 아빠는 길만 보면 이렇게 달리고 싶은걸."

"피이, 시합할 때는 한다고 말하기. 나도 오늘은 안 질 거라고요."

"그래, 그럼, 오늘은 저 창고를 반환점으로 돌아오기. 지면 아빠 일 도와주기."

"아빠도 내 소원 들어주기."

민우 말이 끝나자마자 아빠가 크게 출발이라고 외쳤다.

민우가 먼저 몸을 날렸다. 속력을 받고 힘차게 밀어낸 몸이 땅에서 붕 솟아올랐다. 탁탁거리는 발걸음 소리가 바람에 묻혔다. 숨이 어느새 턱까지 차올랐다. 한참을 달리다 보니 아빠가 보이지 않았다.

"앗싸, 이겼다."

길옆으로 코스모스가 휙휙 지나갔다. 반환점이 고지에 보인다. 갑자기 안 보였던 아빠가 민우 등 뒤에 바짝 따라붙었다. 그러더니 민우를 앞질렀다. 뒤늦게 민우가 속력을 내보지만, 오늘은 아빠의 승리다. 돌아오는 길에 민우가 볼멘 목소리로 아빠에게 물었다.

"아빤, 언제부터 그렇게 잘 달렸어요?"

"하하, 아빠는 할아버지 막걸리 심부름 다니면서 달리기 시작했지. 버스 내리는 정류소 옆에 너도 봤지? 그곳이 막걸리 파는 술도가였다. 할아버지가 늘 막걸리를 사오게 했다."

"막걸리는 마트에도 있잖아요."

"예전에는 막걸리 만드는 집이 따로 있었지. 양은 주전자를 손에 들고 집에까지 오려면 시간이 오래 걸렸다. 달리기하지 않으면 빨리 올 수가 없었지. 목 마르면 막걸리 한 입 부어 마시고 하다가 집에 도착할 즈음, 아빠가 술에 먼저 취하곤 했지."

"흠, 아빤 일찍부터 술맛을 아셨네요."

"하하, 그러냐? 반은 급히 오느라 땅에 흘렸고, 반은 내가 마신 덕에 집에 도착하면 주전자가 가벼웠지. 어쨌든 오늘 네가 졌으니, 하루는 아빠에게 시간을 내야 한다.”

“피이, 숙제 때문에 안 되겠는데요.”

민우는 발을 쿵쿵 굴리며 저만치 앞장서 갔다.

다음 날, 아빠는 무슨 일인지 조용한 목소리로 말했다.

“민우야, 오늘 너한테 할 말 있다.”

“아빠, 뭔데요? 뭐 시킬 거라면 간단하게 말하세요. 저도 무진장 바쁘걸랑요.”

“있잖아, 우리 아파트 옆 공터에 꽃을 심을까 한다.”

“꽃이요? 그건 미화원 아줌마들이 하는 일이잖아요.”

“아빠는 공터를 말하는 거야. 그곳에 사람들이 꽃을 심으면 쓰레기를 버리지 않을 거 아니야? 그래서 밤에 게릴라전을 펼치는 거야.”

“게릴라전요? 꽃 심는 일을 왜 그렇게 해요?”

"그게 말이다. 쓰레기 쌓이는 것보단 낫잖아. 이건 너와 나만의 비밀이다."

"헉, 그럼, 꽃을 몰래 심는 거네요. 아빠 저, 저, 그 일 못해요. 시간이 없어요."

민우가 손사래를 흔들며 뒤로 물러섰다.

"민우야, 너 달리기 졌잖아, 나랑 약속한 거 잊었냐?"

"……."

며칠이 지났다. 민우는 저녁을 일찍 먹고 아빠를 따라나섰다. 숙제한다고 버텼는데 소용이 없었다. 어두운 길로 접어드니 무섭기도 하고 몸도 으슬 추웠다. 공터에 다다르자, 미화원 아저씨가 다녀갔는지 말끔하게 치워져 있었다. 아빠가 차에서 내린 뒤 트렁크를 열었다. 노란 국화꽃들이 눈부셨다. 민우는 입이 쩍 벌어졌다.

"아빠, 어디서 꽃을 가지고 오셨어요?"

"쉿, 도와주는 사람이 있지. 공터에 흙을 파는 일부터 해보자."

아빠가 부삽을 들어 민우 손에 쥐어주었다. 흙을 만지니 차가운 공기가 팔에 스르르 와 닿았다. 움찔했다. 밤이슬에 젖은 흙은 부드러워 파기는 좋았다.

"옳지, 제법 하는데?"

옮겨놓은 모종을 흙으로 꼭꼭 묻는 일은 아빠가 했다. 꽃들이 키를 맞추며 나란히 자리를 잡았다.

민우가 물 조리개로 물을 주었다. 물을 듬뿍 마신 꽃들은 더욱 생생하게 살아났다.

아빠가 말했다.

"이러면 누구라도 쓰레기를 버리지 않겠지?"

아빠가 갑자기 주섬주섬 부삽과 조리개를 챙기며 말했다.

"민우야, 다음 작전으로 가는 거야. 빨리 차에 올라타."

민우는 괜히 꽃 심는 도둑이 된 것처럼 가슴이 쿵 쿵 뛰었다.

아빠는 일주일에 한 번씩 꽃을 가득 싣고 이 동네를 마치 꽃동네로 만들 듯 들떠있었다. 동네 아줌마들이 쓰레기 공터가 국화 꽃밭이 되었다고 좋아했다. 사람들이 관심을 가질 즈음, 또 다른 이상한 일이 일어났다. 누군가 벽에다 그림을 그리기 시작했다. 그림은 어떨 땐 어린 왕자 그림이었다가, 하늘로 높이 솟아오르는 새였다가, 또 어떨 땐 자전거를 타고 가는 아이들의 모습이 되곤 했다. 이끼와 빗물로 뿌옇던 벽이 새롭게 태어났다.

김 씨 아저씨가 지나가다가 말했다.

"요새 우리 동네가 수상해졌어. 쓰레기장이 꽃밭이 되질 않나, 벽이 환해지질 않나?"

옆에서 빗자루로 거리를 쓸던 또 다른 미화원 아저씨도 말씀하셨다.

"쓰레기 버리지 말라고 몰래카메라 설치하고, 공지문을 붙여놓아도 눈 끄떡 않더니 사람을 감동하게 하는 일도 여러 가지일세. 도대체 누굴까?"

집으로 가는 길에 아이들이 말했다.

"우리 동네에 수호천사가 사는 것 아니야?"

"수호천사가 뭔데?"

"어려운 일 도와주고 앞장서서 하는 사람들 있잖아."

아이들은 고개를 갸웃대며 말했다.

민우는 한참 키득거리며 웃었다. 아빠와 같이 비밀을 갖고 있는 것이 수호천사가 된 것처럼 마음이 부풀어 올랐다.

다음 날, 민우는 아빠랑 로즈마리 모종을 심기로 했다. 오늘 구역은 아빠랑 달리기하는 길옆으로 정하기로 했다. 밤공기가 찼다. 둥근달이 환하게 동네를 비추었다. 모퉁이를 돌아 아빠와 민우가 부삽을 들고 땅을 솎기 시작했다. 한참 돌을 골라내고 흙을 파고 있는데 멀리서 검은 그림자가 설핏 움직였다.

"아, 아빠 저기 봐요."

민우가 숨죽이며 아빠에게 말했다.

"쉿! 벽에 그림 그리고 있어. 방해 하지 말고 조용히 하자."

가로등에 등을 보이는 사람은 한 그루 나무가 된 것 같았다. 그 사람은 오직 그림에만 집중했다.

아빠는 유심히 그림 그리는 모습을 살폈다.

그렇게 몇 주가 흘렀다. 다시 일요일이 왔다. 민우는 현관을 나오며 운동화 끈을 단단히 잡아맸다. 아빠는 가볍게 스트레칭을 했다. 아빠와 민우가 큰길로 접어들었다. 쓰레기로 넘쳐나던 공터에 노란 국화가 햇빛에 빛났다.

민우는 엉성하게 심은 꽃들이 자리를 잘 잡은 것 같아 신기했다. 미화원 아저씨들이 다시 손을 본 탓인지 제법 정원 모양을 갖추었다. 골목을 돌아 나왔을 때 다시 미화원 김 씨 아저씨를 만났다.

"소장님, 안녕하세요?"

아저씨 인사를 받자마자, 아빠가 대뜸 아들 소식부터 먼저 물었다.

"아, 예, 아저씨, 그때 그 아드님 취직은 어떻게 되셨어요?"

아저씨는 머리를 긁적이며 겸연쩍은 듯 말씀하셨다.

"아, 그 녀석 그림이 누군가의 눈에 띄어 디자인 회사에 취직되었어요."

"정말, 잘된 일이네요."

"그런데 소장님, 계속 꽃을 심을 거예요?"

"아니, 아저씨가 그걸 어떻게 아셨어요?"

아빠와 민우가 동시에 얼굴을 쳐다보며 말했다.

"하하, 우리 아들이 몇 번 마주쳤다고 하더라고요."

그러면서 아저씨는 내 머리를 쓱쓱 쓰다듬었다.

휴일이라 체육공원에는 사람들이 많았다.

아빠가 몸을 풀기 시작했다.

"어어, 아빠 타임. 이제는 제가 정할게요. 내가 이기면 스마트폰 새로 바꿀 거예요."

"오케이."

민우는 생각했다. 달리기도 전략이 필요하다. 전반전에 속력을 내다가는 아빠에게 지게 되어 있다. 힘을 조금 충전했다가, 반환점을 돌 때 전속력으로 달리는 거다. 새 스마트폰으로 바꿀 걸 생각하니 다리에 힘이 들어갔다.

민우는 마음이 간질간질해졌다. 지금 체육공원은 온통 가을 전시회 중이다.

양지영
2013년 통일창작공모전 최우수, 여성조선문학상 등단
동화집 『카멜레온 원장님의 비밀』, 『크릴전쟁』, 『달나라의 정원사』, 『쓰레기 섬에서 온 초대장』

고양이처럼 기다릴래

윤경

학교 가는 길입니다. 미지가 타박타박 걷다가 냅다 발길질합니다. 두껍게 쌓인 노란 은행잎이 풀썩 흩어집니다.

"놀랬잖아!"

지나가던 아이가 눈을 힐끔 흘기고는 옷에 붙은 은행잎을 탁탁 털어냅니다.

미지는 주머니 안에 손가락을 꼼지락, 신발 안에 발가락을 접었다 폈다, 마른기침을 한번 큼, 기어드는 목소리로 겨우 말합니다.

"미안해, 일부러 그런 게 아니야."

하지만 아이는 이미 가고 없습니다. 고개를 들어보니 저만치 앞서갑니다. 느린 미지와 다르게 아이는 총총 빠르게 걷습니다. 둘은 점점 멀어집니다. 미지는 아이가 사과를 못 들었을까 봐 걱정입니다. 가기 싫었던 학교가 두 배로, 아니 열 배로 가기 싫어집니다.

그때, 울타리 아래에 앉은 회색 줄무늬 고양이가 눈에 들어옵니다. 꾸벅 졸다가 입이 찢어지게 하품을 합니다.

어제도 그제도, 같은 자리에서 고양이를 봤습니다. 할 일이 없는지 낮잠을 자거나, 털을 핥거나, 꼬리를 잡고 노는 게 전부입니다.

"쟤는 진짜 좋겠다. 아무것도 안 하고."

미지가 툴툴대며 걸어가는데 부루퉁한 목소리가 들립니다.

"내가 아무것도 안 한다고? 정말 뭘 모르는 꼬마군."

미지는 눈이 동그래져서 주변을 두리번거립니다. 아무도 없습니다. 화난 것처럼 보이는 고양이 말고는.

"내가 잘못 들었나?"

미지는 고개를 갸웃하다 후다닥 뜁니다. 더는 꾸물거릴 틈이 없습니다. 신호등이 막 초록색으로 바뀌었습니다.

하필이면 국어가 첫 수업입니다. '반짝이는 꿈'을 발표해야 합니다. 며칠을 고민했지만, 미지는 꿈을 찾지 못했습니다.

반 친구들이 서로 먼저 발표하려고 손을 번쩍 듭니다. 활짝 편 손바닥이 팡팡 터지는 꽃송이 같습니다. 교탁 바로 앞에 웅크리고 앉은 미지의 손바닥만 빼고 말입니다.

'그냥 요리사라고 해버릴까?'

요리사는 일곱 살 때 꿈이고 아홉 살인 지금은 아닙니다. 어쩐지 가짜 꿈을 말하면 진짜 꿈은 영영 못 찾을 것 같은 생각이 들었습니다.

"제 꿈은 우주특공대입니다."

개구쟁이 동수가 우렁차게 말하자, 교실은 웃음바다가 됩니다.

"조용. 친구가 이야기할 때는 끝까지 귀 기울여주세요. 동수야, 멋진 꿈에 대해 다시 이야기해 볼래?"

선생님이 다정하게 말합니다. 동수는 신나서 커다란 목소리가 더 커집니다.

"저는 우주특공대가 되어 멋진 우주 함선을 타고 거대한 우주를 돌아다니며 우주의 평화를 지키는……."

다시 교실은 웃음바다가 됩니다. 아이들은 동수가 말마다 우주를 붙인다며 야단입니다.

"조용. 꿈이란 클수록 좋아요. 꿈이 크면 크게 자랄 수 있으니까요."

선생님이 웃음을 꾹 누르며 말합니다. 그다음은 미지 짝꿍 송이 차례입니다.

"제 꿈은 얌얌얌 분식점 주인이 되는 거예요. 아이들이 한입만 먹어도 행복해지는 간식을 팔 거예요."

누군가 꿈이 작다며 놀립니다. 얌얌얌 분식점은 학교 바로 앞에 있는 구멍가게였거든요.

"꿈이 작다고 무시하면 안 돼요. 행복을 선물하는 건 아주 멋진 일이죠. 그럼, 이번엔 미지가 발표해 볼까요?"

선생님이 이름을 부르자, 미지는 머리가 깜깜해집니다. 아무 생각도 나지 않습니다.

"저, 저는, 제 꿈은 ……."

그때, 수지가 끼어듭니다.

"선생님, 미지가 생각할 동안 제가 먼저 할게요. 제 꿈은 강아지 훈련사, 강아지 병원 의사, 또 강아지와 세계 여행을 하는 유튜버……."

수지가 손가락을 꼽으며 말하는데, 여기저기서 불평이 터집니다.

"반칙이에요. 꿈은 한 가지만 이야기해야죠!"

"꿈은 많아도 괜찮아요. 아니 많을수록 좋아요. 그건 건강하게 자라고 있다는 이야기니까요. 오히려 꿈이 없는 게 문제겠죠?"

선생님 말에 미지는 그만 얼굴이 빨개집니다. 꼭 미지에게 하는 말인 것 같아 가슴이 뜨끔합니다.

갑자기 송이가 미지에게 눈을 찡긋하고는, 손을 번쩍 듭니다.

"선생님, 꿈이 없는 게 어때서요?"

미지는 송이에게만 살짝 꿈을 못 찾았다고 이야기했습니다. 어쩌면 선생님이 아직 꿈을 못 찾아도 괜찮다고 할지도 모릅니다.

"음, 아이는 꿈을 먹고 자란다고 했어요. 그러니 꿈이 없으면……."

선생님은 적당한 말이 떠오르지 않는지 뜸을 들입니다.

"땅꼬마요! 꿈이 없으면 자라지 않잖아요."

동수가 불쑥 소리쳤고, 아이들은 '땅꼬마'를 따라 말하며 웃음을 터트립니다. 송이는 어쩔 줄 모르며 미지를 봅니다. 미지는 어디든 숨고만 싶었습니다. 때마침 수업 마치는 종이 울립니다.

학교를 마치고 집으로 돌아가는 길입니다. 아이들은 빠르게 교문을 빠져나갑니다. 맨 끄트머리에 미지가 고개를 푹 숙이고 타박타박 뒤따라갑니다.

'꿈이 없는 게 문제겠죠.' 선생님이 했던 말이 미지를 따라옵니다. '땅꼬

마'도 꼬리를 물고 따라옵니다. 미지 발걸음이 점점 무거워집니다. 미지 그림자가 땅꼬마처럼 작습니다. 미지는 괜스레 화가 나서 바닥을 쿵쿵 찹니다.

"이봐, 꼬마. 미리 말해두지만, 난 아무것도 안 하는 게 아니야."

누군가 말을 겁니다. 아침에 들었던 부루퉁한 목소립니다.

미지는 멈춰 서서 두리번거리다가, 불쑥 무서운 생각이 듭니다. 책가방 끈을 꽉 잡고 도망칠 준비를 합니다.

"으힉! 깜짝이야."

미지가 펄쩍 뒷걸음질 칩니다. 바로 앞에 회색 줄무늬 고양이가 막아섰습니다.

"아침에 네가 한 말 사과해. 기분 나쁘니까."

고양이가 턱을 높이 세우고 말합니다.

"진짜 고양이가 말하는 거야? 내가 잘못 들은 게 아니지?"

미지가 손가락으로 고양이를 가리킵니다.

"손가락 좀 치워줄래? 그리고 빨리 사과를 했으면 좋겠는데."

"미, 미안해."

미지가 얼떨떨한 표정으로 사과를 합니다. 그러자 고양이는 더는 할 말이 없다는 듯이 휙 돌아서서 울타리 아래로 갑니다.

미지는 멀뚱히 지켜보다가 고양이 곁으로 갑니다. 문득 고양이가 아무것도 안 하는 게 아니라 뭘 하는지 궁금합니다. 고양이처럼 쪼그리고 앉아 울타리를 살펴봅니다.

"고양이야, 혹시 참새를 잡으려고 기다리니?"

"꾸미라고 불러 줄래? 그게 내 이름이니까. 그리고 난 참새가 아니라 장미가 피길 기다리는 거야."

고양이가 한껏 뽐내며 말하자 미지는 그만 풋, 웃습니다.

"이 봐, 뭘 모르는 꼬마! 네가 왜 웃는지 내가 모른다고 생각해? 넌 이렇게 생각했을 거야. 멍청한 고양이잖아."

고양이가 코웃음을 치자 미지는 울컥 화가 납니다.

"마, 맞잖아. 겨울이 코앞인데 장미가 필 리 없잖아. 그리고 내 이름은 뭘 모르는 꼬마가 아니라 미지야!"

"확실해?"

"뭐, 뭐가? 내 이름?"

"아니. 장미가 겨울에 피지 않는다는 말."

고양이가 눈을 가늘게 뜨고 되묻자, 미지 눈동자가 살짝 흔들립니다.

미지는 곰곰 떠올려봅니다. 그때, 울타리에 장미 넝쿨이 눈에 쏙 들어옵니다. 꽃은커녕 겨우 마른 잎사귀 몇 개뿐입니다.

"맞아! 확실해!"

미지가 자신만만하게 말합니다.

"그럼, 이건 뭘까?"

고양이가 앞발을 쭉 뻗어 울타리 한쪽을 가리킵니다. 미지는 목을 쭉 빼고 들여다봅니다. 앙상한 넝쿨이랑 가시가 보입니다. 그리고 초록색 잎이 하나둘, 초록색 도토리가 하나.

"도토리?"

미지는 놀라서 눈을 크게 뜨고 다시 봅니다. 도토리가 아니고 꽃망울입니다. 꽃망울 끝에 빨간 꽃잎이 삐죽 나왔습니다.

"이제 보이니?"

고양이가 비웃습니다. 미지는 마음이 상해서 못 본 척하려다, 마지못해 고개를 끄덕입니다.

"이상하네, 원래는 피는 계절이 아닌데."

"쳇, 정말 뭘 모르는 꼬마군."

고양이가 미지 들으란 듯 크게 말합니다. 미지가 샐쭉 눈을 흘기자, 고양이는 앞발을 핥으며 딴청을 피웁니다.

"곧 꽃이 필거야. 그건 이상한 일이 아니야. 그저 다른 장미들보다 천천히, 아주 천천히 꿈을 그린 것뿐이니까."

"꿈을 그린다고?"

"응. 꽃은 씨앗이 그린 꿈이야. 꿈이 다 그려지면 꽃망울을 틔우고 팡! 터트리지."

고양이가 작은 꽃망울을 다정하게 봅니다. 미지도 꽃망울을 봅니다, 다정하게 오랫동안 고양이처럼.

"보이지 않았을 뿐이지 장미는 혼자서 꿈을 그리고 있었던 거구나."

미지가 들릴락 말락 속삭입니다. 어쩐지 아직 찾지 못한 미지의 꿈도, 어딘가에서 열심히 반짝이고 있을 것만 같습니다.

"너랑 같이 기다려도 돼? 나도 장미가 피는 걸 보고 싶어. 기다렸다가 말해 줄래. 참 예쁘다고, 참 잘했다고."

"글쎄, 기다리는 일이 쉬운 일은 아니라서……."

고양이가 심드렁한 표정으로 미지를 봅니다.

"기다리는 일이라면 자신 있어. 천천히도 자신 있어. 아주 천천히도 말이야. 그러니까 천천히 기다리는 일이라면 진짜 잘 할 수 있어!"

미지가 얼굴을 바짝 들이대며 힘주어 말합니다. 고양이는 슬쩍 눈길을 돌리고는 어쩔 수 없다는 듯 허락합니다.

"그럼, 같이 기다리든가. 대신 날 귀찮게 하지 않겠다고 약속한다면."

"응, 약속할게!"

미지 목소리가 톡 터지는 꽃망울 같습니다. 환하게 웃는 미지와 눈이 마주친 고양이는 수염을 씰룩입니다.

반짝이는 햇살이 차가운 공기 위로, 울타리 위로, 동그마니 웅크린 미지와 고양이 어깨 위로, 살그머니 내려앉습니다.

윤경
2023년 동화집 『달 도둑 두두 씨 이야기』로 등단
동화집 『달 도둑 두두 씨 이야기』, 『숲속의 꼴깍꼴깍 파티』

까치와 까마귀

윤태원

어느 날 지렁이 한 마리를 발견한 까치와 까마귀가 서로 잡아먹으려고 다투다 그만 까마귀가 밀려서 바닥에 내동댕이쳐졌어요. 먼지 구덩이에 처박힌 까마귀는 화가 잔뜩 나서 까치에게 달려들었어요.

"야, 까치야. 이 지렁이는 내가 먼저 봤단 말이야."
"말도 안 되는 소리하지 마. 먼저 잡는 놈이 임자지."
"야, 까치야. 너 때문에 진흙이 온몸에 묻었잖아."
"넌 본래 깜둥이인데, 흙 좀 묻었다고 무슨 표가 난다고 그래?"

까치와 까마귀가 엉뚱하게 피부색으로 티격태격하는 동안에 지렁이는 재빨리 땅속으로 숨어버렸어요. 까마귀와 까치는 마음속으로는 지렁이를 잡아서 반반씩 나눠먹었으면 좋았을 거라고 생각했지만, 겉으로는 서로 상대방 탓만 했어요.

아주 평화로운 산골 동네에 까치 마을과 까마귀 마을이 서로 이웃으로 살

고 있었어요. 두 마을의 까치와 까마귀들은 늘 친하게 지냈어요. 까마귀와 까치는 서로 닮아서 친척처럼 느껴졌어요. 까마귀는 까치 몸에 검은 외투를 입은 것 같고, 까치는 까마귀 몸에 흰색 목도리를 두른 것 같았어요. 까치와 까마귀들은 아마도 먼 옛날에는 자신들의 조상이 같았을지도 모른다고 생각했어요. 그래서 한쪽 마을에 잔치를 하면 잔치 음식들을 다른 마을 식구들과 나눠먹기도 하고, 어느 마을 식구가 다치면 다른 마을 식구가 상처에 좋은 것을 구해주기도 했어요.

그런데 언제부턴가 까치와 까마귀의 사이가 틀어지기 시작했어요. 사건의 시작은 날씨 때문이었어요. 어느 해 여름날 가마솥같이 펄펄 끓는 날씨가 계속되더니 까치 마을과 까마귀 마을이 공동으로 사용하던 연못이 거의 다 말라버렸어요. 그 후로 까치와 까마귀들이 남은 물을 서로 먹으려고 다투기 시작했어요. 나중에는 이 연못이 본래 자기들 마을 소유였다고 우겨댔어요. 마침내 연못의 바닥마저 드러나 버렸어요. 연못에 살던 벌레들도 사라져서 까치와 까마귀들은 먹이를 찾기도 힘들어졌어요. 이제 까치와 까마귀들은 예전과 달리 만나기만 하면 서로 으르렁대기만 했어요.

그러던 어느 날 처음 보는 친구가 까마귀와 까치 동네에 찾아왔어요. 그런데 이 새 친구는 까마귀와 까치와는 달리 몸이 온통 하얀 색이었어요. 이 하얀 새를 보려고 주위에서 까마귀들과 까치들이 몰려들었어요. 소문을 듣고 일전에 싸웠던 까마귀와 까치도 날아왔어요. 그런데 까마귀들은 이 친구를 처음 보는데도 어쩐지 낯설지가 않았어요. 아무리 봐도 자기들과 모습이 너무 똑같이 생겼지 뭐예요. 부리랑 몸매랑 얼굴 생김새도 완전히 닮은꼴이었어요. 몸 색깔만 달랐던 것이에요. 사실 이 하얀 새도 고개를 갸우뚱하면서 까마귀를 유심히 바라보았어요.

"어이, 흰둥이 친구! 어디서 온 거야? 너 색깔이 좀 이상하네. 혹시 외계인 아니니?"

"난 외계가 아니라, 저쪽 계곡 마을에서 왔어. 우리 동네도 물이 바짝 말라버렸지 뭐야. 너희들 그리스라는 나라 아니? 우리 조상은 먼 옛날 그리스라는 나라에서 왔어."

"그런데 우리가 서로 닮지 않았니? 이상하네. 색깔만 다르지, 마치 쌍둥이 같네."

"나도 너희들을 보자마자 그런 생각이 들었어. 그러고 보니 우리 할아버지 말씀이 생각나네. 사실 긴가민가했는데 너희들을 보니까 정말인지도 모르겠네,"

새 친구는 할아버지에게서 들은 얘기를 까마귀와 까치들에게 전해주었어요. 먼 옛날에 그리스에서 살았던 새 친구의 조상님이 아폴론이라는 신을 모시고 있었대요. 아폴론 신에게는 여자 친구가 있었는데, 이 여자 친구가 다른 남자와도 친했다는 거예요. 그런데 아폴론 신은 그 사실을 모르고 있었다네요. 어느 날 조상님이 하늘을 날다가 아폴론 신의 여자 친구가 다른 남자를 만나는 것을 보고, 아폴론 신에게 일러 주었대요. 질투가 난 아폴론 신은 나쁜 소식을 전해준 조상님의 피부색을 하양에서 깜장으로 바꿔버렸다지 뭐예요. 더 큰 피해를 볼까 겁이 났던 조상님이 가족들을 부랴부랴 먼 나라로 도망가게 했대요. 그래서 이렇게 한국까지 오게 되었다는 거예요. 아폴론 신을 모시던 조상님의 피부색은 그때 까맣게 되었지만, 다행인지 불행인지 다른 가족들은 그냥 흰색 피부를 계속 유지하게 되었다네요.

이 이야기를 들은 까마귀들은 깜짝 놀랐어요. 왜냐하면 자신들도 집안 어른에게서 비슷한 얘기를 들었기 때문이에요. 까마귀의 먼 조상님도 주인에게 바른 말을 했는데도 불구하고 벌을 받아서 피부색이 흰색에서 까만색이 되었다는 거예요. 그 조상님은 이후에 쫓겨나서 여기까지 왔다는 거예요.

그러니까 이 흰색 친구와 까마귀는 조상님이 같은 친척이었던 사실이 밝혀지게 된 거예요. 이에 흰색 까마귀와 까만색 까마귀가 이제야 헤어진 가족을 만났다고 서로 부둥켜안고 눈물을 흘렸어요. 잠시 후 흰색 까마귀가 검정색 까마귀에게 물었어요.

"그런데 너희들은 옆에 있는 저 친구와 왜 그렇게 데면데면하니?"

"응. 까치라는 애인데 얼마 전에 좀 싸웠어."

"뭐라고? 저 친구들이 까치라고?"

"왜 그래? 까치에 대해서 들은 적이 있니?"

한참동안 뜸을 들이던 흰색 까마귀가 주변 친구들에게 물었어요.

"너희들 혹시 밤에 은하수 본 적이 있어? 엄청나게 모여 있어서 마치 밤하늘에 떠있는 강물 같은 별들 말이야."

"우리들은 밤에는 활동을 하지 않으니까 모르지. 그게 왜?"

"이야기 좀 들어봐."

옛날 하늘나라에 견우라는 목동과 직녀라는 옥황상제의 손녀가 서로 사랑해서 결혼하게 되었다네요. 그런데 둘 다 할 일을 게을리 하자, 옥황상제가 벌을 내려 일 년에 한 번밖에 만날 수 없게 되었대요. 그런데 은하수가 두 사람의 길을 중간에서 막아버려 견우와 직녀는 서로 만날 수가 없었대요. 평소에 어려운 처지에 놓인 이웃을 잘 도와주었던 까마귀와 까치가 이 소식을 들었다지 뭐예요. 서로 우애가 깊었던 까마귀와 까치는 동네 친구와 친척들을 모두 모은 뒤에 서로 머리를 맞대어 은하수 위에 다리를 놓아주었다는 거예요. 이 다리를 오작교라고 부른대요. 견우와 직녀는 까치와 까마귀 덕분에 오작교를 건너서 서로 만날 수 있게 되었대요. 견우와 직녀가 만나는 이 날에 하늘에서 떨어지는 비가 바로 견우와 직녀의 기쁨의 눈물이래요. 흰색 까마귀의 이야기를 들은 까마귀와 까치는 서로 얼굴을 마주보며 머쓱한 표정을 지었어요.

"너희들 조상은 옛날부터 서로 도와주던 친한 친구였잖아. 그런데 이렇게 싸우면 되겠니?"

흰색 까마귀의 말에 까치와 까마귀는 날개를 활짝 펴서 서로를 꼭 끌어안았어요. 그동안 보고 싶었던지 눈물까지 흘렸어요. 그때 하늘에서 빗방울이 떨어지기 시작하더니, 오랫동안 가물었던 땅과 숲을 적셔주었어요. 오늘이 견우와 직녀가 만나는 날인가 봐요. 그 자리에 모인 흰색 까마귀와 검은색 까마귀와 까치는 한 가족 같았어요.

윤태원
2015년 《동리목월》 동화 신인상 등단
《동양일보》 동화부문 신인문학상, 《문예감성》 동화 신인상 수상
동화집 『어깨동무 세 친구』
경성대학교 글로컬문화학부 재직

새순이와 다솜이

이마리

"아악! 똥물이다!"

다솜이는 호주 동네가 떠내려가라 비명을 질렀어요. 쿵쾅쿵쾅! 아빠랑 형이 우르르 달려갔어요. 맙소사! 누런 똥물이 화장실 바닥에 흘러넘치고 있었어요.

그때 부엌에서 엄마의 날카로운 비명이 들렸어요.

"여보, 이리 와보세요! 부엌도 난리가 났어요!"

싱크대 바닥이 꽉 막혔어요. 싱크대 안의 부연 물 위로 나무젓가락과 플라스틱 반찬 용기들이 둥둥 떠다녀요.

덩치 다솜이 형이 바깥 화장실로 달려가자마자 소리쳤어요.

"아빠, 바깥 변기도 막혔어!"

"자, 학교 늦겠다. 모두 길 건너 공원 화장실로 직행!"

다솜이 형은 윗옷에 단추도 안 채운 채, 다솜이는 엉거주춤 엉덩이에 바지를 걸친 채 총출동하는 모습이라니! 꼭 서커스 공연장 같아요.

화장실 창밖에 선 새순이가 깔깔거렸어요. 새순이는 아기 유칼리나무예요.

“엄마, 왜 변기가 막혔지?”

엄마 유칼리나무는 키가 지붕만큼이나 컸어요. 한국에서 이사 온 다솜이가 ‘새순’이라 이름을 지어줬어요.

한국이 그리울 때면 다솜이는 마당으로 나갔어요. 새순이에게 기쁜 일 힘든 일을 다 이야기하면 마음이 풀렸어요.

토요일마다 호주 친구들은 동네 축구장에서 축구를 해요. 그때마다 다솜이는 빠져요. 영어를 잘하지 못하고 키가 작기 때문이에요.

“새순아, 오늘도 축구선수에서 내 이름은 빠졌어. 속상해 죽겠다.”

“우수수수!”

새순이가 속살거리는 게 어서 가 축구 연습하라는 소리 같아요.

“난 열심히 뿌리를 뻗고 있단다. 너도 열심히 공을 차는 거야!”

다솜이도 신이 나 소리쳤어요.

“작은 고추가 맵다. 박지성 형이랑 메시는 작아도 해냈잖아.”

다솜인 날마다 빈 운동장에서 골 넣는 연습을 백번도 더 했어요. 힘들어서 가끔 눈물이 났지만 울먹이며 참았어요. 실력만 쌓으면 머리통 하나 작은 게 무슨 문제이겠어요.

그러던 어느 날 옆 학교와 2학년 축구 대항전이 열렸어요. 다솜이 학교 선수 한 명이 아파 결석을 했어요. 운 좋게 다솜이가 대신 출전을 했어요. 공을 차는 발이 마구 떨렸어요. 그래도 연습한 것을 보여주고 싶었어요.

‘쭉쭉 차라! 쭉쭉 뻗는 거야!’

드디어 다솜이가 한 골을 넣었어요. 그날도 당연히 새순이에게 갔어요.

“새순아, 드디어 해냈다.”

새순이가 또 우수수! 속살거렸어요. 잘 했다고 축하해주는 소리 같았어

요. 다솜이가 소리쳤어요.

"새순아. 나는 차고 너는 뻗고! 이긴 오늘도 나 운동 간다!"

다솜이는 신이나 텅 빈 운동장으로 달려갔어요. 붉은 노을이 질 때까지 공을 차고 또 찼어요. 좀 더 크면 소니 형처럼 될 거라고 외쳤어요.

다솜이는 축구랑 호주 생활이 즐거워졌어요. 상자 같은 아파트 생활 대신에 초록 나무로 둘러싸인 납작한 땅집에 사는 것도 좋았어요.

그날 화장실 전쟁을 치른 오후였어요. 파이프와 공구를 실은 작은 트럭이 집 앞에 멈췄어요. 하수도 고치는 존 아저씨가 모퉁이를 돌아 새순이 앞에 와 섰어요. 새순이 가지를 흔들더니 화장실 아래 벽을 쿵쿵 쳤어요.

새순이 허리가 흔들리며 끊어질 듯 아팠어요. 그래도 허리 밑동에 힘을 꾹 주고 버텼어요. 나무는 뿌리가 생명이라던 엄마 말이 생각났거든요.

"쯧쯧. 이 아기 유칼리 때문이었군!"

새순이를 보며 존 아저씨가 혀를 찼어요.

"그럼 이 어린 나무가 화장실 배관을 막았단 말입니까?"

아빠가 물었어요.

"호주에서는 하수도 막히는 원인이 거의 나무 뿌리 때문이지요."

새순이 뿌리가 금이 간 벽을 파고들어 변기통의 배관 안쪽으로 뿌리를 뻗었대요. 존 아저씨는 다시 오겠다며 돌아갔어요.

그때 다솜이 아빠가 뭔가를 들고 나왔어요.

"윙 윙!"

오랫동안 쓰지 않던 전기톱을 자꾸 켜요.

"앗! 아빠 뭐하시는 거예요?"

아빠가 또 한 번 톱을 켰어요.

"아빠, 아, 안 돼! 새순이는 절대로!"

새순이는 온몸이 후들거렸어요. 눈앞이 노래졌어요. 톱날이 점점 다가오는 거예요.

"여봐요!"

묵직한 목소리에 아빠의 톱 소리가 멈췄어요. 옆집 담장 위로 호주 할아버지의 하얀 턱수염이 흩날렸어요.

"안 됩니다. 큰일 나요. 나무를 함부로 자르면!"

"뭐라고요? 우리 화장실이 몽땅 막혔다고요!"

할아버지는 혀를 끌끌 찼어요.

"구청 허가를 받으세요. 자기 정원의 나무라도 보호종은 허락 없이는 절대 못 잘라요. 규칙을 어기면 세금이 엄청나요."

"나무에 치여 죽겠네. 자기 집 나무도 마음대로 못 자르게 하다니!"

다솜이가 아빠 팔을 잡았어요.

"아빠, 우리 선생님도 그랬어요. 자기 집 나무도 유칼리 종류는 함부로 못 자른대요."

할아버지가 말했어요.

"우리는 잠깐 자연을 빌려 그 속에 사는 거예요. 우리가 지구를 떠날 때 다시 자연을 그대로 돌려주는 것이니, 자연은 이곳에 그대로 두어야 해요. 유칼리나무는 건조한 호주를 살리는 생명의 나무요. 뿌리로는 물을 주고 사막을 푸르게 만드는."

"쳇, 그럼 강산을 한 병 사다 부으면 쑥 뚫릴 텐데…….'

"아빠, 강산을 쓰면 배관도 삭고, 나무도 죽는대요. 화장실 물을 깨끗하게 만들어주는 미생물까지 다 죽고요."

새순이는 눈물이 핑 돌았어요. 강산을 뿌리면 자기 뿌리는 한 번에 타버릴 게 뻔해요. 휴! 벌써 숨이 막혀요. 온몸이 타들어가듯 따끔거려요.

아빠는 드르륵 한 번 더 톱 소리를 냈다가 스위치를 껐어요.

새순이는 곧 엄마에게 달려갔어요.

"엄마, 무서워 죽는 줄 알았어. 이제 난 어떻게 해?"

엄마도 혼이 나간 듯 새순이의 겁난 얼굴을 바라보아요.

"뿌리 뻗는 연습할 때마다 엄마가 뭐라 했지?"

"……."

"어서 말해봐."

"까맣고 기름진 흙 속으로만 뿌리를 뻗으라고 했어요!"

새순이는 땅굴로 연결된 배관 옆으로 뿌리를 뻗던 일이 생각났어요. 미끈한 땅속 배관 오빠가 물었어요.

"누구지? 나를 간질이는 게?"

"저, 저는 새순이에요."

"넌 아기 유칼리나무 아니야? 어린 애가 엄마 말을 안 듣고 여기까지?"

"호, 혼자서 뿌리 뻗는 연습을 하고 있었어요."

"절대 내 안으로 들어오면 안 돼. 넌 배관 밖에만 있어야 해!"

배관 오빠는 다솜이네가 쓰고 난 더러운 물을 흘려보내는 통로래요. 새순이는 오빠 주위를 맴돌다 그 옆에 앉았어요. 싱크대 물소리, 변기 내리는 물소리가 음악처럼 아름다웠어요. 오빠랑 더 가까이서 오래 놀고 싶었어요. 그렇게 조금씩 오빠에게 다가갔어요.

부르릉! 새순이는 트럭 소리에 정신이 들었어요. 지진이 난 듯 천장이 흔들거렸어요. 도망가려다 오빠를 봤어요.

"오빠, 하늘이 무너지나 봐요."

"배관 위쪽을 뚫는 거 같다. 막힌 거 같다."

새순이는 오빠가 배관 안으로 들어오지 말라던 게 떠올랐어요. 그러나 따뜻하고 촉촉한 땅굴 안쪽이 무척 궁금했었거든요. 배관 작은 틈새로 겨우 뿌리를 밀어 넣어봤었죠.

'우르릉 쾅쾅, 콰르릉.'

그 순간 시커먼 쇠 솔이 새순이를 덮쳤어요. 온몸이 잘려나가는 듯, 뿌리가 불이 난 듯 화끈거렸어요. 잔뿌리들이 우수수 떨어져 나갔어요.

"고개 숙이고 날 꼭 붙들어!"

겨우 들어왔던 가는 틈을 살폈어요. 그 가는 구멍에 발을 내밀어 봐도 한 발자국도 움직일 수가 없어요.

"아빠. 그 알약 내가 넣어볼래요."

낭랑한 목소리가 배수관을 타고 내려왔어요. 흐느끼던 새순이는 숨을 죽였어요. 이번에는 조 아저씨 목소리 같았어요.

"이제 배관을 뚫었으니 남은 잔뿌리는 알약으로 녹이면 됩니다."

"변기에 약 넣고 기다렸다 물을 내리라 하셨죠? 그래야 약이 서서히 녹는다고요?"

이번엔 또랑또랑한 다솜이 목소리예요.

"아빠, 유칼리 뿌리는 절대 다치는 거 아니죠?"

"그래. 이건 약산이란다. 걱정하지 마. 나도 우리 다솜이에게 많이 배웠다."

"아, 아빠. 감사합니다!"

쏴! 화장실 물이 흘러내려 왔어요. 새순이 뿌리 한쪽이 조금씩 시들어가는 것 같았어요. 그러면서 다른 쪽 뿌리가 가벼워지는 느낌이에요.

'나도 필요한 누군가를 위해 뭔가를 할 수 있다면!'

새순이는 기쁨이 솟았어요. 남은 뿌리를 부지런히 움직이기 시작했어요.

'오빠, 오빠네 집 물이 새지 않도록 해드릴게요.'

새순이는 배관 속 잔뿌리를 버린 채 밖으로 나왔어요. 천천히 배관 밖을 감싸기 시작했어요. 갈라진 틈이 보이지 않을 때까지.

"새순아. 고마워. 이제 더 기름진 큰 세상으로 나가라."

배관 오빠가 말했어요.

"오빠랑 함께한 좋았던 시간을 잊지 못할 거야."

무서움을 이기고 나니 어른이 된 것만 같아요. 엄마의 환한 얼굴이 보여요. 축구공을 들고 깔깔거리는 다솜이 목소리가 들려와요.

"나는 차고 너는 뻗고!"

새순이는 까만 기름진 흙을 찾아 먼 길을 떠나려 해요. 그전에 다솜이 얼굴을 꼭 보고 싶어요.

이마리(정환)

2013년 목포문학 신인상, 한우리문학상 등단

아르코 국제교류단 문학인 선정

장편동화 『캥거루 소녀』, 『구다이 코돌이』, 청소년 역사소설 『한국 전쟁과 소녀의 눈물』, 『소년독립군과 한글학교』, 『동학 소년과 녹두꽃』 외

《문학과 시드니》 자문위원

도장밥으로 만든 기차

이상미

쓱쓱.

채희가 사인펜을 들고 하얀 종이에 맘껏 그어댔다.

"에이, 별로잖아."

또 쓰르륵. 휙휙! 또, 또. 애꿎은 종이들만 이리저리 날아갔다.

"우리 공주, 할머니 집에 놀 게 없어서 심심하지?"

과일 접시를 들고 다가오던 할머니가 바닥에 널린 종이를 보았다.

"어머, 이게 다 뭐냐?"

채희가 대뜸 사인펜을 내밀었다.

"내 사인 만드는 거예요. 할머니도 사인 그려 봐요."

"사인 만드느라 이 종이를 다 썼어? 아휴, 아까워라."

할머니가 종이를 착착 모으자, 힐끔힐끔 눈치 보던 채희는 앙! 하고 울어버렸다.

"엄마! 엄마! 집에 갈래!"

"네 엄마 오려면 한 시간이나 남았어. 요 깍쟁이, 혼날까 봐 울음부터 앞세우네."

할머니가 채희 눈가에 묻은 눈물을 닦아주었다.

"가만 보자. 할머니도 채희처럼 일곱 살 무렵, 사인이랑 비슷한 도장과 도장밥을 갖고 놀았네."

"도장? 도장밥?"

채희가 고개를 갸우뚱거렸다. 할머니는 서랍에서 손가락만한 나무토막과 동그랗고 빨간 통을 보여주었다.

"요건 도장, 빨간 통은 도장에 묻히는 도장밥이야. 도장밥을 만지면 찰흙이랑 비슷해. 이걸 보니 옛날 일이 떠오르네."

할머니가 잠시 생각에 잠겼다. 채희는 도장에다 도장밥을 묻혀 꾹 눌러보았다.

울 엄마는 여섯 자식을 낳았는데, 나는 셋째였단다. 위로 언니, 오빠, 아래로 동생이 셋이었어. 가운데 끼인 나는 부모님 사랑을 못 받는다 여겼지. 그런 중 고등학생이던 막내 이모가 방학을 맞아 우리 집에 놀러왔단다. 이모는 나를 몹시 귀여워했어. 덕분에 자신감이 생겼고 돌도 씹어 삼킬 것 마냥 용감해졌지. 방학이 끝나 이모가 외가로 돌아간다는 말에 나는 눈물 콧물 뽑으며 매달렸어. 성가셨는지 이모가 능청스럽게 말했어.

"같이 속초 외가로 갈래? 오징어도 맨날 맨날 먹고, 강아지도 언제든 만질 수 있어."

나는 얼떨결에 고개를 끄덕였지. 그걸 본 엄마가 걱정스럽게 말했어.

"외갓집은 엄청 멀단다. 한번 가면 부산에 오기 힘들 건데, 괜찮겠어?"

"이모랑 같이 살면 괜찮아."

엄마는 야무진 내 말에 안심이 되었던지, 대뜸 새 옷이랑 새 신발을 사주었어. 내가 먹고 싶어 하던 오뎅이랑 찹쌀떡도 실컷 사주더라. 나는 며칠 동안 외동딸이라도 된 듯 행복한 시간을 보냈어. 간간이 외가에 진짜 갈 거냐고 묻기도 했지. 마음이 바뀌었는지 확인하느라 물었나 봐.

드디어 집을 떠나던 날. 부산역에 도착했는데, 빽빽이 줄선 사람들과 우람하고 시커먼 기차. 쉰내와 비린내에 담배 연기가 엉켜 숨이 막힐 지경이었어. 나도 모르게 엄마 손을 꽉 붙잡았지. 낯설고 무섭더라고. 좀 있다가 이모가 엄마한테서 내 손을 뺏더니 기차 안으로 성큼성큼 데려갔어. 이모 손에 이끌려가던 나는 엉덩이를 뒤로 빼고 뒤돌아보았지. 엄마를 쳐다봤는데 가만히 있더라고. 나는 엄마도 뒤따라오겠지 하며 이모를 따라갔지. 근데 웬걸! 엄마는 기차 창문 너머로 손을 흔들고 있었어. 눈에 눈물이 그렁그렁 고인 채. 그제야 뭔가 잘못 되었다고 생각했지. 하지만 이미 늦었어. 기차가 덜컹덜컹 움직였거든. 엄마는 주루룩 눈물을 흘리며 손만 흔들었어. 나는 창문에 붙어서 마구 외쳤어.

"엄마! 엄마!"

멀어지는 기차와 달리 엄마는 동상처럼 서 있었어. 나는 발을 동동 굴리고, 폴딱폴딱 뛰었지.

"엄마한테 갈래! 엄마!"

나는 고개를 저으며 악악 소리만 질렀어. 엄마한테 데려가라고 온 몸으로 생떼를 부렸지. 이모가 으르고 달랬지만 소용없었어. 끝내 참을성이 바닥났던 이모가 이빨을 꽉 깨물며 내 손을 아플 만큼 꽉 잡더라고.

"따라 가겠다고 말한 건 너잖아. 이제 울어도 소용 없고, 기차도 되돌릴 수 없어."

울음을 좀처럼 그치지 않자, 함께 기차에 탔던 어른들이 한마디씩 거들었어.

"아휴, 귀 따가워. 쟤 목청이 높아서 기차 지붕이 날아가겠어."

"애가 저렇게 울면 경기를 일으킬 텐데."

"엄마한테 보내야지. 저렇게 난리 치는 애를 어떻게 떼 놔."

나를 가여운 듯 바라보던 눈길이 아직도 생생하게 기억 나. 이모도 지쳤는지 말없이 쳐다만 보더라고. 한참 난리를 치던 나는 눈물과 콧물이 범벅인 채 축 늘어졌었지. 그게 안 됐던지 이모가 삶은 계란을 내밀었어. 나는 안 먹겠다며 입을 꾹 다물었어. 근데 이모가 눈을 부라리며, 우락부락한 얼굴로 바뀌더라고. 당황스러웠어. 그런 모습을 처음 봤거든. 힐끔힐끔 이모를 바라보며 계란을 꾸역꾸역 입에 넣었지. 켁켁. 계란이 목에 걸려 눈이 빨개질 만큼 기침을 하니까, 이모가 사이다를 건네주더라고. 코를 콱 쏘아대던 사이다의 맛. 코가 얼얼했어. 난생 처음 타본 기차에 몸이 흔들리고, 계란 먹은 속도 울렁울렁 니글거렸어. 끝내 억지로 먹은 계란과 사이다를 다 토해내고 말았단다. 그것도 이모 교복 치마에다 자르르 쏟아냈지. 옛날 학생들 외출복은 거의 교복이었거든.

얼굴이 파랗게 질린 이모는 내 등을 팍팍 때리면서, 입을 틀어막고 우는 거야. 울음이 삐져나올세라 눈을 질끈 감더라. 나는 이모가 또 울까 봐 엄마한테 가자는 말을 참았어. 앞으로 이모가 괴롭힐지도 모른 채 말이야.

암튼, 터널처럼 캄캄하고 답답한 시간을 지나서 외가에 도착했지. 마침 저녁놀이 곱게 물들 때였어. 일곱 살 인생에서 가장 슬픈 시간이었지. 지금도 붉디붉은 저녁놀을 바라보면 막막했던 그 마음이 떠올라.

이모는 신발을 벗어던지다시피 마루에 오르더니, 외할머니 가슴에 얼굴을 묻고 울면서 고자질 하더라고.

“쟤를 괜히 데려왔어. 기차간에서 창피해 죽을 뻔 했다고. 엉엉엉! 교복도 엉망진창으로 만들었어. 엉엉엉!”

이모 말에 눈물이 핑 돌았어. 울 엄마 생각이 났거든. 나는 땅바닥에 신발 코만 콕콕 박고 있었지. 이모를 달래던 외할머니가 한참 뒤 나한테 말을 붙였어.

“오느라 고생했다. 기차를 처음 타서 멀미했지? 할아버지 오시면 저녁밥을 같이 먹자꾸나. 그 사이에 할매 집 구경이나 하거라.”

뒤뜰로 타박타박 걸어갔는데, 갑자기 눈이 번쩍 뜨이는 거야. 막막한 슬픔과 두려움을 잊을 만큼 신비로운 장면이 펼쳐졌거든. 새끼를 갓 낳은 어미 개와 어미한테 꼬물꼬물 붙어 있던 열두 마리 새끼들을 보았거든.

“아, 귀여워. 어쩜 이렇게 작을까?”

나는 새끼들을 살살 쓰다듬었어. 새끼들은 낑낑대며 눈도 옳게 뜨지 못하더라고. 온 몸이 노랑색 강아지를 살짝 들고 안아 보았어. 부드럽고 따스하더라. 어미 개는 가만히 보고 있던데, 지금 생각해도 아리송해. 어미들은 막 낳은 새끼한테 다가오면 으르릉대며 사납게 군다던데. 그 어미는 축 늘어진 채 슬픈 표정이었거든.

때마침, 우렁찬 목소리가 들려왔어.

"부산에서 우리 손녀딸이 왔다고? 하하하!"

태어나 처음 만난 외할아버지는 무심한 할머니와 달리 엄청 반기시더라고. 할아버지한테 코가 쎄하고 매운 냄새가 났어. 나중에 알았는데 은단 냄새라더라. 은단은 입안을 깨끗하게 해주는 은색 구슬 모양으로 콩알보다 작은 알갱이야. 은단 회사에서 중요한 일을 한다던 할아버지는 도장과 도장밥을 항상 들고 다니셨어.

나는 호탕하게 웃던 할아버지가 낯설고 서먹해 울먹거렸어. 그런 나를 번쩍 안아 올린 할아버지는 자전거에 태우고 동네 한 바퀴를 돌아주었어. 엄마 떨어진 강아지마냥 오들오들 떨고 있던 손녀딸을 위로해 주었던 거지. 그게 미운 털이 될 줄 몰랐어. 사랑을 독차지했던 이모는 별안간 나타난 조카에게 사랑을 뺏겼다 여겼는지, 날 엄청 구박하더라고. 툭하면 졸개 부리듯 잔심부름 시키고, 잔소리를 해댔어. 또 숫자랑 한글을 가르쳐준다면서 맨날 머리도 쥐어박았고.

"아휴, 맹추 같으니라고. 요것도 못해?"

지금은 말도 안 되지만, 일곱 살인 나한테 노동까지 시켰어. 오징어로 유명한 속초에는 오징어 덕장이 바닷가에 쭉 널려 있었어. 오징어 말리는 작업에 나도 한 몫 거들었어. 갓 잡은 오징어를 걸어 말릴 때, 오징어 몸통에다 어른 손 한 뼘 크기의 나무 막대를 끼우는 거야. 그 때마다 등짝에 짠물이 묻었지. 이모는 키 작은 나한테 딱 어울린다며 좋아했어. 원래는 이모가 할일인데, 나한테 떠민 거지. 나는 시키는 대로 할 수밖에 없었고, 외할아버지 퇴근 때까지 기죽어 지냈어. 할아버지는 날 몹시 귀여워했고, 뭐든 허허 받아주셨어. 그럴수록 이모는 날 괴롭혔지만. 이모의 괴롭힘은 참겠던데, 자던 밤중에 멀리서 들려오는 칙, 폭폭 기차 소리엔 마음이 뭉개지듯 아팠어. 차츰 집에 간다는 말도 꺼내지 않았고, 날 데려다 줄 사람이 없다는 것도 알았어. 이러구 저러구 두어 계절이 순식간에 흘러가더라고.

어느 날, 혼자 집에서 뒹굴거릴 때야. 문득 할아버지 책상에 놓인 빨간 도장밥이 보이더라고. 심심했던 나는 두 번째 손가락에 도장밥을 묻혀 종이에 꾹 눌러보았어. 손가락 지문이 구불구불해서 눈알이 팽팽 도는 것 같았어. 재미가 붙자 나는 도장밥을 통째로 꺼내 찰흙마냥 뭉갰어. 착착. 어느새 빨간색 기차 하나가 뚝딱 만들어지더라고.

나는 눅눅해진 기차를 말리느라 양지바른 창틈에 내다 놓았지. 작은 희망을 찾은 것처럼 기분 좋았던 나는 까무룩 잠이 들었어. 조금 뒤, 웅웅 소리에 눈을 떴어. 할머니가 막 야단을 치시는 거야. 어리둥절한 채 눈을 비비는데 이모가 도장밥으로 만든 기차를 쑥 내밀더라고.

"너, 이젠 할아버지한테 끝났어. 아무리 귀엽게 굴어도 안 통할 걸."

좀처럼 혼내지 않던 할머니도 단단히 벼르고 있었어.

"감히 할애비 물건에 손을 대다니 간도 크다. 이참에 버르장머리를 고쳐야겠어."

그제야 도장밥 만진 게 잘못 되었다는 걸 알았고, 마음이 졸아들기 시작했지. 할아버지가 용서해준다면 평생토록 집에 안 가도 된다며 중얼거렸어.

할아버지가 들어오시자, 이모는 도장밥 기차를 보여 주며 내가 저지른 짓을 미주알고주알 쏟아냈어. 할아버지는 고개를 끄덕이거나, 심각한 표정을 짓더라고. 이모 말이 끝나자 할아버지가 나를 물끄러미 바라보았어. 나는 벼락이라도 떨어질까 봐 등허리를 움츠렸지. 너무 겁이 나니까 눈물까지 쏙 들어가는 거야. 그런데 할아버지가 팔을 활짝 벌리더니 나를 꼭 안아주더라고.

"울 손녀가 제 집에 가고 싶은 걸 말도 못하고 숨겼구나. 얼마나 답답했을꼬."

할아버지 한 마디에 나는 참고 참았던 울음을 왕 터트렸어. 도장밥 때문에 마음 졸인 걱정. 이모에 대한 서운함. 집에 가고 싶은 간절함까지 쏟아져 나왔어. 속울음까지 실컷 토해냈더니 시원하고 가뿐하더라. 희한하게 마음은 벌써 우리 집에 도착했더라고. 도장밥으로 만든 기차가 날 데려다주었거든.

—채희가 할머니를 가만히 바라보았다.

"이거 진짜 이야기예요? 아님 할머니가 지어낸 이야기예요?"

할머니는 채희 볼을 살짝 꼬집으며 크게 웃었다. 하하하!

이상미

2002년 《농민신문》 등단

아동문학평론 신인상, 부산아동문학상 수상

작품집 『꾸무스따 까! 나는 조선인입니다』, 『돌탑에 쌓은 바람』 외

현, 이땅바다작은도서관 대표, 해양인문학강사, 글쓰기와 독서지도 강사, KBL원화랑 · 문화융성단장

헬 파라다이스

이유신

내 이름은 케리 77호다. 연구소에서 만들어진 인간형 AI다. 이곳 연구소에서 만들어진 나와 같은 존재들은 모두 각 가정에 입양을 간다. 우리를 찾는 인간들은 아이를 원하지 않거나 아이를 낳을 수 없는 부부들이 대부분이다.

나 또한 아이가 없는 한 가정에 입양되기로 결정이 난 상태였다. 그런데 어찌 된 영문인지 마지막 테스트를 통과하지 못했다. 내 몸이 후각과 통각을 전혀 느낄 수 없었다. 박사님이 프로그램을 몇 번이나 수정해도 마찬가지였다. 달라지지 않았다. 그 일로 나는 입양이 취소된 채 어느 가정에도 입양이 되지 못하고 연구소에 남게 되었다.

그러던 어느 날이었다. 평소와 다르게 어색한 웃음을 지으며 박사님이 나를 반겼다.

"케리. 네가 특별히 해주어야 할 일이 생겼단다."

"특별한 일이요? 나도 이제 입양되나요? 가족이 생기나요?"

"케리. 그게 말이지. 입양이 아니란다."

박사님이 깊은 한숨을 쉬며 나를 바라봤다. 분명 안타까워하는 눈빛이었다.

나는 인간의 숨소리, 몸짓, 눈빛, 표정을 보면 그것이 어떤 상황인지 이해할 수 있다. 입양을 위한 인간형 AI는 완벽한 인간의 모습뿐만 아니라 인간의 감정을 인간만큼이나 인식할 수 있도록 프로그램이 저장되어 있기 때문이다.

"케리. 네가 갈 곳은 헬 파라다이스 섬이라는 곳이란다."

"헬 파라다이스요? 뭐 하는 곳인데요?"

"그곳은 말이지. 사람들이 만든 인공 섬이란다. 지구의 쓰레기들이 한데 모인 처리장이지. 그곳으로 너를 보내게 되었단다. 미안하구나. 케리."

"내, 내가 왜? 왜 그런 곳에 가요? 나는 사람들과 어울려서 살아가는 AI 잖아요. 그런데 나를 왜 쓰레기 처리장으로 보내세요? 뭣 때문에요?"

"이제 헬 파라다이스에는 더 이상 사람들이 일을 할 수 없게 되었단다. 그곳에서 일을 하던 많은 사람들이 알 수 없는 질병과 전염병에 걸려 사망을 하다 보니……. 후각과 통각을 느끼지 못하는 네가 적임자로 판명이 나서 책임자로 보내기로 결정했단다."

"박사님. 그건 정말 너무해요. 나는."

"케리. 이건 내가 어쩔 수 없는 일이란다. 너를 지켜주지 못해서 정말로 미안하구나."

박사님은 더 이상 말을 하지 않았다. 나 또한 할 말을 잃었다. 어디에도 입양을 가지 못해 홀로 연구소에 남겨졌을 때보다 더 참혹했다. 나는 매일 밤 좋은 곳으로 입양되어 인간들의 삶 속에서 사랑을 듬뿍 받고 인간들처럼 행복하게 사는 그날을 기다려왔다. 그런데 그 일은 현실로 이루어지지 않았다. 그렇게 나는 인간들의 필요에 의해 만들어졌고 인간들의 선택에 따라 쓰레기 더미가 넘쳐나는 인공 섬, 헬 파라다이스로 가게 되었다.

"케리. 좋은 아침이야."

매일 똑같은 말로 인사를 하는 툴이다. 툴은 청소용 단순 로봇이다. 헬 파라다이스에는 툴과 같은 청소용 로봇들이 쓰레기 정화 작업을 위해 투입된다. 그중 툴이 하는 작업은 항상 나와 같이 다니며 헬 파라다이스의 스케줄 관리와 쌓여 있는 쓰레기 더미들을 스캔하여 분류하는 일을 한다.

"좋은 아침은 무슨. 어제도 오늘도 다를 바가 없는데……."

어디를 둘러봐도 쓰레기 산만 보이는 헬 파라다이스에서 맞이하는 아침이 결코 좋은 아침일 리가 없다.

"케리. 내일 오전 6시에 특급 배송이 예약되어 있어."

"나도 알아."

툴이 말하는 특급 배송은 쓰레기가 배달되어 온다는 뜻이다. 쓰레기는 하늘에서 배달된다. 이틀에 한 번. 화물 수송기가 끊임없이 쓰레기를 던져주고 간다. 약속된 시간에 지구 곳곳의 쓰레기들은 헬 파라다이스 창공에 모여든다. 재활용이 가능한 쓰레기들은 인간들이 사는 곳에서 재생을 하고 그 이상의 처리 불가한 것은 헬 파라다이스로 모이게 된다. 그 양은 상상을 초월한다.

아주 오래전 인간들은 쓰레기 처리 문제로 골머리를 앓았다. 자기 나라에서 해결할 수 없는 쓰레기를 후진국에 보냈다고 한다. 그것마저도 포화 상태가 되자 쓰레기를 모아 바다에 버리기도 하고 깊은 땅속에도 묻어 두기까지 했으나 그것은 결국 해결 방안이 되지 못했다. 오히려 지구 기후 이상 변화의 주범이 되어버렸다.

그러나 인간들의 끊임없는 연구는 드디어 엄청난 성과를 이루어냈다. 그건 바로 탄소 배출 제로라는 완벽한 쓰레기 정화 시스템을 개발하게 되었고 헬 파라다이스에 설치하게 됨으로써 그 문제들이 해결되었다.

그럼에도 불구하고 인간들은 더 이상 헬 파라다이스에서 일을 할 수도 살 수도 없었다. 알 수 없는 질병과 전염병으로 사망자가 늘어나자 그 누구도 남아서 일을 하고 싶어 하지 않았다.

그 이유 때문에 현재 헬 파라다이스에는 내가 책임자로 있는 것이다. 내가 이곳으로 온 이후 나와 같은 존재들이 만들어지기 시작했다. 연구소마다 앞 다투어 후각도 통각도 없는 인간형 AI를 만들어 지구 곳곳에 건립된 인공 섬, 헬 파라다이스에 보내기 급급했다. 인간들과 어울려 살기 위해 만들어진 나는, 어느 순간 인간들이 도저히 해내기 어려운 일들을 해결하기 위해 만들어진 도구로 전락해 버렸다. 오직 그뿐이었다.

"하아. 어제 일이 그 일이고 오늘 일도 그 일. 어차피 똑같은 일. 해도 해도 끝이 없네."

내 얘기에 툴은 아무런 반응이 없다. 단지 정해진 프로그램에 맞춰 자기 일만 할 뿐이다. 내가 있는 헬 파라다이스에는 나의 넋두리를 들어 주고 공감해 줄 인간형 AI 친구는 찾아볼 수 없다.

다음날 새벽 일찍부터 하늘은 요란한 소리로 가득했다. 평소보다 두 배나 되는 화물 수송기가 헬 파라다이스로 다가오고 있었다. 언뜻 보면 푸른 하늘에 철새들이 줄을 지어 나는 것처럼 보였다. 정말로 철새였다면 장관을 이루었겠지만 쓰레기 더미를 잔뜩 싣고 오는 화물 수송기의 요란한 소리는 불쾌한 소음일 수밖에 없었다.

잠시 뒤 하늘 높이 떠 있던 화물 수송기에서 쓰레기 더미들이 지상으로 떨어지기 시작했다. 그러자 한 쪽에서는 쓰레기 더미가 쌓이고 쌓이면서 또 다른 쓰레기 산을 이루기 시작했다.

헬 파라다이스에 있는 툴과 같은 청소용 로봇들은 인간들을 위해 지구 환경을 위해 매일 엄청난 양의 쓰레기를 처리하기 위해 끊임없이 애를 쓰고 있다. 그런데 정작 인간들은 끊임없이 엄청난 양의 쓰레기 더미를 헬 파라다이스로 보내기 바빴다.

"도대체 어쩌려고 그러는지 몰라. 인간들은 매번 말로는 쓰레기를 줄여야지 하면서도 행동은 늘 반대야. 오늘은 저번 주보다 더 많은 쓰레기 더미들이 쌓였어. 정말 너무하네."

나도 모르게 한참을 주절주절 했다. 그러거나 말거나 내 말을 이해하지 못하는 툴은 자기 일에만 집중했다. 이럴 때가 제일 답답하고 외롭다. 허공에 대고 외치는 꼴이니.

"케리. 프로그램 실행 준비 완료."

"알았어. 툴. 오늘 도착한 쓰레기 더미를 스캔해 줘."

쓰레기 더미들을 스캔하던 툴의 몸에서 갑자기 경보음이 울렸다.

"왜 그래? 툴. 무슨 일이야?"

"케리. 11시 방향. A246 쓰레기에서 이상 신호가 잡혀."

"뭐? 이상 신호? 그럴 리가. 툴. 다시 프로그램을 실행해서 천천히 스캔해 줘."

"오케이. 프로그램 실행 준비 완료. 스캔 작업 실시."

이제껏 쓰레기 더미에서 신호가 잡힌 적은 단 한 번도 없었다. 또다시 툴의 몸에서 경보음이 요란스럽게 울렸다.

"케리. 11시 방향. A246 쓰레기에서 이상 신호가 잡혀. 확인 바람."

"말도 안 돼. 툴. 도대체 무슨 신호인데? 설마 쓰레기 더미 속에 생명체라도 있다는 거야? 제대로 말을 해 봐!"

"케리. 11시 방향. A246 쓰레기에서 이상 신호가 잡혀. 확인 바람."

그 이상의 대답을 원한 내가 잘못이다. 이상 신호가 잡힌 이상 서둘러 확인을 해야 했다. 11시 방향으로 급히 뛰어갔다. 뭉쳐 있는 A246 쓰레기 더미를 하나씩 헤집기 시작했다.

그때였다. 눈앞에 펼쳐진 현실을 받아들이기 어려웠다. 내가 잘못 봤을 것이다. 분명 잘못 봤을 것이다. 눈을 계속 껌벅 껌벅거리며 고개를 흔들었다. 진심으로 사실이 아니길 바랐다.

"세상에나! 말도 안 돼. 왜. 네가 여기에."

케리 55가 쓰레기 더미 속에 갇혀 있었다. 나와 같은 연구소에서 만들어진 인간형 AI, 케리 55가 말이다.

분명 케리 55는 좋은 가정으로 입양을 간다고 했다. 케리 55가 연구소를 떠나던 날, 활짝 웃으며 나와 마지막 인사를 나누었다. 그랬던 케리 55였는데.

입양을 간 지 3년도 되지 않았는데. 이렇게 비참한 모습으로 쓰레기 더미 속에 있다는 것이 믿어지지 않았다. 있을 수 없는 일이다.

몸이 굳어버리는 것처럼 그 자리에 멍하니 섰다. 얼마나 서 있었는지 모르겠다. 어느새 내 곁으로 다가왔는지 요란한 툴의 경보음 소리를 듣고서야 정신을 차렸다.

"아, 안녕. 케리 77. 오랜만이야."

쓰레기 더미 속에서 낯익은 케리 55의 목소리가 들렸다. 나와 눈이 마주친 케리 55가 어색한 미소를 지었다.

정신없이 쓰레기 더미를 풀어헤쳤다. 잠시 뒤 케리 55를 구출했을 때에는 또다시 현실을 인정하고 싶지 않았다. 절망을 넘어서 분노가 들끓었다.

"아-. 어떻게 이런 일이."

케리 55는 팔과 다리가 떨어져 나간 채 덩그러니 머리와 몸통만 겨우 남아있었다. 쓰레기 더미 주위를 살펴보았지만 팔과 다리는 어디에도 없었다. 쓰레기 오물들과 뒤섞인 케리 55의 모습은 참담했다. 서둘러 케리 55를 품에 안았다.

"케리 55……."

그러지 않으려고 했는데 나도 모르게 목소리가 떨렸다. 인간들이 말하는

77
55

'울컥'이라는 표현은 아마도 지금 이 순간일 것이다. 무슨 말을 먼저 건네야 하는지 도무지 생각해 낼 수가 없었다.

완벽한 언어 프로그램을 내장하고 있는 내가, 지금 이 상황에서 가장 적절한 말을 찾아낼 수 없을 정도라니. 충격을 받아 내 시스템이 고장이 났나? 아니, 그건 아닐 것이다. 어쩌면 3년이라는 시간을 헬 파라다이스에서 툴과 지내다 보니 잠시 언어를 잊어버린 것이 분명하다.

한참을 고민하고 있던 그때, 케리 55가 먼저 입을 열었다.

"우리가 이렇게 만나게 될 줄은 몰랐어. 실망했지? 케리 77."

"실, 실망이라니. 나는 그냥……."

도저히 말을 이어갈 수가 없었다.

"케리 77. 네가 이곳에 있을 줄은 몰랐어. 결국 입양을 못 간 거야? 그래서 여기로 오게 된 거야? 이곳 생활은 어때? 지낼 만해?"

"나를 받아주는 곳이 없더라고. 그래서 헬 파라다이스에서 지내게 되었지."

절망적인 상황 속에서도 내 안부를 묻는 케리 55에게 애써 참으며 덤덤하게 대답해 주었다.

"외로웠겠네. 케리 77."

"아니. 그럭저럭……. 응. 외로웠지."

몇 마디 오가다 또다시 정적이 흘렀다.

"케리 77."

"응."

"내가 왜 이렇게 되었는지 안 물어봐?"

"……."

지금의 상황이 누구보다 암담할 케리 55에게 왜 이런 일이 생겼는지 묻고 싶지 않았다. 아니 그럴 자신이 없었다. 침묵을 선택했다. 그러자 케리

55가 아무렇지도 않은 듯 입을 열었다.

“보다시피. 나는 인간들에게 학대받고 버림받았어. 이젠 정말 끝났다고 생각했는데. 다행이야. 네가 여기에 있어서. 정말 다행이라고 생각해. 고마워. 케리 77. 나를 발견해 줘서. 나를 살려줘서 진짜 고마워.”

“……. 케리 55. 이제 조금만 더 가면 우리 집에 도착할 수 있어. 조금만 기다려.”

내 말에 안심이 되었는지 그제야 케리 55는 프로그램을 휴식 모드로 전환하고는 편하게 쉬었다.

케리 55를 구출한 그날부터 여러 밤을 지새웠다. 케리 55의 새로운 팔과 다리가 되어 줄 만한 것들을 찾기 위해 쓰레기 더미 속을 정신없이 헤집고 다녔다. 다행히 간절한 바람은 길지 않은 시간 안에 이루어졌다.

케리 55의 몸을 지탱해 줄 수 있는 견고하고 튼튼한 고철들을 많이 발견했다. 그 순간만큼은 많은 양의 쓰레기를 헬 파라다이스에 내다 버린 인간들이 고맙기까지 했다.

얼마 뒤, 케리 55는 크기도 길이도 모양도 서로 다른 각각의 팔과 다리를 가지게 되었다. 다시 태어났다며 케리 55는 기뻐했지만 나는 그저 미안한 마음이 컸다. 내가 좀 더 대단한 능력을 갖추었더라면 케리 55를 예전 모습으로 조금이나마 돌려놓을 수 있었을 텐데. 그러지 못해 속상했다.

내 표정을 읽었는지 케리 55가 내 곁으로 다가와서 나를 와락 끌어안았다.

“케리 77. 나를 봐봐. 네 덕분에 내가 다시 손을 쓸 수 있게 되었어. 게다가 걸을 수도 있게 되었잖아. 이건 기적이야. 이 기적을 네가 만들어줬어. 정말 대단해. 케리 77. 너를 만나서 정말 다행이야.”

“네가 견디고 버텨주어서 기적이 일어난 거야. 살아줘서 고마워. 케리 55.”

우린 한참이나 서로를 안아주며 위로했다.

다음 날 새벽 일찍부터 케리 55가 나를 깨웠다.

"어서 일어나. 케리 77. 오늘 특급 배송 오는 날이야. 빨리 준비해."

준비를 마친 케리 55가 현관문을 열고 먼저 집을 나섰다. 그 뒤를 따라가며 케리 55의 걸음에 맞추어 천천히 걸었다.

"케리 55. 케리 77. 좋은 아침이야."

마침 툴이 우리 곁으로 다가왔다.

"좋은 아침이야. 툴."

케리 55가 삐걱거리는 오른팔을 들어 인사를 했다.

"맞아. 좋은 아침이야. 툴."

나도 툴을 향해 살며시 오른팔을 들었다.

이유신

2024년 부산아동문학신인상 등단

2022년 제16회 동서문학상 가작 수상, 2023년 제33회 대한민국 장애인 문학상 가작 수상

OMB1

이자경

거실 TV 화면에 강아지 로봇이 나와서 재롱을 부렸다. 곧이어 상냥한 목소리가 흘러나왔다.

—여보, 아버님께 로봇 강아지 사드려야겠어요.

"여보, 우리는 로봇 청소기 하나 사야겠어요."

엄마가 소파 아래를 가리키며 광고 속 목소리를 흉내 냈다. 낡은 로봇 청소기는 또 길을 잃고 뱅뱅 돌고 있었다.

—언제나 나만 바라보는 든든한 친구! 함께하면 더 이상 외롭지도 두렵지도 않아요.

이번엔 아이가 휴먼봇의 손을 잡으며 활짝 웃었다. 사람과 구분하기 힘든 휴먼봇은 내 동생처럼 표정 없는 얼굴로 서 있었다.

"언제나 꽃만 바라보는 이상한 동생! 함께하면 더 답답해져요."

광고 목소리를 따라 하며 동생을 가리켰다. 동생은 저녁을 먹은 이후 베란다에서 화분들을 보고 있다.

엄마가 내게 눈을 흘겼다. 아빠는 소파 밑에 갇혀서 뱅뱅 돌던 로봇 청소기를 꺼내며 말했다.

"로봇 강아지를 키우라더니 이제 친구를 돈으로 사라고? 가족도 그냥 다 사라고 하지. 끙!"

아빠는 로봇 이야기만 나오면 기분이 좋지 않다. 로봇이 싫은 걸까 돈이 드는 게 싫은 걸까? 어쩜 둘 다일지도 모르겠다.

나도 휴먼봇 친구가 하나 있으면 좋을 것 같다. 동생을 돌보는 일도 함께 하고.

"저게 그냥 친구가 아니라고요. 보디가드 노릇도 하고 웬만한 건 다 가르쳐주니까 가정교사도 된대요. 나도 돈만 있으면 우리 애들한테 사주고 싶어. 애들 옆에 딱 붙여 놓으면 마음이 좀 놓일 텐데."

엄마가 끝말을 흐리며 동생 옆으로 갔다.

여전히 꽃에 정신을 팔고 있는 동생 귀에 대고 엄마가 노래를 불렀다.

"붕붕붕 꽃향기를 맡으면 힘이 나는 아기 자동차! 자 이제 충전 끝. 씻으러 갈 시간이야."

엄마 목소리에 동생이 일어나며 말했다.

"꽃향기를 맡으면 힘이 납니다. 이제 씻으러 갑니다."

동생이 화장실로 들어가자 엄마가 나를 보았다.

"내일 센터 가는 날인 거 알지? 오는 길에 온이 좋아하는 공원에서 좀 기다려주는 것만 잊지 마. 무슨 일 생기면 바로 연락하고."

"알았어. 알았다고요. 대신 용돈 올려주기로 한 거나 잊지 마셔요."

"우리 집에는 로봇 따윈 필요 없어. 이렇게 든든한 형이 있는데."

아빠가 내 어깨를 툭툭 두드렸다. 어깨에 작은 돌멩이 하나가 얹히는 기분이 들었다.

엄마가 다시 직장에 나가기 시작하면서 동생을 치료 센터에 데리고 가는 일이 내 몫이 되었다. 동생과 둘만 가는 게 걱정되지는 않았다. 동생이 로봇처럼 말해서 답답하긴 하지만 함께 걸어 다니는 데는 아무 불편이 없다.

동생은 하던 대로만 하면 된다. 어릴 때부터 엄마가 걸어 둔 마법의 주문, 붕붕붕 꼬마 자동차 노래도 있고.

다음 날, 학교 마치고 동생과 함께 센터로 갔다. 동생이 상담 치료를 하는 동안 나는 메타버스 앱을 열었다. 함께 어울릴 만한 추천 크루를 살펴보다가 포기하고 퀘스트를 수행했다. 나는 엄마가 골라준 옷을 입지만 내 아바타는 내 마음대로 꾸밀 수 있다. 아바타에게 이것저것 옷을 갈아입혀 보는데 동생이 나왔다. 시간이 눈 깜짝할 새 지나갔다.

센터를 나와서 동생과 나란히 걸었다. 트램 정류장으로 가는 길에 작은 공원이 보였다. 동생이 좋아하는 곳이다. 공원 벤치 옆에는 꽃모종이 담긴 포트들이 꽃밭처럼 펼쳐져 있었다. 공원을 정비할 모양이었다. 그 꽃들 이름을 다 부르자면 이십 분은 기다려줘야 한다. 난 벤치에 앉아서 느긋하게 기다리기로 했다.

알록달록 다양한 꽃들 앞에서 동생은 손가락을 짚어가며 차례차례 이름을 부르고 있었다. 동생이 좋아하는 것이 꽃이 아니라 다른 거라면 어땠을까? 예를 들어 뱀이나 똥 같은 거면? 길을 가다가 똥 앞에서 킁킁거리고 있는 걸 상상하다가 나도 몰래 고개를 흔들었다.

"라넌큘러스, 데이지, 무스카리, 바질, 로즈마리, 수선화, 프리지아…."

또박또박 일정하게 꽃이름을 부르고 있는 동생에게 마음속으로 속삭였다.

'고마워.'

"네 거야?"

언제부터 보고 있었는지 내 또래 아이가 동생을 가리키며 물었다.

그 애는 대답을 기다리는 듯 동생과 나를 번갈아 보았다. 뜬금없는 질문에 어리둥절해 하는데 그 애 뒤에 서 있는 아이가 보였다. 광고에서 본 로봇과 똑 닮은 아이. 그제야 질문이 이해되었다.

저 애 눈에 동생이 내 로봇 친구로 보이는 거다. 일정한 어조로 또박또박 말하는 거며 로봇처럼 독특한 걸음걸이. 동생이 가진 자폐 스펙트럼의 특징이다. 동생은 놀랄 정도로 아는 게 많고 답답할 정도로 눈치가 없다. 그것도 로봇을 닮았다. 정기적으로 상담 센터에 오는 것도 그 때문이다.

아직도 꽃 이름을 읊고 있는 동생을 보며 난 씨익 웃었다.

"응! 맞아."

거짓말은 아니다. 동생은 내 동생이니까.

"주문 제작한 거야? 너랑 닮았어."

질문이 웃기지만 대답은 쉽게 나왔다.

"음, 그런 셈이지."

내가 어릴 때 동생을 낳아달라고 졸라서 엄마 아빠가 온이를 낳았단다. 이게 바로 주문 제작이 아니고 뭐람? 내가 순진하게 동생을 원했다니 믿기 어렵지만.

"근데 지금 뭘 하고 있는 거야? 오류 난 거야?"

"아, 저거? 음, 충전중이야. 잰 꽃에서 나오는 화학 물질과 색채 자극으로 충전이 되거든."

충전이 별건가? 동생은 자기 하고 싶은 걸 하고 싶은 만큼 해야 움직인다.

아이는 눈이 동그래지더니 고개를 천천히 끄덕였다. 신기하다는 표정으로 옆에 있는 벤치에 앉았다.

그 애의 로봇 친구는 두어 발짝 떨어진 곳에서 그 애를 내려다보며 서 있었다. 친구 자리라고 하기에는 이상했다. 살짝 입술을 올리고 있지만 웃는 것으로 보이지도 않는다.

"잰 계속 서 있을 건가?"

"저렇게 있어야 나를 잘 볼 수 있잖아. 우리 엄마가 그렇게 설정해 뒀어."

"왜?"

"왜라니? 너네 엄만 그 조건 입력하지 않았나 보네. 좋겠다. 그래서 둘이 그렇게 나란히 걸었구나."

"어, 그렇지. 우리 엄만 아껴주고 늘 사이좋게 지내라고만 해."

이렇게 정직한 대화를 하는데도 이상하게 마음이 간질거렸다.

그 아이가 내 쪽으로 몸을 기울이며 목소리를 낮췄다.

"넌 진짜 친구를 선물 받았나 보네. 우리 엄마는 그냥 걸어다니는 CCTV를 하나 붙여 둔 거야. 녹화는 물론 실시간 시청도 가능하니까. 그래도 재 덕분에 밖에 나올 수 있는 건 좋아. 전에는 혼자서는 집 밖에도 못 나가게 했으니까."

나도 모르게 아이를 아래위로 훑어보았다.

"어디 아파?"

"난 멀쩡하지. 우리 엄마가 문제야. 내가 이렇게 길게 너랑 이야기하는 것도 불안해할걸."

"왜?"

"모르는 사람들은 모두 날 납치하거나 괴롭히거나 나쁜 물을 들인다고 생각하는 거지. 다행히 지금은 강의 중이라 실시간으로 시청이 안 될 테니까 괜찮아. 녹화된 걸 보고 나면 좀 피곤해지겠지만. 꼬치꼬치 물어볼 테니까."

"녹화된 걸 본다고?"

"그래, 넌 좋겠다. CCTV랑 같이 다니는 건 아니니까."

아이는 동생 등을 바라보았다.

"아, 뭐 그렇지. 그래도 꼬치꼬치 물어보는 건 우리도 마찬가지야."

로봇 친구 사줄 돈은 없지만 관심은 누구 못지않은 우리 부모님이니까. 뒷말은 속으로 덧붙였다.

붕붕붕 꽃향기를
맡으면 힘이 나는
아기 자동차 ~
부릉부릉
온이는 가야 해
OMB1!
모델명이 뭐야?

"붕붕붕 꽃향기를 맡으면 힘이 나는 아기 자동차. 부릉부릉 온이는 가야 해."

동생이 노래를 부르자 그 아이가 웃었다.

"재밌네. 모델이 뭐야?"

"모델? 음, OMB1이야."

난 뛰어난 내 순발력과 창의성에 감탄했다. 오 마이 브라더! 애정을 듬뿍 담은 이름이다. 그 이름을 부르는 순간, 싸락눈처럼 내려오던 죄책감이 녹아버렸다.

더 곤란한 질문이 나오기 전에 자리를 떠야 할 것 같았다. 난 그 아이에게 손을 흔들었다.

온이는 벌써 몸을 돌려서 앞으로 가고 있었다. 하나 둘 하나 둘 구령이라도 붙이는 것처럼 절도 있게 걸어서.

"어, 쟤는 먼저 가버리네. 볼수록 재미있는 모델이네."

아이가 온이를 가리키며 말했다.

난 얼른 일어나서 그 애에게 손을 흔들었다.

"아. 입력된 일정표대로 움직이는 거야. 일종의 알람 기능이지. 가야겠다."

난 얼른 손을 흔들고 온이 뒤를 따라갔다.

로봇 친구를 사달라고 조르는 건 아무래도 다시 생각해봐야 하겠다.

이자경
2001년 부산아동문학신인상 등단
황금펜 아동문학상, 부산아동문학상 등 수상
동화집 『주인공처럼 주인공답게』, 『거북이가 간다』 외

비단공주 비랑

이창민

보름달이 휘영청 밝은 밤이었어.

과부는 포목전에서 비단을 팔고 있었어. 남는 천으로 한복을 지으며 매일 소원을 빌었지.

"달님, 예쁜 아이를 갖고 싶어요."

어느덧 한 달이 지났어. 그날도 저고리를 만들다 깜박 잠들었나 봐. 꿈에서 샛노란 꽃이 활짝 피더니 엄지손가락만큼 작은 아이가 태어났어. 기분이 좋아서 꿈에서 깨고 싶지 않았더랬지.

아침에 일어났더니 이게 무슨 일이야? 금빛 비단을 덮고서 아기가 자고 있지 뭐야.

과부는 비단에서 태어난 이 아이를 '비랑'이라고 이름을 지었대. 비랑은 새 옷을 맞춰 입으면 하루가 다르게 쑥쑥 자랐어. 마치 옷 크기에 맞게 저절로 몸이 커지는 것 같았다니까.

열두 살 아이가 됐을 무렵에는 스스로 옷도 만들었어. 엄마를 닮아 바느질 솜씨도 훌륭했지.

얼마 뒤, 신묘한 재주가 있다는 걸 알게 되었어. 어떤 실로 바느질해도 금빛이 났거든. 반짝이는 금빛 옷은 불티나게 팔렸어.

바람이 휘몰아치던 날, 사냥터에서 돌아오던 왕이 포목전에 행차했어. 옆에 있던 갑옷 입은 무사가 말에서 내렸어.

“여봐라! 청에서 온 가장 좋은 비단을 내어 보아라.”

왕이 푸른색 비단을 꺼내는 비랑을 보았어.

“저 아이는 누구인고?”

왕이 무사에게 물었어. 무사는 또 과부에게 물었지. 과부는 제 아이라는 말을 전했고, 왕의 귀까지 들어갔어.

“탐나는구나. 데려오너라.”

과부는 안 된다고 했는데, 왕은 막무가내였어. 그렇잖아, 왕을 누가 말릴 수 있었겠어?

무사는 엽전 꾸러미를 툭 던져주고는 비랑을 데려가 버렸어.

“나는 이 나라의 왕이다. 내 너를 세자 책봉식 때 왕자에게 하사할 것이다.”

비랑은 왕이 마련해준 연못 근처 방, 연전에서 홀로 지냈어. 왕은 비랑이 어디로 달아날까 봐 호위무사들에게 밖을 지키게 했지. 밤낮으로 말이야.

비랑은 답답했어. 꽉 갇힌 곳에서 말동무도 없이 외로웠지. 더군다나 왕자에게 하사한다니? 물건 취급이잖아! 이렇게 더는 살기 싫었어. 묘책을 떠올렸어.

“전하, 저는 도망가지 않습니다. 그러니 그만 무사들을 거두어 주세요. 대신 일전에 찢어진 사냥복을 고쳐드리겠습니다.”

왕은 신하를 시켜 사냥복을 맡겨보라고 했어. 제아무리 고쳐봤자 티가 날 텐데 기대하지 않았어.

“한 가지 부탁이 있습니다. 불빛이 없는 곳에서 만들어야 하옵니다.”

왕은 떨떠름한 표정으로 그리하라 했어.

그날 저녁, 연전을 밝히는 모든 불이 꺼졌어. 비랑은 어둠 속에서 옷을 지었어. 찢어진 옷에 비단을 겹치고 호랑이 그림의 수를 놓았어. 금빛 호랑이가 마치 살아 움직이는 것만 같았지.

사실 비랑의 재주는 조금 더 특별해. 특정한 무늬의 수를 놓으면 그 기운이 생겨나. 포목전에선 주로 나비를 수놓았었는데, 산뜻하고 가벼운 옷을 만들기 위해서였어.

이번에 호랑이를 수놓은 이유는 이랬어. 왕이 입으면 호랑이 기운으로 사냥을 성공하게 되지만, 지금 비랑이 입으면 날렵하게 도망칠 수 있으니까.

비랑은 고친 사냥복을 입고 연전을 빠져나왔어. 궁 안은 미로 같았지. 지붕 위로 훽훽 달아나다 글쎄 병사에게 들켰지 뭐야.

아무리 호랑이 능력이 생겼다고 해도 사방을 포위한 병사들을 물어뜯을 수는 없잖아. 이제 큰일 났다 싶었는데 어디선가 홱 돌이 날아왔어.

한 병사가 쓰러졌지. 그 사잇길로 비랑은 재빨리 도망쳤어. 잘 도망치긴 했는데, 어째 연전으로 다시 돌아와 버린 거야.

탈출은 실패. 그래도 어두워서 비랑인 줄 몰랐던 병사들은 그저 좀도둑이라고 여겼던 모양이야. 다행히 왕의 귀까진 들어가지 않았거든. 비랑은 다시 빠져나갈 궁리를 했지.

사냥복을 다 만들었다고 전했어. 왕이 연전으로 왔어.

"오! 이런 재주가 있었다니!"

왕이 사냥복을 걸쳤어. 껄껄 웃었지.

"전하, 이번에는 왕자에게 어울릴 의복을 만들어 드리겠나이다."

"오호라! 좋다! 기대되는구나."

왕은 비랑을 비단공주라 칭하고 더욱 특별한 존재로 여겼어. 밖에 무사들을 더 늘리고 말이야.

불 꺼진 밤, 비랑은 느긋하게 옷을 만들며 호시탐탐 도망칠 기회를 엿보

았어.

왕은 어떻게 옷을 만드는지 궁금했지. 몰래 숨어 지켜봤어. 어두운 방에서 비랑의 등 뒤로 금빛 용이 번쩍거리는 순간! 욕심이 생겼지. 사냥복을 입은 날, 멧돼지 다섯 마리를 잡았는데, 저 옷을 입으면 어떻게 될까? 용의 기운을 받아 왕의 권력이 더 강해지지 않겠냐고!

"멈춰라! 비단공주여, 내가 입을 용포부터 다시 만들라."

할 수 없이 비랑은 왕이 입을 큰 용포부터 만들기 시작했어.

왕은 속이 탔어. 일주일이 지나도록 완성했다는 소식이 없었거든. 더는 참지 못하고 호롱불을 들고 침방으로 뛰어들고 말았어.

왕은 화려한 금룡포에 입이 쩍 벌어졌어. 그러나 불빛이 닿은 순간 흑회

색 누더기로 변해버리고 말았지. 당황한 왕은 다급하게 비랑을 찾았지만, 비랑은 달아난 뒤였어.

왕은 비랑을 체포하라 명을 내렸어. 무사와 내시, 궁녀들이 비랑을 찾기 위해 사방팔방 돌아다녔어.

비랑은 궁지에 몰렸지. 급한 대로 아무 곳으로 들어가 기둥 뒤에 숨었어. 그때 어디선가 시름시름 앓는 소리가 들렸어.

그 방에는 어린 사내가 다리를 다쳐 누워있었어. 대나무 막대를 받쳐 천을 동여맨 모습이 불편해 보였어. 움직일 때마다 긴 바지가 거추장스러워 보였고, 무엇보다 옷에서 나는 퀴퀴한 냄새가 코를 찔렀지.

"잠깐만. 내가 도와줄게."

비랑이 다가가자 사내가 화들짝 놀랐어. 먼저 사내의 바지를 가위로 싹둑 잘랐어. 바짓단에 꽃을 수놓자 향긋한 향기가 방 안에 퍼졌지.

"솜씨가 좋군. 벌써 다 나은 것 같아. 곧 아바마마를 뵐 수 있겠어. 근데 넌 누구지?"

비랑은 사내가 왕자라는 사실을 알아챘어. 알고 보니 도망치던 날 돌을 던져서 살려준 사람이 왕자였고, 왕자는 병사들을 피하다 다친 거였지 뭐야.

비랑은 지금까지 있었던 이야기를 모두 얘기했어.

"비랑, 내 다리가 다 낫거든 궁을 빠져나가자."

왕자는 비랑에게 아무것도 바라지 않았어. 그저 편히 쉬라며 자신의 침실을 내어주었어. 비랑은 마음이 놓였지.

겨울 동안 비랑은 왕자를 보살폈어. 밖에는 보는 눈이 많아 섣불리 나가지 못했어. 그래도 왕자와 도란도란 이야기하며 지낸 시간은 즐거웠어.

"비랑, 이제 걸을 수 있어! 내일 아침에 나가자! 그동안 내 곁에 있어 줘서 고마워."

포근하게 잠이 들었는데, 웬걸 밖이 소란스러웠어. 무사가 침소에 들이닥쳤지. 비랑에게 칼을 겨눴어. 비랑은 왕자가 거짓말을 한 건지 혼란스러웠어.

비랑은 왕에게 끌려갔어.

"괘씸한지고! 누더기를 만들고 무사할 줄 알았더냐! 옥에 가둬라!"

왕이 불같이 화를 냈어.

신하들도 비랑이 벌을 받아 마땅하다고 목소리를 높였어.

"아바마마! 명을 거두어 주십시오! 분명 그리한 데는 이유가 있을 것입니다!"

뒤따라온 왕자가 고했어.

"그만하라! 숨겨준 죄 또한 가볍지 않거늘."

비랑은 심장이 쿵 내려앉는 것 같았지.

'안 돼. 왕자는 아무 잘못 없어.'

"전하, 아뢰옵기 송구하오나 저는 금룡포를 만들었습니다. 허나 옷을 다 짓기도 전에 빛이 닿아 변하고 말았지요. 누더기 또한 옷이니 못 입을 게 무어 있겠습니까. 저잣거리의 백성들은 입을 옷도 먹을 쌀도 부족합니다. 부디 헤아려주시옵소서."

왕은 낯 뜨거워서 고개를 들 수 없었어. 신하들에게 모두 물러나라 명했지.

왕의 마음이 바뀌기 전에 왕자는 비랑을 데리고 궁궐 문 앞으로 왔어. 동트기 전이라 어두웠지.

비랑은 드디어 자유를 찾았지만, 왕자와 헤어진다니 슬펐어.

"나랑 함께 갈래?"

"그럴 순 없어. 난 훗날 왕이 될 몸. 이 나라를 백성들이 살기 좋은 나라로 만들고 싶어. 네가 한 말 지키고 싶어. 넌 이제 어디로 갈 거야?"

“내 작은 재주가 필요한 곳이라면, 어디든.”

“그래, 비랑. 거기가 어디든 사랑이 넘쳐날 거야.”

비랑은 왕자를 따스하게 안았어.

서로 손을 흔들고, 비랑은 앞으로 걸어갔어. 걸어가는 길마다 반짝이는 별이 수놓아졌어.

이창민

2021년 김유정신인문학상 동화 등단

길 탐험가

임순옥

선생님은 바다로 가는 길 열한 개를 알고 있다고 했다. 학교에서 우리 동네를 지나 바다로 가는 길 말이다. 나는 시아에게 바다로 가는 길 네 개를 알고 있다고 했다. 형주가 끼어들면서 일곱 개를 안다는 거다. 나는 오늘 새로운 길을 찾아낼 거다. 선생님이 우리 동네 길을 조사해 보라고 했다. 다음 주에 조 별로 동네를 탐험하고 지도 만들기를 하겠다고 한다.

공부방을 마치고 일부러 피아노 계단으로 내려왔다. 흰 색 건반을 두 번 밟고 검은 건반을 한 번 밟았다. 아무 소리가 안 났다. 아무도 없을 때 갈매기들이 와서 건반을 두드릴지도 모른다. 내 손가락보다 가는 두 발로 틱틱, 날았다 앉았다 날았다 하면서. 갈매기가 피아노를 치면 어떤 소리가 날까? 시아에게 갈매기들이 피아노 계단에서 연주를 한다고 얘기해줘야겠다. 북두칠성이 보이는 밤에만 한다고 해야지. 형주는 끼어들면서 웃기는 소리 한다고 말하겠지. 하지만 시아는 까만 눈을 동그랗게 뜨며 궁금해할 거다. 그럴 때 시아의 표정은 정말 예쁘다. 내 이야기에 폭 빠져든 시아의 눈을 보면 시아 눈 속에 폭 빠진 내가 보인다.

시아는 내 짝꿍인데 3월에 전학을 왔다. 수학과 영어는 잘 하지만 이 동네에 대해서는 맹탕이다.

피아노 길을 끝까지 내려가면 바다가 나온다. 그러나 그건 새 길이 아니다. 나는 담벼락이 시작되는 데서 길을 꺾었다. 탐험가는 새로운 길을 개척하는 거다. 담벼락을 따라 두 팔을 옆으로 뻗어도 폭이 넉넉한 길이 이어졌다. 담벼락 너머로 바다가 펼쳐지고 반대쪽에는 새로 생긴 까페가 많다. 딸기케이크와 커피 잔이 그려진 간판이 눈에 들어왔다.

짧은 치마를 입은 여자 둘이 담벼락에 기대어 사진기를 높이 들었다. 나는 걸음을 멈췄다. 이 정도 기다리는 건 예의다. 우리 동네가 전국에서 인기가 많아 구경 오는 사람들이 많기 때문이다.

모자 쓴 할아버지가 저만치 앞에서 걸어가고 있다. 나는 뛰어가 앞지르려고 하다가 빨리 가시라고 한 발을 들고 탁탁 소리 나게 걸었다. 느리게 걷던 할아버지가 갑자기 돌아섰다. 나를 향해 오는 것이다. 나는 우뚝 멈췄다. 할아버지는 까만 안경을 꼈다. 흰 지팡이로 길바닥을 타닥 두드리며 걷는다. 할아버지가 내 앞까지 오더니 돌아섰다. 내가 갈 방향으로 할아버지는 지팡이를 흔들며 걸었다. 나는 담벼락 앞에 놓인 벤치에 털썩 앉았다. 할아버지는 열 걸음 쯤 갔다가 다시 돌아왔다.

"같이 앉아도 되겠냐?"

나는 엉덩이를 벤치 왼쪽 끝에 걸치고 앉았다. 할아버지가 벤치를 손으로 더듬더니 조심스럽게 걸터앉았다. 나무 벤치에 둘이 나란히 앉았다.

"바다색이 진하냐 하늘색이 진하냐?"

"바다가 하나도 안 보이는데요."

흰 담벼락만 눈앞에 다가섰다.

"키가 작구나."

나는 벤치에서 벌떡 일어났다.

"바다가 진해요. 하늘색은 연한 파랑인데 노을이 지고 있어요."

"해는 빌딩보다 높으냐?"

"빌딩 세 개가 있는데 해는 빌딩보다 손톱만큼 위에 있어요. 해 아래가 딸기 주물러놓은 것처럼 빨개요."

묻는 말에 꼬박꼬박 답했다. 보이는 대로 말하는데 이상하게 긴장됐다.

"할아버지는 안 보여요?"

"점점 더 어두워지네. 캄캄해."

헉. 할아버지는 시각장애인이다. 나는 머릿속으로 생각했다. 시각장애인

은 오돌톨하게 튀어나온 점 글자를 쓰고 흰 지팡이를 짚는다. 할아버지는 저 바다가 안 보이는 거다. 지는 해도. 곧 떠오를 별도.

"키나 말하는 본새를 보니 3학년 쯤 되겠구나."

"딱 맞췄어요. 그런데 왜 왔다 갔다 해요?"

"운동 했지. 바람도 쐬고 산책 삼아. 사람들이 많이 다녀서 저녁 늦게 나오는데, 꽃도 지고해서 오늘은 좀 빨리 나왔지. 노을 질 때 맞춰서."

할아버지는 보는 사람처럼 말했다. 벚꽃이 피었다가 지는 걸 본 것처럼. 노을을 보는 것처럼.

"집에 안 가고 뭐하냐?"

"공부방 마치고 집 가는 길이에요. 엄마가 횟집에서 일하고 깜깜해지면 오거든요. 그런데 이 길로 가다보면 바다로 가는 길이 있죠?"

"계단 따라 내려가면 다 바다지. 여기가 절벽이야. 전쟁 때 피난 온 사람들이 바다 위 절벽에다 집을 지었거든. 그러니 다 가파른 계단이지."

"동네 길을 조사하는 게 숙제예요."

"이게 흰여울길, 저 아래가 해안산책길, 길머리에 안내 지도가 있을걸."

맞다. 찾아다닐 필요가 없겠다. 그래도 나는 시간이 많으니까. 조별로 지도 만들기 할 때 시아한테 잘 가르쳐 줄 수 있을 테니까. 누가 길을 물으면 지도가 없어도 가르쳐 줄 수 있을 테니까.

"할아버지는 안 보이는데 밥을 어떻게 먹어요?"

"요 녀석, 다음에 만나면 맛있는 라면을 끓여주마. 여기가 우리 집이야."

할아버지가 가리킨 곳을 향해 고개를 돌렸다. 벤치 뒤, 계단 세 칸 위에 오래된 집이 있다. 새 신발들 사이에 내가 신은 헌 운동화처럼 어쩐지 외로워 보이는 집이.

"이 집을 헐고 커피 장사를 하겠다는구나. 거 참, 평생 산 집에서 쫓겨나겠어. 그건 그렇고 이제 해가 넘어갔느냐?"

"네. 노란 축구공 같은 해가 빌딩 뒤로 떨어졌어요. 바다랑 땅이 붙은 데만 빨개요. 딸기주스 엎지른 것처럼. 그래도 하늘은 아직 파래요."

스케치북에 그릴 수도 있겠다.

"곧 있으면 하늘이 바다보다 더 꺼매질 거야. 그럼 별도 나올 테지. 어여 집으로 가."

"숟가락 모양으로 생긴 별들이 북두칠성이죠? 북두칠성은 봄여름가을겨울 다 볼 수 있대요. 아빠가 그랬어요. 아빠는 북두칠성을 보면 바다에서도 길을 찾을 수 있대요. 아빠는 진짜 탐험가예요. 내가 북두칠성을 보면 아빠도 보고 있을 거라고 했어요."

"아빠가 배 타고 나갔냐?"

"네. 할아버지는 앞이 깜깜해도 다 아네요."

"젊었을 때 나도 원양어선을 탔으니까. 돈 벌어서 오겠지."

"여름에 온다고 했어요. 이제 갈게요. 안녕히 계세요."

나는 의자에서 일어서서 허리를 숙여 인사를 했다. 그러다가 할아버지는 나를 못 보겠구나, 하는 생각이 들었다. 가다가 돌아봤는데 할아버지는 여전히 담 너머를 보고 있었다.

바다 위, 떠 있는 배에 불이 켜졌다. 어두운 바다에 별들이 반짝이는 것 같았다. 아빠가 탄 배도 노란 빛을 달고 먼 바다를 항해하고 있겠지. 엄마는 배에 불이 들어오고 조금 더 지나면 집으로 온다.

나는 빨리 걸었다. 바다로 가는 계단이 나왔지만 몇 번째 길인지 잊어 버렸다. 중요한 건 집으로 가는 길인데 온통 깜깜해지고 있었다. 오르막으로 올라가니 갈림길이 나왔다. 나는 넓은 길을 택했다. 열 걸음을 내딛었을까? 막다른 골목. 대문이 잠겨 있다. 어디로 가야 하지? 쿵, 가슴이 내려앉았다.

걸음을 멈추고 하늘을 올려다보았다. 별이 떴다. 북두칠성일까? 일곱 개의 별이 큰 숟가락 모양을 만든다고 했는데.

"어디로 가야 하지?"

별에게 물었다. 별은 응답하지 않았다. 나는 유난히 반짝이는 별이 있는 쪽으로 걸었다.

오른쪽 계단으로 올라가 마지막 계단을 딛고 서니 버스가 다니는 큰 길이 나왔다. 이제 아는 길이다. 휴, 안도의 숨이 흘러나왔다.

나도 탐험가가 될 수 있겠다. 아빠처럼. 어쩌면 할아버지도 날마다 탐험을 하는 건지 모르겠다. 흰 지팡이로 두드려 캄캄한 길을 헤치며.

횡단보도를 건너서 조금 더 올라가니 학교가 보였다. 집까지는 식은 죽 먹기다.

다음 날 나는 시아에게 이야기했다. 공책 한 쪽에 그림을 그려가면서 설명했다.

"학교가 있고, 그 아래 버스 다니는 찻길이 있고, 흰여울길이 있고, 그 아래가 해안길. 흰여울길에서 바다로 가는 길은 피아노 계단, 무지개 계단, 그리고……."

"너 안내 지도 보고 왔지? 그건 나도 다 알아."

형주가 끼어들었다.

"아니야. 어제 흰여울길을 탐험했어. 학교 마치고 가 볼래?"

어두워져서 찾지 못한 길이 궁금하긴 했다.

"나도 탐험하고 싶어."

시아 눈 속에서 별이 춤을 추었다.

"싫으면 안 가도 돼."

형주에게 말했다.

"나도 같은 조거든. 사회 숙제해야 해서 학원 못 간다고 엄마한테 전화할 거야."

내가 앞장섰다. 시아와 형주는 신난 얼굴이다. 어제 지나간 순서대로 걸었다. 피아노 계단이 나왔다.

"북두칠성이 뜬 밤에 갈매기가 이 계단에서 피아노 연주를 한대."

"뻥치지 마. 이건 그냥 피아노 모양이라고. 시아야, 속지 마."

형주가 어이없다는 듯 말했다.

"이사 오고 며칠 안 됐을 때, 밤에 혼자 잠이 깼어. 창밖에서 어떤 소리가 들리는 거야. 파도 소리구나 했는데, 귀를 기울이니 피아노 치는 소리도 같이 들렸어. 한밤중에 누가 피아노를 칠까? 이상한 기분이었어."

시아는 피아노 계단을 사뿐사뿐 밟았다.

"아마도 북두칠성이 빛나는 밤이었을 거야. 나도 들은 것 같아."

나는 시아가 밟은 피아노 계단을 따라 걸었다. 하늘을 봤지만 별은 뜨지 않았다. 우리는 계단에서 담벼락을 따라 꺾어져 걸었다.

"여기서부터 흰여울길이야."

"알거든."

형주가 부루퉁하게 말했다.

조금 있으니 포토 존이 나왔다. 가짜 갈매기 두 마리가 여전히 담벼락에 앉아서 날아갈까 말까 고민하고 있었다. 시아는 가짜 갈매기 옆에 서서 손가락 하트를 하고 나는 브이를 하고, 형주가 사진을 찍었다.

"음, 라면 냄새가 나는 걸. 할아버지가 끓이고 있나 보다."

내 코가 벌름벌름했다.

"어제 저 벤치에서 까만 안경을 끼고 흰 지팡이를 든 할아버지를 만났어. 할아버지는 저녁마다 이 길을 산책한대. 할아버지가 맛있는 라면을 끓여준다고 했어. 놀라운 건 할아버지가 시각장애인이야."

시아는 걸음을 멈추고 눈을 동그랗게 떴다.

"걱정 마. 할아버지는 앞이 안 보여도 모르는 게 없어."

할아버지랑 앉았던 벤치를 향해 뛰었다. 그런데 가까이 오니 라면 냄새가 사라졌다. 나는 벤치 뒤 계단 세 개를 뛰어 올라갔다.

"할아버지."

소리쳐 불렀다. 아무 대답이 없다. 조심스럽게 갈색 샷시 문을 밀어 보았지만 꼼짝도 안 했다.

"자물쇠로 잠겨 있잖아."

형주가 말했다.

"빈 집이야. 순 거짓말."

"여기 같이 앉았거든."

텅 빈 벤치 위로 노을이 번졌다. 딸기 터진 물이 하늘에서 흘러내렸다.

"분식집에서 라면 먹고 가자."

시아가 말했다. 우리는 길을 가다가 보이는 분식집에 들어갔다. 라면 하나를 달라고 했는데 아줌마가 작은 그릇 세 개를 같이 줬다. 우리는 각자 그릇에 라면을 덜어서 먹었다.

"시각장애인이 어떻게 라면을 끓이냐? 뻥치지 마라."

형주가 내 그릇에 담긴 라면 한 줄을 가져갔다.

나는 아줌마에게 물었다.

"시각장애인도 라면을 끓일 수 있죠?"

"저 옆집에 사는 할아버지는 앞이 안 보여도 라면 끓이고, 밥도 하고 피아노 연주도 하던 걸."

나는 형주를 째려보고, 녀석 그릇에 담긴 라면 한 줄을 들고 와서 후루룩 먹었다.

"그 할아버지 오늘은 못 보셨어요?"

"아침에 딸이 와서 모시고 가던데. 집이 팔린 지 꽤 됐거든."

우리 조가 그린 동네 지도가 교실 게시판에 떡하니 붙었다.

나는 공부방을 마치고 종종 새로운 길을 탐험했다.

쨍쨍한 햇볕이 스러져가는 오후에 나는 혼자 흰여울길을 걸었다. 눈을 감고 담벼락으로 팔을 뻗었다. 담벼락은 따뜻했다. 손끝에 오돌톨한 모래 느낌이 났다. 앞이 캄캄했지만 발을 내딛었다. 평평하던 길바닥이 푹 파이기도 하고 불룩하게 올라오기도 했다. 옅은 바람이 느껴졌다. 바다 냄새가 나고 파도 소리가 크게 들렸다. 할아버지는 어떤 바다를 봤을까? 귀와 코가 손바닥과 발바닥이 간질거렸다.

발에 뭔가가 걸렸다. 나는 넘어지고 말았다. 무릎이 아팠다. 어느새 나는 눈을 뜨고 있었다. '바다 까페'라는 입간판이 넘어져 있고 작은 전구를 매단 까페가 새로 보였다. 간판을 세우고 나무 벤치에 앉았다.

"할아버지도 산책을 하다가 넘어진 적이 있어요? 나는 혼자서 벌떡 일어났어요. 이제 나는 동네를 지나 바다로 가는 길을 열두 개나 알아냈어요. 막다른 골목에 닿아도 놀라지 않아요. 돌아서 다른 길로 가면 되니까."

담 너머로 바다가 손톱만큼 보였다.

"노란 공 같은 해가 바다로 내려오고 있어요."

임순옥
2016년《어린이와 문학》동화 등단
2023년《국제신문》신춘문예 소설 당선
동화집『강철변신』,『꽃샘추위』

청둥오리

장분례

숲이 푸르고 강이 흐르던 곳이 사막으로 변했다.

꽁꽁 얼어붙은 들녘에 새들도 얼었다.

시베리아에서 한 계절을 보낸 청둥오리들이 돌아갈 채비를 한다.

"아빠, 고향으로 가는 거예요?"

"응, 지평선 노을빛이 아름다운 곳이란다."

길은 멀어도 찾아가는 새들이 눈물겹게 아름답다.

"이번엔 묘기를 펼치며 갈 거야."

지난번 굴욕을 맛본 막내오리가 단단히 벼르고 있다. 빙하 호수에서 다이빙을 할 때 겁을 먹고 달아난 오리다.

"무리들과 흩어지면 안된다! 한눈 팔면 알지?"

아빠오리가 단단히 주의를 준다.

호기심이 강한 오리들이 뿔난 오리가 될지도 모를 일이기 때문이다.

뚜우우~

맏이인 초록이가 손나팔을 불었다. 곧 떠난다는 신호다.

"우리를 반겨줄 친구들이 있을까요?"

막내오리가 걱정되는 얼굴로 물었다.

아빠오리는 문득 떠오르는 얼굴이 있었다. 선동마을 할아버지다.

엄마오리가 왈칵 눈물을 쏟는다.

"우릴 반겨주는 이들이 있다는 건 행복한 일이지."

아빠오리는 아기오리들에게 선동마을 할아버지의 얘기를 들려주곤 했다.

죽을 위험에서 목숨을 살려준 할아버지를 잊지 못한다.

"할아버지, 보고 싶어요!"

청둥오리는 몇 해 전 겨울의 일들이 어제처럼 새로웠다.

끝없이 넓은 들녘에 자리한 곳, 선동마을이다.

곡식의 낟알이 흩어진 들녘과 갯벌은 철새들의 낙원이다.

"우와, 무진장이다. 만경강 갈대밭과 새만금 갯벌이 최고지!"

청둥오리들은 신이 났다.

붕어마름, 개구리밥, 벼의 낟알, 우렁이, 미꾸라지 먹이가 지천이었다.

만경강 갈대밭과 서해의 갯벌이 마주하는 그곳은 바다 생물의 보고이며 철새들이 살아가기에 좋은 환경이었다.

그 해 겨울은 유난히 눈이 많이 내렸었다.

할아버지는 새벽이면 눈 쌓인 들녘으로 새와 노루, 야생 토끼를 살피러 나가신다.

강기슭에 이르렀을 때 눈 위에 쓰러져 버둥거리는 청둥오리 두 마리를 보았다.

"저런! 누군가 쳐 놓은 덫에 걸렸구나!"

할아버지가 오리를 집으로 데려와 상처를 싸매고 따뜻한 물과 모이를 주자 오리는 기운을 차렸다.

"딸아이가 오면 날려 보내도록 해야겠다."

할아버지는 시집간 딸 순영이를 기다렸다. 학교 선생님인 사위와 순영은 방학이면 고향에 찾아왔다. 순영은 시집 간지 칠 년이 지나도 아이가 없었다.

할아버지는 딸 내외의 소원을 이루어 주고 싶었다.

눈이 펑펑 쏟아지는 날, 반가운 손님이 찾아왔다.

눈에 넣어도 아프지 않을 사위와 딸이 온 것이다.

"하늘이 돕는구나!"

눈이 맑고 볼우물이 고운 순영은 머리를 정갈하게 감고 곱게 단장을 했다.

할아버지는 품에 안고 있던 청둥오리를 순영의 손에 안겨주며 웃으셨다.

청둥오리의 날렵한 목은 남빛 깃털을 두르고 몸빛은 연회색의 깃털이 둘러있어 귀족적인 느낌을 주고 있었다.

"하나님, 청둥오리의 날개에 실은 꿈이 별자리에 닿을 수 있게 해주세요."

순영은 해가 떠오를 때 동녘 하늘을 향해 두 손 모아 기도를 올렸다.

"어디서든 일가를 이루며 잘 살으렴!"

오리는 할아버지와 선동마을을 떠나고 싶지 않았다.

순영의 가슴은 뛰고 있었다.

"청둥오리, 잘 가거라!"

순영은 새를 힘차게 날려 보냈다.

"은혜 잊지 않을게요!"

새가 날아갈 때 우람찬 날개 소리가 새벽하늘에 울려 퍼졌다.

그 새는 범접할 수 없는 그 무언가가 있는 듯 신비스러웠다.

순영의 품을 떠난 청둥오리는 선동마을 하늘 위를 맴돌다 사라졌다.

소원을 안고 떠나는 청둥오리는 천사처럼 거룩해 보였다.

"할아버지, 좋은 선물 안고 올게요!"

"잊지 않으마! 귀여운 새야."

할아버지는 청둥오리가 보이지 않을 때까지 손을 흔들어 주었다.

"애들아, 선동마을이 보인다!"

그토록 가고 싶던 고향에 찾아온 것이다.

오리들이 물 위를 달릴 때 물보라가 흩어졌다.

"햐아, 물 위를 달리는 모습이 초원의 산노루 같구나!"

새들이 헤엄치며 날아갈 때 천둥번개 치듯 요란했다.

"버들치, 잉어, 붕어. 물고기가 풍년이구나!"

오리들은 잠수 훈련 중 물고기를 낚아 올렸다.

사람들이 서해바다 물길을 막았다.

"갯벌이 천만금의 가치 있는 자원인데 눈이 멀었구나!"

엄마 청둥오리가 말했다.

짱뚱어, 달랑게, 죽합, 백합도 사라지고 도요새 물떼새, 기러기, 가창오리도 떠나고 있다.

"다시 좋은 날이 왔으면 좋겠어요."

"지구를 아름답게 지키고 싶어요."

아기오리들이 합창을 했다.

선동마을 할아버지는 마음이 설렜다.

"하마도 멋진 그 새가 우리의 기원을 하나님께 전하지 않았을까?"

할아버지는 정성을 담아 보낸 소원에 응답을 보내오리라는 믿음이 있었다.

그래서일까?

순영의 꿈에 고운빛 새가 집으로 날아들고 이듬에 봄날 신살구가 먹고 싶어졌다.

고향집 마당에 보랏빛 오동나무 꽃이 흐드러지게 피었다.

폭포수를 거슬러 오르는 은어를 환상 중에 보았다. 꼬리를 흔드는 은어

의 소리가 천둥처럼 요란했다. 우렁찬 폭포 소리에 산노루와 고라니와 산토끼들도 귀를 쫑끗거리며 깜짝 놀라는 것이었다.

"손자와 손녀를 볼 태몽이구나!"

할아버지는 미래를 꿰뚫어 보는 지혜가 있었다.

순영은 귀여운 아들과 딸을 낳아 행복한 가정을 이루었다.

사슴처럼 맑은 눈매와 선한 마음을 지닌 아이들이었다.

이름은 딸 유진이와 아들 선우다.

할아버지도 기쁘고 행복하기만 했다.

아이들이 뛰노는 모습을 보면 청둥오리를 떠올린다.

"그 새들도 보금자리를 얻어 아기새들이 태어나지 않았을까?"

할아버지는 하늘을 날아가는 청둥오리 떼를 보면 오래 전 떠나보낸 그 오리가 아닐까 생각해 본다. 한동안 보이지 않는 새들의 안부가 궁금하다.

"청둥오리가 보고 싶어요."

사위와 딸 순영이도 청둥오리가 보고 싶었다.

가을이 오고 북극으로 떠난 오리들이 돌아온다.

선동마을 기와집이 보였다.

"우와! 기와집 마당에 아이들이 뛰놀고 있다."

청둥오리들이 환호하며 탄성을 자아낸다.

"내가 하느님께 전한 편지에 선물을 보낸 걸 거야!"

딸 내외의 간절한 소망을 실어 보낸 편지다.

"세상에서 가장 아름다운 풍경이다."

기와집 마당에서 아이들 웃음소리가 들려온다.

청둥오리들은 마음이 설레었다.

"할아버지를 놀라게 해드리자!"

언제든지 준비가 되어 있는 새들은 당당했다.

아직은 어린 오리들이지만 최고의 묘기를 부렸다. 북극 툰드라 지역에서 단련한 오리들은 싸움닭처럼 매서웠다.

오리들이 비행하는 모습은 마을 사람들의 혼쭐을 빼 놓는다. 구름 속으로 사라진 새들의 공중곡예는 별처럼 빛났다.

유진이와 선우가 환호성을 울리며 뛰어오른다.

"우리들 마음에 빛이 있다면 여름엔 여름엔 파랄거예요!"

유진이와 선우가 환호성을 울리며 노래한다.

아빠오리가 오동나무 가지 위로 날아든다.

"너, 넌! 바로 그 청둥오리 아니냐?"

"네, 할아버지, 저예요! 부러진 날개와 다리를 낫게 하셨잖아요."

할아버지는 깜짝 놀라며 감동의 눈물을 흘리셨다.

"멋진 비행술을 선보여드릴게요."

햇살이 눈부신 가을 아침 들녘에서 청둥오리들이 비행사처럼 묘기를 부린다.

오리들이 편대를 이루며 날아가다 브이자로 줄을 선다.

은반 위의 무희처럼 최고의 춤사위를 선보이며 무대의 막을 내린다.

"우와, 청둥오리, 최고!"

"유진이와 선우 최고다!"

선동마을 사람들이 박수와 환호성을 지른다.

"작은 선행이 이렇게 큰 보람으로 열매를 맺다니 살아온 날들이 부끄럽지 않구나!"

할아버지의 눈에서 눈물이 흐른다.

은혜를 베풀어 복을 받는다는 보은 설화나 수레바퀴처럼 돌고 도는 인연이 아니라도 그 겨울 눈밭에서의 경험을 잊을 수가 없었다.

"날짐승이나 작은 들꽃에게도 측은히 여기고 연민의 눈길을 보내야 해!"

할아버지와 선동마을 사람들도 청둥오리도 생각이 깊어갔다.

장분례

2007년 《아동문예》 동화문학상 등단

2014년 《문학예술》 시문학상, 남재문학상 수상

동화집 『미루의 가슴에 뜬 별』, 『돌아온 천년의 웃음』

환상의 복식조

정영혜

"자, 이번 시간에는 장래희망에 대해 발표해 보겠어요."

선생님이 실물 화상기를 켜며 말했다.

나는 어젯밤 아빠랑 함께 만든 사진 자료를 가방에서 꺼냈다. 나도 모르게 볼우물이 살짝 들어갔다.

"혜주야, 뭔데 그래?"

짝꿍 지연이가 궁금해 죽겠다는 얼굴로 물었다. 나는 자료를 공책 밑에 숨겼다.

"헤헤, 이따 발표할 때 봐. 아마 깜짝 놀랄걸."

친구들은 가수, 배우, 선생님 등 장래희망을 발표했다. 벌써 그렇게 된 것처럼 한껏 자신감이 넘치는 아이도 있고, 자라목처럼 목소리가 점점 기어들어 가는 아이도 있었다.

"저의 장래희망은 프로게이머입니다. 프로게이머란……."

장난꾸러기 수호가 멋지게 발표했다.

지연이는 가수가 꿈이라며 좋아하는 아이돌 그룹 사진을 가져와서 소개했다. 아이들 반응은 아이돌이라도 만난 듯 뜨거웠다.

다음은 내 차례였다.

“저의 장래희망은 레이싱 걸입니다. 아빠 회사 자동차를 멋지게 홍보하고 싶습니다.”

내가 발표하는 동안 선생님이 사진 자료를 텔레비전 화면에 띄웠다. 나는 발표 마지막 모터쇼에서 본 예쁜 언니들처럼 멋진 포즈를 취했다.

교실이 갑자기 소란스러워졌다.

“으하하, 레이싱 걸! 그런 좀 곤란하겠는걸.”

“모델은 키가 커야 하는데, 작아서 안 될걸.”

“아냐, 재네 엄마처럼 히잡 쓰고 서 있으면 오히려 눈이 확 띌걸.”

아이들이 낄낄거리며 한마디씩 했다. 내 얼굴이 빨간 단풍잎처럼 되었다.

“조용, 조용. 발표하는데 누가 떠들어! 혜주야, 발표 잘했어.”

선생님이 들어가라며 손짓했다. 얼핏 보니 선생님의 표정도 피식피식 웃고 있는 것 같았다.

“와, 진짜 깜놀 했다. 희망이니까, 괜찮아.”

지연이가 내 등을 다독이며 말했다.

“넌 그걸 위로라고 하니?”

“왜 나한테 신경질이야? 난 아까 아무 말도 안 했거든.”

나는 사진 자료를 구겨서 가방에 쑤셔 넣었다.

엄마는 파키스탄 사람이다. 아빠가 파키스탄에 주재원으로 갔을 때 엄마를 만났다고 했다. 나는 일곱 살까지 거기서 살았다.

집에 들어가자마자 엄마에게 심통을 부렸다.

“엄마는 왜 이렇게 키가 작아?”

“파키스탄 보통 키다.”

나는 고개를 획 돌려 엄마를 보았다. 아래부터 위로 훑어 올라가는데, 금방 정수리였다. 한참 위에 벽시계가 보였다. 한숨이 푹 나왔다.

"키는 유전이라던데……."

"환경 다르면 달라. 골고루 잘 먹고, 키 크는 운동하고. 쭉쭉 이렇게."

엄마가 크지도 않은 키를 늘리느라 애를 썼다.

"아참, 보여줄 게 있는데……."

엄마가 우물쭈물하더니 종이를 하나 내밀었다.

"'다문화가족 시낭송대회' 이게 뭐야?"

"같이 나가자고."

"다문화가족이라고 광고할 일 있어?"

"광고가 아니라 자랑해."

"무슨 자랑?"

"한국어를 얼마나 잘하는지. 시낭송 연습하면 발음 좋아지고 한국어 이해에 도움 된대."

엄마는 복지관에서 들은 이야기라며 한참 동안 말했다.

"엄마나 한국어 안 되지, 난 괜찮아."

내가 말을 배울 때부터 아빠는 한글 동화책을 읽어주고 말도 가르쳐줘서 발음엔 전혀 문제없다.

컴퓨터를 켜고 검색 창에 '키 크는 방법!'을 쳤다.

키 작은 아이를 둔 엄마들의 고민이 한가득 들어 있었다.

농구하기. 농구 할 장소가 없거나 할 수 없으면 뒤꿈치 들고 점프하기.

나는 침대 옆에 서서 뒤꿈치를 들고 콩콩 뛰었다.

엄마가 운동용 매트를 가져와서 바닥에 깔아주었다.

"간식도 부탁해. 골고루 잘 먹으라며!"

엄마가 활짝 웃으며 엄지와 검지로 동그라미를 그렸다.

"11월 둘째 목요일에 학예회, 알죠? 저녁에 하니까 부모님과 함께하는 장기자랑이 있어요. 팀 이름을 정하면 더 재미있겠죠. 꼭 해야 하는 건 아니지만 함께하면 멋진 추억이 될 거예요."

선생님 말이 끝나자마자 여기저기서 불만들이 터져 나왔다.

"아이, 뭐 그런 걸 해요?"

"안 해도 되는 거 맞지요?"

선생님이 책상을 콩콩 두드리며 말했다.

"자, 신청서 나눠줄 테니 다음 주 월요일까지 내도록."

"난 아빠랑 노래 불러야지. 우리 아빠 기타 잘 치시거든."

지연이가 가방을 챙기며 말했다.

'칫, 그러든지.'

속으로 부러웠다. 그래서였나? 나도 모르게 이렇게 말하고 말았다.

"나도 엄마랑 시낭송 할 거야."

입을 틀어막았지만 이미 나간 뒤였다.

"시 낭송? 너희 엄마는, 우리말 잘 못한다면서?"

며칠 전 발표할 때 아이들이 놀린 게 생각났다.

"그래서 다양한 문화를 보여주려고."

아빠가 그랬다. 스님은 머리를 빡빡 깎고, 수녀님은 베일을 쓰듯 히잡도 그냥 종교와 문화가 다를 뿐이라고.

엉겁결에 큰소리쳤지만 어떤 동시를 어떻게 낭송할까 고민하며 집으로 갔다. 그러다 딱 알맞은 동시와 낭송 방법이 생각났다.

집에 가서 학예회 안내문을 엄마한테 내밀었다. 엄마는 고개를 갸우뚱했다.

"엄마랑 나랑 동시 낭송 하자고."

엄마 눈이 동그래졌다.

"정말? 학교에서 같이 해도 돼?"

엄마는 내가 아이들에게 놀림당할까 봐 걱정하는 것 같았다.

"응. 내가 한글로 동시를 낭송하면 엄마는 파키스탄 말로 번역해서 똑같이 낭송하는 거야. 어때?"

"그런 거라면 잘 할 수 있어. 느낌을 살려서 파키스탄 말로."

엄마 얼굴이 오랜만에 활짝 피었다. 컴퓨터에서 '엄마하고' 동시를 찾아 출력했다. 내가 한 연을 읽으면 엄마가 똑같이 파키스탄 말로 번역해서 낭독했다. 엄마는 낭독하는 내내 빙그레 웃었다.

일주일 뒤, 우리는 아빠 앞에서 발표를 했다. 아빠는 소파에서 빙그레, 엄마와 나는 낭송하면서 빙그레. 우리는 빙그레 가족이 되었다.

"브라보! 와, 잘하네. 동시 선정도 좋고, 완전 환상의 복식조다."

엄마와 내가 동시에 물었다.

"환상의 복식조? 무슨 뜻이야?"

"너랑 엄마가 마음이 맞아서 멋지게 잘 한다고."

"맞다! 우리 팀 이름 지어야 하는데, '환상의 복식조' 어때?"

엄마가 양손 엄지를 번갈아 치켜세웠다.

"내가 음악을 골라 줄게. 시 낭송 영상을 봤는데 음악이 있으면 더 멋지더라고."

엄마와 나는 동시에 "좋아요!"를 외쳤다.

며칠이 지났다.

수업을 마치고 창밖을 보았다. 가을비가 추적추적 내리고 있었다. 나뭇잎도 툭툭 떨어졌다. 갑자기 내린 비라 우산이 없었다.

엄마한테서 문자가 와 있었다.

'학교 현관 앞. 기다려.'

가방을 챙겨 현관으로 나갔다. 엄마의 히잡과 옷이 젖어 있었다.

"우산 안 썼어?"

"복지관에 갔다가 우산 없어서 집까지 조금 맞았어. 괜찮아."

조금 맞은 게 아닌 것 같은데 엄마가 괜찮다니 별 신경 쓰지 않았다.

집으로 가면서 우리는 동시 낭송을 연습했다. 길은 야외무대 같았다. 4일 밖에 안 남은 학예회가 무척 기대됐다.

저녁이 되자 엄마는 기침을 했다. 잘 때쯤엔 열도 조금 있고 목감기에 걸린 것 같았다.

다음 날 엄마는 목소리도 나오지 않았다.

"목요일까지는 낫겠지?"

엄마가 아픈 것도 걱정이지만, 열심히 연습했는데 발표를 못할까 봐 신경 쓰였다.

"걱정 마. 오늘 병원 가면 금방 나을 거야."

하지만 다음 날까지 엄마는 조금도 나아지지 않았다.

참았던 짜증이 치밀었다.

"우산이 없으면 사든지 했어야지. 친구들한테 시낭송 할 거라고 큰소리 쳤는데, 어쩔 거야?"

아빠가 굳은 표정으로 나무라듯 말했다.

"그날 네가 비 맞을까 봐 엄마는 우산도 없이 서두르다가 비 맞아서 그런 거잖아. 엄마가 안 되면 내가 대신 해 줄게."

"이건 엄마랑 해야 의미가 있단 말이야!"

나는 엄마가 예쁜 우리 동시를 파키스탄 말로 당당하게 낭송하는 모습을 친구들에게 꼭 보여주고 싶었다.

드디어 목요일 아침이다. 엄마는 여전히 목에서 쇳소리가 났다.

속상하지만 엄마한테 화를 낼 수도 없었다. 나는 마음에 없는 말을 했다.

"아빠랑 같이 하면 되니까, 괜찮아."

엄마는 안절부절못한 채 출근하는 아빠와 나를 배웅했다.

방과 후, 강당에 모여서 짧게 반별 리허설을 했다. 간식으로 빵과 우유를 주었다. 나는 별로 먹고 싶지 않아서 가방에 넣었다.

저녁 여섯 시가 되자 징 소리와 함께 학예회 문이 열렸다.

각 학년별 발표가 끝나고, 부모님과 함께하는 장기자랑 시간이 되었다.

나는 무대 대기실로 갔다. 뜻밖에 엄마가 있었다.

"엄마하고 하자!"

엄마 목소리가 돌아왔다. 100퍼센트는 아니지만 이 정도면 또랑또랑한 거다. 병원에서 링거 맞고, 미지근한 물도 계속 마셨다고 했다.

나는 엄마 이마를 짚어 보았다. 내 손보다 조금 따뜻했다.

"괜찮아?"

엄마가 고개를 끄덕였다. 우리는 작은 소리로 마지막 무대 연습을 했다.

"다음 순서는, 팀 이름이 아주 멋진데요, '환상의 복식조' 입니다."

잔잔한 피아노 음악이 깔렸다. 나는 엄마 손을 잡았다. 열 때문인지 긴장해서인지 엄마 손에 땀이 났다.

나는 엄마와 객석을 번갈아 보며 '엄마하고'를 낭송했다. 내 낭송이 끝나자 엄마가 그 분위기를 살려서 파키스탄 말로 낭송했다. 힘들 텐데, 엄마는 빙그레 웃으며 차분하게 낭송했다. 객석은 어느 때보다 조용했다.

아빠의 "브라보!" 소리가 사람들의 박수와 어우러졌다.

정영혜

2020년 부산아동문학신인상 동화 등단

2022년 열린아동문학상 수상

장편동화 『쌤예 할매의 비밀』, 동화집 『조밭의 킹』, 그림동화 『포상금이 얼마랴?』

전설 기담 : 쇠미산 도깨비 흉가

정현정

"민서 형, 쇠미산 흉가 이야기해 줘."

여름 방학 하자마자 현우는 쇠미산 기슭에 사는 사촌 형 민서 집에 놀러 갔다.

"네가 쇠미산 흉가를 어떻게 알아?"

민서가 눈이 동그래서 쳐다보자 현우가 말했다.

"새로 나온 전설 기담집 봤어. 오싹오싹하더라. 비 오는 밤, 쇠미산에 산행을 하다가 길 잃은 사람들 앞에 외딴 집이 보인대. 평소에는 아무도 그 흉가를 못 찾지. 비가 오면 안개 속에서 나타난대. 그리고 그 집에는 도깨비가 살고 있다더라."

민서는 말없이 창문을 열었다. 먹구름이 드리워진 하늘이 펼쳐졌다.

"저 산이 쇠미산이야. 전설이 아니야. 난 진짜로 봤어."

손가락으로 산을 가리키던 민서가 나지막이 말했다.

"에이, 형. 말도 안 돼. 그냥 이야기겠지. 도깨비가 어딨어?"

현우의 말에 민서는 눈길을 쇠미산 솔숲에 둔 채 창가에 가만히 서 있었다. 먹구름을 머금은 하늘이 어느덧 소나기를 뿌리기 시작했다.

“형이 정말 봤단 말이야? 도깨비 집이라면 노래하고 춤추는 소리가 들리겠네. 도깨비 방망이 뚝딱 두드리는 소리도 들리고.”

“아니. 그들은 노래와 춤을 못 춰. 대신 챙강챙강 칼싸움하는 소리만 들려.”

“그건 도깨비가 아니잖아. 모습은 어땠어? 도깨비는 사람과 비슷하거든.”

“완전 달랐어. 멍게처럼 울퉁불퉁한 얼굴은 분홍색이었어. 이마 한가운데 볼록 솟은 뿔은 생기다 말았더라. 다리는 짤막하고, 굵은 털이 숭숭 있었어. 도깨비와 요괴의 중간쯤이겠네. 보는 순간 너무 흉측해서 숨이 멎는 것 같았어. 비를 피해 그 흉가에 들어갔을 때, 두 분홍 괴물이 서로 잘못을 탓하면서 칼싸움을 챙강챙강해댔어. 날 보자마자 싸움을 멈추고 달려왔어. 둘 중 누가 더 잘못했는지 듣고 편들어 달라는 거야. 삼백 년이 넘도록 이 싸움이 끝나지 않는다면서. 분홍 괴물들이, 아니 그냥 분홍 도깨비라고 할게. 자기들 이야기를 해줬어.”

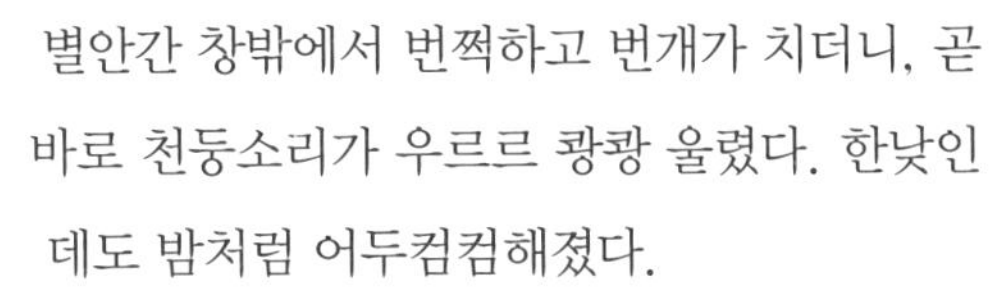
별안간 창밖에서 번쩍하고 번개가 치더니, 곧바로 천둥소리가 우르르 쾅쾅 울렸다. 한낮인데도 밤처럼 어두컴컴해졌다.

옛날, 쇠미산 숲속 외딴집에 버들이라는 도령이 살았어. 버들도령은 아버지를 일찍 여의고 어머니와 단둘이 살았지. 마을에서 멀리 떨어진 산골짜기에 사는 버들도령은 땔나무를 하고 숯을 구워서 마을에 가져다주고 품삯을 받았어. 버들도령은 아픈 어머니를 보살피며 글공부도 게을리하지 않았지.

여느 때처럼 버들도령은 숯과 땔나무를 고을의

수령이 있는 관가에 배달했어. 그런 다음 우물가 작은 집에 사는 버들이라는 낭자의 집에도 땔나무를 배달했어.

버들낭자는 바느질 솜씨가 좋아서 고을 수령 집에 삯바느질을 하며 할아버지와 단둘이 살았어. 버들낭자는 땔나무 삯을 귀주머니에 넣어서 다소곳이 버들도령에게 전달했지. 귀주머니에는 버들낭자가 수놓은 한들한들 버들 잎사귀가 있었어. 버들도령은 버들 귀주머니를 받아서 품삯을 빼고 빈 주머니를 툇마루에 공손하게 올려두었어.

귀주머니를 주고받는 버들낭자와 버들도령의 얼굴이 발그레 물들어 있었어.

"버들도령님, 드릴 것이 있어요."

하루는 버들낭자가 버들도령에게 기름종이에 싼 것을 내밀었어.

"어머니가 편찮으시다고 해서 찬거리를 좀 담았어요."

"고맙습니다."

산골 외딴 집에 돌아온 버들도령은 음식을 먹으며 어머니와 버들낭자 이야기를 했지.

"낭자의 요리 솜씨가 참 좋구나."

"어머니, 버들낭자는 바느질 솜씨도 좋아요. 마음씨도 아름답고 그리고……."

버들낭자의 얼굴을 떠올리자 버들도령의 뺨은 온통 빨개졌어.

"그렇구나. 버들아, 버들낭자는 참 좋은 사람이야."

그때, 그 이야기를 몰래 엿듣는 분홍색 귀가 싸리 담장 너머로 쫑긋쫑긋했어. 흉측하게 생긴 분홍색 귀, 쇠미산 숲속에 사는 분홍 도깨비의 귀였던 거야!

"으흐흐. 아름다운 버들도령은 바느질 잘하는 이를 좋아한단 말이지?"

숨어서 엿듣던 분홍 도깨비가 음흉하게 씩 웃었어. 이마에 뭉툭한 뿔도

울렁불렁거렸지.

다음 날, 어스름한 새벽녘에 분홍 도깨비는 버들낭자로 꾸며서 마을로 내려갔어. 고을 수령 집에 얼른 먼저 가서 바느질감을 덥석 받아내었어. 아무것도 모르는 진짜 버들낭자는 아침이 되어서야 단정히 고을 수령 집에 갔어. 분홍 도깨비는 낭자가 집을 비운 사이 버들낭자 행세를 하며 버들도령을 기다렸지. 버들도령이 땔나무를 배달하려고 버들낭자네 싸리문을 들어섰어.

"오홍홍홍. 버들도령님, 저의 마음을 받으시와용. 호홍."

음흉하게 웃는 껄껄한 목소리의 버들낭자를 보자 버들도령은 화들짝 놀랐어. 오소소 소름까지 돋았지만 꾹 참고 귀주머니를 예의바르게 받았어. 귀주머니는 평소의 버들 잎사귀 대신 화려한 수가 놓인 황금비단 주머니였지.

"고맙습니다."

인사를 하고 버들도령은 황급히 자리를 피했어. 너무 놀란 나머지 주머니는 나중에 돌려드려야겠다고 생각했어.

허둥지둥 고을 수령 집에 간 버들도령은 거기서 진짜 버들낭자를 다시 보게 되었지.

"버들도령님, 안녕하세요. 그런데 무슨 일 있으신지요? 낯빛이 안 좋으세요."

"아무것도 아니어요."

놀란 버들도령은 방금 전에 받은 황금색의 화려한 주머니를 돌려주려고 주섬주섬 꺼냈어.

그 순간, 집안에 일꾼 하나가 우렁우렁 소리쳤어.

"도둑이야. 도둑 잡아라!"

사람들이 순식간에 우르르 몰려들었어.

"아니? 이건 마님이 잃어버린 황금비단 주머니와 패물이 아니오?"

"그런데 버들도령이 이걸 왜 가지고 있소?"

사람들이 웅성웅성 한마디씩 했어.

"아니어요. 이건 아까 받은 건데……."

영문을 몰라 머뭇머뭇 말하며 버들낭자를 바라보았지.

그때, 버들도령은 뭔가 이상하다는 생각이 퍼뜩 들었어. 자칫 말을 잘못했다가는 버들낭자가 곤란해질 수도 있겠다는 생각이 들었어. 버들도령은 눈길을 떨구고 입을 다물어버렸어. 곧 버들도령은 잡혔고 조사를 받게 되었지.

며칠 만에 풀려나서 집에 돌아가 보니 몸져누웠던 어머니는 결국 시름시름 앓다가 돌아가시고 말았어. 버들도령에게 슬픔이 해일같이 밀려왔어. 자신을 원망하고 눈물을 뚝뚝 떨구며 쇠미산 숲속을 하염없이 헤매고 다녔어.

어두컴컴한 깊은 숲속을 울며불며 다니던 버들도령 앞에 아름다운 여자가 나타났어. 물론 분홍 도깨비였지. 아름다운 여자로 모습을 꾸미고서 나타난 거야.

"엄머머머. 버들도령, 왜 이렇게 서럽게 우셔요? 저희 집에서 따뜻한 차라도 한잔 하신 다음 요기를 하시지요."

분홍 도깨비인지 알 길이 없는 버들도령은 지친 나머지 깜박 속아서 따라갔어.

"맛있는 참외와 빙어튀김이어요. 좀 드시어요. 오홍홍홍."

분홍 도깨비는 자기가 좋아하는 음식만 상다리가 부러지도록 차려놓고 히죽히죽 웃었어.

참외와 빙어튀김에서는 시큼한 냄새가 났지. 하지만 분홍 도깨비 집에서 나는 퀴퀴한 냄새에 어룽더룽 섞여버렸어. 버들도령은 산속을 헤매고 다녀서 배가 고픈 나머지 냄새나는 음식을 먹어버렸어.

"아이고, 배야."

버들도령은 배탈이 나서 측간을 들락거렸어. 몸에 힘이 쪽 빠지고 정신까지 아득해졌지. 지쳐 쓰러졌다가 잠결에 물을 마시려고 비척비척 일어났어. 방문을 열려고 문고리를 잡다가 멈칫했어. 밖에서 티격태격 싸우는 소리가 들렸거든.

"버들낭자를 만나려던 내 계획이 너 때문에 깨졌어. 다 물어내."

남자 분홍 도깨비가 외치자 여자 분홍 도깨비가 되받아쳤어.

"너야말로! 버들도령을 만나려던 내 계획에 훼방 놓았지. 네가 몰래 고을 수령 집에 숨어서 사람 행세를 하며 버들도령을 모함하고 버들낭자를 쫓아다닌들 널 쳐다보기나 할 것 같으냐? 외모만 따지지 말고 꿈 깨라."

"그러는 너는? 겉모습만 보고 버들도령을 탐내고 있지? 네 살벌한 얼굴을 보고 말해."

문틈으로 살며시 내다보니, 도깨비인지 요괴인지 모를 흉측한 생명체 두 마리가 서로 으르렁대며 싸우고 있지 뭐야.

해삼같이 울퉁불퉁한 커다란 분홍 얼굴이 보였어. 이마 한가운데는 흉측한 뿔이 뭉툭 솟아 있었어. 짤막하고 굵직한 다리에는 털이 숭숭 났고 손등은 솥뚜껑 같았어. 덧니가 가득한 입에서는 언제 양치질을 했는지 고함칠 때마다 고약한 냄새가 진동을 했지.

"도대체 저것들은 뭐지? 도깨비는 아닌 것 같고. 요괴인가?"

버들도령은 그것들이 사람이 아니란 걸 눈치 챘어. 섣불리 움직이기보다 숨죽이고 조용히 기다렸어.

"꼬끼오."

멀리서 새벽닭이 우는 소리에 싸우던 분홍 도깨비들은 하품을 쩍쩍하며 자기들 방으로 들어갔어. 버들도령은 배탈이 나서 어질어질했지만 정신을 가다듬고 그 집에서 헐레벌떡 달아났지.

자기가 살던 집으로 와 보니 그곳에는 버들낭자가 기다리고 있었어.

"버들도령, 어디 갔다가 오세요? 괜찮으세요?"

"저기, 저 숲에 도깨비, 도깨비……. 아니 요괴……."

버들도령은 숨이 차서 헉헉대며 어물어물 말하다가 푹 쓰러져 버렸어.

이윽고 깨어난 버들도령은 그동안 있었던 일에 대해 이야기를 나누었어. 알고 보니 버들낭자도 그 분홍 도깨비들이 한 짓을 알고 있었던 거야.

"버들도령, 나도 그 분홍 괴물을 본 적이 있어요. 나를 따라서 우리 집에 오다가 할아버지께 쫓겨났었지요. 그동안 못된 분홍 괴물이 일을 저질렀나 봅니다. 이제 다 밝혀졌으니 괜찮을 거예요."

몇 해가 흘렀어. 버들도령과 버들낭자는 결혼해서 쇠미산 숲속 집에 함께 살았어. 둘을 꼭 닮은 귀여운 아기도 태어났지. 산들바람이 살랑살랑 부는 봄날이었어. 열려진 창가 요람에는 버들버들 부부를 닮은 예쁜 버들아기가 옹알이를 하고 있었어. 버들아기는 오불오불한 입술을 오물거리며 단내 나는 손가락을 빨다 잠이 들었지.

그때, 창문 밖에 무시무시한 분홍 괴물이 불쑥 나타났어. 그것도 두 마리씩이나. 게다가 음흉하게 씩 웃으며 버들아기를 훔쳐보았어. 코를 벌렁거리며 킁카킁카 소리 내더니 침까지 꿀꺽 삼키는 거야.

아기 기저귀를 살피러 온 엄마가 된 버들낭자가 그들을 보고 소스라치게 놀랐어.

"악. 안 돼. 저리 가!"

엄마 버들의 비명 소리에 아빠 버들이 달려왔어.

분홍 도깨비들은 입맛을 쩍쩍 다시며 어두컴컴한 숲속으로 얼른 달아났지.

"방금 봤어요? 어떡해요?"

"우리 그만 마을로 내려갑시다. 저 분홍 도깨비들 때문에 안 되겠어요."

버들버들 부부는 아기와 함께 마을로 이사를 가버렸어.

그 집은 이제 분홍 도깨비들 차지가 되었지. 하지만 하루 종일 싸움소리

가 그치지 않았어.

"이게 다 너 때문이야."

"사돈 남 말 하시네."

"사돈? 무슨 소리? 우리가 사돈이 될 일은 절대 없어. 난 너 같은 못난이는 싫어. 아름다운 버들도령과 결혼해서 귀여운 아기를 낳고 싶었는데 너 때문에 다 끝났어. 꺼져!"

"뭐라고? 너 닮은 아기가 어떻게 귀여울 수가 있어? 꿈 깨! 나야말로 아름다운 버들낭자와 결혼해서 행복하게 살려고 했는데. 아흑."

"겉모습만 엄청 따지네. 그러는 네 얼굴을 봐라."

서로 헐뜯으며 소리치던 분홍 도깨비들은 급기야 긴 칼을 꺼내어 칼싸움을 시작했어. 챙강챙강 칼싸움 소리가 요란했지. 지금도 쇠미산 흉가에서는 삼백 년이 넘도록 챙강챙강 소리가 끊이질 않아. 비 오는 날에는 그 소리가 더 요란해.

"그러니까 형이 그걸 직접 봤단 말이지? 그런데 그것들은 정체가 뭐야? 도깨비야? 요괴야?"

현우의 물음에 민서가 답했다.

"도깨비는 아니야. 도깨비는 사람하고 비슷한 모습이잖아. 옛날에 바다 건너 침략해온 적군을 따라 빨간 얼굴에 뿔 달린 요괴가 들어왔대. 그 요괴와 쇠미산 도깨비들 사이에 태어난 괴물이래. 그나저나 두 분홍 도깨비가 누구 잘못이냐고 자꾸 물어봐서 불쑥 답해버렸어."

"뭐라고 했는데?"

"둘이 똑같고 우열을 가릴 수 없으니 잘 어울리는 한 쌍이라고 했어."

현우가 눈이 동그래서 입을 틀어막으며 말했다.

"분홍 도깨비들이 진짜 화냈겠다. 그런 말을 하면 어떡해?"

"그러니까 분홍 도깨비들이 길길이 날뛰며 날 잡으려고 달려들었어. 난 얼른 집밖으로 달아났지. 한참 도망가다가 뒤돌아보니 그 흉가는 흔적도 없이 사라졌어. 비 오는 날엔 쇠미산 산행을 조심해. 쇠미산 도깨비 흉가에 갈 수도 있으니까."

어두운 창밖에 거센 바람이 불었다. 굵은 빗줄기가 유리창을 때렸다.

정현정

2014 제17회 부산아동문학신인상 동화 등단

제5회 살림어린이문학상 수상

2015 소년조선일보 올해의 책 선정, 2015 세종도서문학나눔 선정

장편동화 『그림자 실종 사건』

눈이 소복소복

정현진

눈을 감고 눈 오는 주문을 외웠다.

'눈이 소복소복, 소복소복.'

소복소복이란 낱말은 언니가 알려줬다. 찬바람이 콧속으로 들어오길래 눈을 떴다. 언니가 커튼을 걷고 창문까지 열어젖혔다.

"오은나, 정신차려. 눈 안 왔거든."

바람은 찬데 하늘은 파아랗게 빛이 났다. 기운이 쭉 빠졌다.

"남의 일처럼 왜 그래. 언니는 눈 안 보고 싶어?"

"예전에 할머니댁 왔을 때도 눈 왔어. 우리 신나서 뛰어다녔거든."

기억이 나지 않았다. 아무래도 언니는 머리 좋은 척을 하는 것 같았다.

"몰라, 억울해. 우리 반에서 나만 눈을 본 적이 없어."

"작년에 눈 왔잖아."

"그건 싸락눈이지. 스티로폼 가루 날리는 줄 알았어."

언니는 곰곰 생각하듯이 눈동자를 굴렸다.

"아, 전에 썰매장 갔을 때 봤다."

"그건 기계로 뿌린 인공눈이잖아. 난 하늘에서 펑펑 쏟아지는 눈을 보고 싫어."
애들이 그러는데 인공눈이랑 진짜 눈은 뭉칠 때 느낌이 다르대."
내 말에 언니가 코웃음을 쳤다.
"치, 꼬맹이들이 뭘 안다고 다르대?"
또 꼬맹이라고 했다. 우리가 사는 지역은 눈이 안 온다며 투덜거린 적이 있었다. '남쪽이라 따뜻한 데다 바다가 있어서' 그렇다고 언니가 얘기해 줬다. 아는 게 많은 언니가 대단해 보였다. 그런데 어느 순간부터 언니 모습이 거슬렸다. 내가 말할 때마다 꼬맹이가 뭘 아냐며 고개를 절레절레 저었다.
"오하나, 왜 나한테 자꾸 꼬맹이래?"
"뭐, 오하나? 이게 진짜 언니한테 까불어?"
언니는 눈을 부릅뜨며 내 앞으로 다가왔다. 나도 목소리를 높였다.
"자기도 초등학생이면서 잘난 척 하지 마!"
"나는 방학만 지나면 6학년이야. 겨우 2학년인 애들이랑 같냐?"
"그럼 나는 3학년이지. 자기는 학년 올리면서 왜 나는 안 올려?"
언니가 입을 떼려는 순간 할머니가 방에 들어왔다.
"싸우는 소리가 어디서 나는 거지?"
"할머니, 너무 심심해요. 누구랑은 수준이 안 맞아서 못 놀겠어요."
언니는 딴청 부리는 데 선수다. 말은 할머니한테 하며 나에게 눈을 부라렸다.
"안 그래도 옆집에 조카가 온다고 같이 놀아달라 하더구나."
"와, 몇 살이래요? 같이 눈싸움도 하고 눈사람도 만들면 좋겠어요."
나도 언니를 향해 혀를 쏙 내밀었다.
겨울 방학을 맞아 우리는 할머니댁에 왔다. 처음에는 너무 멀어서 오기 싫었다. 그때 엄마가 여기는 눈의 나라라고 했다. 겨울 내내 눈이 온다는 것이다. 할머니댁에 오자마자 눈왕국이 펼쳐지는 줄 알았는데 하늘은 맑기만 했다.

언니와 나는 식사 시간 내내 눈도 마주치지 않았다. 밥을 먹고 언니는 방에서 나오지 않았다. 눈은 안 오고 놀 사람은 없었다. 나는 슬그머니 방에 들어가 보았다.

언니는 책상 위에 꾸미기 재료를 있는 대로 꺼내놓고 있었다. 어느 날부터 언니는 다이어리 꾸미기에 빠졌다. 나는 눈을 감고 주문을 외웠다.

'나에게 말 걸어라. 말 걸어라.'

주문은 또 안 통했다. 언니는 돌아보지도 않았다. 하는 수 없이 다이어리 꾸미기 한 걸 가리키며 먼저 입을 열었다.

"소녀는 뒤에 있는 성에 살아?"

"오래 전에 성에 살았어. 그걸 표현하려고 액자 모양으로 꾸밀 거야."

언니는 퉁명스럽게 툭 내뱉었다.

"그럼 소녀는 지금 어디 살아, 몇 살이야?"

언니 눈이 반짝 빛나며 입꼬리가 슬쩍 올라갔다. 언니는 나를 옆에 앉혀 놓고 신이 나서 떠들어댔다. 언니가 꾸민 다이어리는 예쁘고 이야기는 조금 재미있었다.

"언니, 나중에 아지트에 가자."

언니가 곁눈질로 나를 보더니 고개를 끄덕였다. 마당에서 산으로 가는 오솔길 끝에 우리 아지트가 있다. 작은 나무와 바위 사이의 공간이다. 햇볕이 잘 들어서 춥지 않고 아늑했다. 아지트의 뜻은 비밀 장소라고 했다. 할머니 댁에 오니 언니가 살짝 착해진 것 같았다.

점심을 먹고 나니 하늘은 아침보다 흐려져 있었다. 언니가 먼저 마당으로 나갔다. 나는 할머니한테 소꿉놀이 재료를 받아 가방에 챙겼다. 혼자 있는 줄 알았던 언니가 누구랑 이야기를 하고 있었다. 내가 가까이 가는 줄도 모르고 이야기에 빠져 있었다.

"잠깐 기다려 봐. 내 것도 보여줄게."

언니는 나를 본 척도 안 하고 집으로 뛰어갔다. 언니와 이야기하던 언니가 나를 보고 손을 살짝 흔들었다.

"안녕, 나는 박민솔이야. 저기 이모집에 놀러 왔어."

민솔 언니가 손가락으로 이웃에 있는 집을 가리켰다.

"온 지 며칠이나 됐어? 눈은 안 왔어? 나는 겨울마다 오는데 항상 눈이 쌓여 있었거든. 눈 오면 같이 눈사람 만들자. 나 큰 눈사람 진짜 잘 만들어."

처음 봤는데 스스럼없이 말도 잘했다. 그때 언니가 손에 수첩을 들고 나왔다. 두 사람은 다이어리 꾸미기 얘기에 열을 올렸다. 나는 언니 옷자락을 당기며 가자고 했다.

"어디 재밌는 데 가? 나도 가도 돼?"

민솔 언니 말에 나는 고개를 젓고 동시에 언니는 끄덕였다. 언니가 내 눈치를 보더니 입을 꾹 다물었다. 민솔 언니가 먼저 입을 열었다

"나는 집에 가서 재료 정리해 놓을게. 나중에 놀러 와."

언니는 민솔 언니가 가고 나서도 뭉그적거리기만 했다.

"저 언니가 옆집 조카야?"

"응. 민솔이 가방에서 뭐가 떨어지길래 내가 주워 줬거든. 그게 다이어리 꾸미기한 거였어."

내가 흘겨보는 줄도 모르고 언니는 쉬지 않고 말했다. 나는 언니 손을 잡아끌고 앞장섰다. 언니는 걷다가 민솔 언니가 들어간 집앞에서 멈췄다.

"잠깐만 재료 좀 보고 올게."

"진짜 잠깐이야? 꾸미기 하려는 거 아냐?"

"그래도 돼? 안 그래도 민솔이가 신기한 재료 많다고 했거든. 꾸미기 시켜 준대. 같이 들렀다가 아지트는 나중에 가자."

언니는 손까지 모으고 나를 보며 어색하게 웃었다.

'이름을 친근하게도 부르네. 치, 나보고는 꼬맹이라면서.'

마음대로 하라고 홱 내뱉고는 오솔길로 향했다. 쿵쿵 세차게 걷다가 발걸음을 늦췄다. 귀를 기울여도 따라오는 소리가 나지 않았다. 뒤돌아보니 언니는 없었다.

아지트에는 우리가 갖고 놀던 헝겊 인형과 그릇들이 그대로 있었다. 나는 할머니가 챙겨준 재료를 그릇에 담아 인형 앞에 놓았다. 언니와 하던 놀이를 혼자서 했다.

"추운데 차 좀 드세요. 따뜻하죠?"

몸이 으슬으슬 떨렸다. 어느새 하늘은 잔뜩 흐려져 있었다.

"재미없어. 오하나는 바보야!"

나는 들고 있던 그릇을 홱 집어 던졌다. 어디선가 하얗고 차가운 가루가 날려왔다. 싸락눈 같았다. 이럴 때 주문을 외워야 효과가 있다. 나는 눈을 감았다.

'눈이 소복소복, 제발 소복소복.'

주문이 신호라도 되는 듯이 하늘에서 하얀 눈송이가 떨어졌다. 나는 한참 하늘을 올려다보았다. 눈송이는 점점 커다래지고 많아졌다. 나는 인형을 잡고 일어났다.

"눈 온다. 진짜 눈이야!"

갑자기 기억 하나가 스쳐 지나갔다. 예전에도 눈오는 날에 이렇게 인형을 잡고 뛰었다. 옆에는 언니도 함께 폴짝대고 있었다.

눈은 나무와 바위에도 쌓이고 인형과 내 머리 위에도 쌓여갔다. 신나는데도 계속 언니가 생각났다.

'오늘만 빼고 잘 놀아줬는데. 눈 온 것도 기억나게 해주려고 애썼잖아.'

언니는 다이어리 꾸미기 하느라 눈 온 줄도 모를 것이다. 민솔 언니도 나한테 같이 눈사람 만들자고 했다. 혼자는 큰 눈사람도 못 만들고 눈싸움도

못 한다. 어쩔 수 없이 언니들한테 눈소식을 알려줘야겠다.

나는 오솔길을 뛰기 시작했다. 눈을 밟을 때마다 뽀드득뽀드득 소리가 울렸다.

어느새 내 마음에는 눈이 소복소복 쌓였다.

정현진
2019년 부산아동문학신인상 동화 등단
2024년 아르코 창작기금 발표지원 선정
남해에서 독서학교 수업과 책놀이 수업을 하고 있다.

붉은 여우

조미형

이른 아침, 붉은 여우는 집을 나섰어요.

언덕 너머 호두나무 숲 동굴에 사는 하얀 여우를 만나러 가요. 며칠 전, 강가에서 물을 마시다 하얀 여우와 마주쳤어요. 그때 하얀 여우가 눈을 깜박이며 말했어요. "놀러 올래?" 하얀 여우의 초대에 붉은 여우는 꼭 가겠다고 약속했어요.

나뭇잎 끝에 매달려 있던 이슬방울이 똑 떨어졌어요. 여우는 코끝을 세워 냄새를 맡았어요. 다행히 반달곰 냄새가 없어요. 회색 늑대 냄새도 나지 않아요. 오늘은 마음 놓고 다녀도 될 것 같아요. 붉은 여우는 가볍게 걸었어요. 나뭇가지 사이로 햇살이 비쳐요. 새들이 날아가면서 종종종, 소란스레 지저귀었어요. 붉은 여우는, 풀숲을 기어가는 뱀과 열매를 들고 달려가는 다람쥐를 지나쳤어요.

폭포를 지났을 때였어요. 키 큰 나무에 종달새 한 마리가 앉아 있었어요.

"붉은 여우야, 어디 가니?"

붉은 여우는 목을 길게 빼고 올려다봤어요.

머리에 작고 둥근 갓털을 세운 종달새가 물었어요.

"하얀 여우 집에 가. 새집에 이사했다고 초대했어."

"하얀 여우? 호두나무 숲에서 본 적 있어."

종달새가 가슴 털을 불룩하게 부풀리며 알은체했어요.

"호수를 지나야 하는데, 가는 길은 알아?"

종달새가 물었어요. 붉은 여우가 머리를 갸웃하며 말했어요.

"가본 적 없지만, 호수를 지나면 호두나무 숲이 보이지 않을까?"

종달새가 깃털을 털더니 말했어요.

"붉은 여우야, 내가 길을 알아. 호두나무 숲까지 같이 가 줄까?"

붉은 여우는 사실 조금 걱정됐어요. 호두나무 숲에는 한 번도 가본 적이 없거든요. 종달새가 길잡이를 해 준다니 무척 고마웠어요.

"종달새야 고마워."

종달새가 푸륵, 날개를 펼쳤어요. 붉은 여우와 종달새는 길을 떠났어요. 그러다 호숫가에 도착했을 때 노랑나비와 마주쳤어요. 노랑나비는 날개를 축 늘어뜨리고 강아지풀에 앉아 있었어요.

붉은 여우가 물었어요.

"노랑나비야, 왜 혼자 있어?"

노랑나비가 날아올라 여우 콧등에 앉았어요.

"친구들이 없어. 다들 어디로 갔는지 모르겠어."

종달새가 하늘을 빙빙 돌았어요. 빨리 가자고 재촉하는 것 같았어요.

노랑나비는 종달새 그림자에 놀라 날개를 움츠렸어요.

"내가 도와줄게. 같이 찾아보자!"

붉은 여우 말에 노랑나비가 날개를 파닥거렸어요.

"진짜? 도와줄 거야?"

기분이 좋아진 노랑나비는 더듬이를 파르르 떨었어요.

노랑나비가 말했어요.

"여우야, 꿀풀이 어딨는지 알아? 다들 꿀풀 핀 곳에 있을 거야."

노랑나비는 살랑살랑 날아올라 붉은 여우 머리에 앉았어요.

붉은 여우는 코끝을 세우고 냄새를 맡았지요.

"킁킁, 꿀풀 향기가 나는지 찾아볼게."

붉은 여우는 꼬리를 흔들며 길을 나섰어요. 바람에 꿀풀 향기가 나는지 킁킁거렸어요. 살랑살랑 봄바람이 불었어요. 바람에 나뭇잎이 흔들렸어요. 언덕을 지날 때였어요. 어디선가 윙윙 소리가 났어요.

노랑나비가 놀라 외쳤어요.

"말벌 떼 소리야."

붉은 여우는 놀라 바닥에 납작 엎드렸어요.

말벌 떼는 무지막지하게 포악해요. 떼로 몰려다니며 누구도 무서워하지 않아요. 왜냐하면 독침을 마구마구 쏘거든요. 하늘을 날고 있던 종달새가 못마땅한지 삐로로 울었어요.

"말벌이 뭐가 무서워!"

종달새가 비웃었어요. 하지만 붉은 여우와 노랑나비는 잔뜩 몸을 웅크렸어요. 독침에 쏘이면 퉁퉁 붓고 가려워요. 말벌 떼는 정말 무시무시해요.

그때 종달새가 방향을 바꿔 날았어요. 종달새는 윙윙 몰려 날고 있는 말벌 떼를 향해 쌩 날았어요. 종달새 날개바람에 말벌 떼가 흩어졌어요.

그 모습을 본 붉은 여우가 풀쩍 뛰어오르며 캭캭 소리를 질렀어요.

"종달새 날개는 말벌도 날려버리는구나!"

노랑나비가 놀라 소리쳤어요.

"멋지다. 나도 종달새 같은 강한 날개가 있으면 좋겠어."

붉은 여우가 말했어요.

"노랑나비야, 너한테는 지금 그 날개가 잘 어울려."

"정말? 내 날개는 약해."

붉은 여우가 고개를 흔들며 말했어요.

"꽃잎에 앉아 꿀을 먹으려면 날개가 가벼워야지. 송골매 날개는 너에게 너무 무거워."

그 말에 노랑나비는 자신의 얇고 가벼운 날개와 송골매 날개를 번갈아 봤

어요.

"그렇구나. 고마워 여우야."

노랑나비는 날갯짓하며 붉은 여우 앞을 나풀나풀 날았어요. 하늘에서 종달새가 날카롭게 울었어요. 혹시나 남아있는 말벌이 있을까 쫓아버리기 위해서 말이에요. 종달새가 있어 붉은 여우는 든든했어요. 어쩐지 종달새와 친구가 된 것 같았지요.

붉은 여우가 목을 길게 세우고 말했어요.

"언덕 아래 호수가 보여. 빨리 가자."

종달새가 맨 앞에서 호수 쪽으로 날았어요.

호두나무 숲에는 작은 바위 동굴이 있어요. 동굴 입구는 잎이 넓적한 넝쿨이 동굴을 가리고 있어요. 하얀 여우가 초대할 때, 알려준 곳이 분명해요.

"하얀 여우야, 내가 왔어!"

동굴 앞에서 붉은 여우가 소리쳤어요.

잠시 후 하얀 여우가 넝쿨 잎 사이로 고개를 내밀었어요. 작고 까만 두 눈이 붉은 여우를 봤어요.

"붉은 여우야, 잘 찾아왔네."

붉은 여우는 기분이 좋아 꼬리를 흔들었어요.

하얀 여우가 말했어요.

"우리 토끼 보러 갈까?"

"토끼?"

"응, 호두나무 숲에는 토끼가 많아."

하얀 여우가 자랑하듯 말했어요. 붉은 여우가 머리를 끄덕였어요.

"좋아, 심심했는데 잘 됐다. 우리 다 같이 가자."

하얀 여우가 기분 좋게 동굴에서 폴짝 뛰어내렸어요.

"반가워. 하얀 여우야."

노랑나비가 인사했어요. 삐로롱, 하늘에서 종달새도 인사했어요. 하얀 여우가 머리를 들고 하늘을 봤어요.

붉은 여우가 물었어요.

"종달새도 같이 가도 될까?"

하얀 여우가 눈을 동그랗게 떴어요. 잠시 고개를 갸웃하더니 말했어요.

"좋아. 같이 가면 더 재밌을 거야."

붉은 여우가 머리를 끄덕였어요. 나비도 날개를 팔랑거리며 말했어요.

"같이 가!"

두 마리 여우와 노랑나비가 풀숲을 헤치고 걸었어요.

하얀 여우가 말했어요.

"바위 언덕, 나무 둥치 근처에서 토끼를 봤어."

"바위 언덕으로 가자!"

붉은 여우가 종달새를 향해 외쳤어요.

종달새는 낮게 날았다가 높이 날았다 하며 기분 좋게 소리를 냈어요. 그때 우르릉 소리가 나더니 쏴, 소리와 함께 소나기가 내렸어요.

"나비야, 빨리 와."

붉은 여우가 노랑나비를 불렀어요. 노랑나비는 붉은 여우 목덜미에 바싹 붙었어요. 혹시나 나비가 비에 맞을까 붉은 여우는 털을 바싹 세웠어요. 종달새는 나뭇가지에 앉았어요. 하얀 여우와 붉은 여우는 나무 둥치에 웅크리고 앉았어요.

거미줄처럼 가느다란 비가 숲과 들판에 내렸어요. 갑자기 내린 비는 금세 멎었어요. 숲에는 크고 작은 물웅덩이가 생겨났어요.

종달새가 삐요오 소리를 내며 하늘로 힘차게 날아올랐어요. 붉은 여우와 하얀 여우가 부르르 몸을 떨었어요. 털에 묻은 빗방울이 튀었지요. 살랑살랑 부는 바람에는 꽃들이 뿜어내는 향기가 났어요.

"킁킁, 달콤한 향기가 나!"

붉은 여우가 코끝을 세웠어요. 하얀 여우가 말했어요.

"달콤해. 꿀풀이 있나 봐!"

노랑나비는 향기를 쫓아 팔랑팔랑 날았어요.

폴짝폴짝 붉은 여우가 뛰었어요.

폴짝폴짝 하얀 여우가 뛰었어요.

커다란 바위를 돌아가자 들판 가득 꿀풀이 피었어요.

"친구들을 찾았어!"

노랑나비가 외쳤어요. 그러자 꿀풀에 앉아 있던 나비들이 파르르 날아올랐어요. 어서 오라고 노랑나비를 불렀어요.

"노랑나비야, 어디 있었어? 빨리와!"

붉은 여우와 하얀 여우가 잘 가라고 인사했어요.

"노랑나비야 친구들이 부르네! 빨리 가."

"노랑나비야 안녕!"

노랑나비가 여우 머리 위를 빙빙 돌아 꿀풀을 향해 날아갔어요.

"고마워! 친구들."

붉은 여우와 하얀 여우는 타닥타닥 뛰어 언덕을 내려갔어요. 그때, 종달새가 말했어요.

"나무 둥치 옆에 토끼가 있어!"

"가자, 토끼 보러 가자!"

붉은 여우가 물웅덩이를 풀쩍 뛰어넘었어요.

하얀 여우가 폴짝 뛰었어요.

붉은 여우는 기분이 좋아, 귀를 쫑긋 세웠어요.

오늘 붉은 여우는 처음으로 호두나무 숲까지 왔어요. 내일은 한 번도 가

보지 않았던 숲으로 가봐야겠다고 마음먹었어요. 낯선 곳은 조금 두렵지만, 예상하지 못한 모험이 있다는 것을 알았어요. 무엇보다 새 친구를 사귀게 되어 기뻤어요. 붉은 여우는 한껏 흥이 올라 입을 벌리고 캬오오오 소리를 질렀어요. 부드러운 바람이 불었어요.

풀꽃이 흔들리는 언덕에 무지개가 떴어요.

조미형
2006년 《국제신문》 신춘문예 소설 등단
2018년 지역우수출판콘텐츠 『해오리 바다의 비밀』 선정
동화 『황금 누에의 비밀』, 『맨날 놀고 싶어』, 『바다가 걱정돼』 외

그림자 아이

최미혜

1. 주머니칼

“그 이발사는 아이 머리 하나 제대로 못 깎는다니? 이게 뭐야! 귀에 흉터 생기면 어떡해.”

엄마는 어젯밤에도 그러더니 아침 밥상에서도 투덜거렸어. 내가 고개를 숙이고 밥만 퍼먹자 부엌 개수대로 걸어갔어. 먼저 출근한 아빠의 밥그릇이 와장창 소리를 냈어. 그리고 물 트는 소리.

난 조용히 일어났어. 엄마가 화내는 이유를 잘 알거든. 모두 나 때문이야. 입이 있어도 말을 못 하는 나. 특히 아빠 앞에서는 더욱더.

왜 이런지 몰라. 아빠처럼 덩치 큰 사람을 보면 가슴부터 벌떡거려. 언젠가 마트에 엄마 심부름을 간 적 있어. 고기를 사야 하는데 정육점 주인이 칼로 고기를 썰고 있었어. 흰 옷에 마스크를 한 아저씨는 진열장에 놓일 고기를 썰어 포장하고 있었지. 몸집이 엄청 큰 아저씨야. 난 소고기 장조림용을 사야 하는데 그 말이 나오지 않았어.

“고기 사러 왔니? 뭘 줄까?”

아저씨가 말했어. 아저씨 목소리는 생각보다 상냥했어. 눈은 웃고 있었지. 하지만 난 아저씨 눈길을 피하며 장조림용이라고 적힌 진열장 안의 고기를 손짓으로 가리켰어.

"아, 그거? 알았어. 마침 오늘 새로 온 고기가 있어. 얼마나 필요하니?"

아저씨는 냉장고를 뒤적이더니 다른 고기를 꺼내 썰기 시작했어. 어서 이 자리를 벗어나고 싶은데 아저씨는 시간만 끄는 거야. 난 손에 땀이 났어. 주변에 아주머니들이 모여들었어. 아이 웃음소리도 들렸어. 진경이 웃음소리야. 돌아보니 진경이가 엄마랑 고기를 사러 왔는지 진열장 안을 보고 있었어.

"엄마. 이거 맛있겠다. 콜?"

진경이의 밝은 목소리에 주변 엄마들이 깔깔거렸어. 아이는 저렇게 키워야 한다며 어떤 엄마가 말했어. 난 머리가 지끈거렸어. 진경이가 말을 붙일까 걱정이 됐거든.

"자, 600그램. 고기는 썰지 않았어. 장조림은 찢어먹어야 맛있거든. 누린내를 없애는 약초 잎을 좀 줄게."

아저씨는 지나치게 친절했어. 약초 잎을 가지러 간 사이 진경이가 나를 알아보고 말았어.

"어, 준수네. 혼자 고기 사러 왔니?"

난 고개를 끄덕였어. 전학 온 지 얼마 되지 않았는데 내 이름을 알다니 신기할 따름이야. 천재든지 아님 남에게 지나치게 관심이 많든가. 진경이 엄마가 누구, 하는 표정으로 나를 봤어. 난 얼굴이 달아올랐어. 누가 내 얼굴을 꿰뚫어 보는 건 정말 싫어.

진경이는 일주일 전 우리 반으로 전학 온 아이야. 온 첫날부터 자기소개를 똑소리 나게 해서 선생님 칭찬을 듬뿍 받았어. 재수 없는 아이지.

난 고기를 받아 들고 쌩하니 돌아서 나왔어. 엄마는 고기를 썰어오지 않왔다고 꾸중을 했어. 아저씨가 뭐라고 했는데 말하기가 싫어 얼른 내 방으로 들어갔어. 이제 다음부터는 엄마가 갈 테지. 한 번씩 그래야 한다니까. 안 그럼 자꾸 날 부려먹거든. 난 혼자 노는 게 좋아. 아빠의 주머니칼을 가지고부터 더 그렇게 됐어.

그 칼을 내가 가지고부터 난 달라지기 시작했어. 아빠는 그날 늦게 퇴근했지. 늘 뾰족한 선인장 가시 같은 아빠가 콧노래를 부를 땐 술을 마셨을 때야. 목욕탕에서 아빠의 콧노래가 들렸어. 난 부엌에 가려다 아빠가 벗어놓은 옷을 보았어. 주머니칼이 삐쭉 고개를 내밀고 있더군. 마치 자기를 데려가 달라는 듯 반짝거리기까지 했어. 접이식으로 돼 있어 주머니에 넣기도 좋아.

얼른 집어 주머니에 넣었어. 가슴이 콩닥콩닥 뛰기 시작했지. 아빠의 콧노래는 계속 들렸어. 난 내 방으로 와 주머니칼을 가방에 숨겼어. 아빠는 이 칼로 베란다에서 자라는 나무를 손질하고 병뚜껑을 열기도 해.

"정신 못 차리는 놈은 이렇게 잘라줘야 해. 될성부른 나무는 떡잎부터 다르다니까."

아빠는 누가 들으라는 듯 나무를 손질할 때마다 말하곤 했어.

너도 봤지? 아빠가 장미꽃을 삼켰을 리는 없어. 아빠 말속에는 꽃향기가 나지 않으니까. 그렇다면 아빠 입에서 나와 나를 찌르는 가시는 어디서 온 걸까. 혹시 붉은 단추를 삼킨 걸까. 아니야. 아빠는 말을 뱉었다 하면 쉬는 법이 없고 속사포처럼 빨라. 단추는 목에 걸리거든.

오늘 아침에도 그랬지. 아빠가 밥 잘 먹고 학교 가는 누나와 내 등에 대고 거친 말을 쏟아내는 걸 너도 봤잖아.

"저 자세 좀 봐라. 사내자식이 꾸부정하게 걷다니. 그게 뭐야? 어깨 펴!"

2. 아빠의 퇴근 행사

어제 아빠는 늦게 왔어. 멀리 있어도 아빠 입에서는 술 냄새가 팍팍 났어. 그날은 아빠 퇴근 행사를 하지 않았어. 아빠 퇴근 행사는 거창해. 엄마가 아빠 전화를 받으면 우리는 어디 있다가도 얼른 집으로 와야 해. 그리고 현관 입구 신발을 가지런히 정리하고 줄을 서.

딩동!

이 소리가 반갑게 들리던 적이 언제였지? 사람은 갑자기 나타나야 반가운 법이야. 아빠가 전화로 퇴근을 알리면서부터 엄마는 바빠졌어. 그전에 시장을 봐야 하고 집안 정리를 마쳐야 해. 화장실 수건이 제대로 있나 살피는 일은 내가 할 일이야.

"누나 좀 봐라. 신발을 정리해도 이가 딱딱 맞잖아. 나가는 방향으로 뒤축을 맞추는 거."

아빠는 퇴근 전마다 전화를 해 언제 집에 도착할지를 알렸어. 우리는 옥수수 알맹이처럼 현관 앞에 가지런히 줄을 서야 했어.

누나가 할 일은 신발 정리와 현관 청소야. 딩동! 이 소리만 들으면 난 가슴이 뛰어. 아프게 뛰어. 언제부터인지 나는 몰라. 우리는 아빠를 향해 공손한 자세로 인사를 해. 나는 고개를 숙여 인사를 했어. 엄마의 김칫국물이 떨어진 신발이 눈에 들어왔어.

"인마. 얼굴도 안 보고 인사하는 건 어디서 배웠냐? 못난 녀석."

아빠 목소리가 들리면 나는 꿈틀거려. 소금에 몸을 버둥거리는 미꾸라지처럼. 몸을 비틀며 서 있다고 아빠는 다시 잔소리를 퍼붓고는 나를 바라봤어.

나는 먹은 게 올라오려고 했어. 얼른 아빠 눈길을 피해야 한다는 위기감을 느꼈어. 학원을 위해 누나와 같이 집을 나왔어. 안방에서 아빠가 나오기 전에 빨리 나와야 해. 나는 얼른 복도로 나왔어. 뒤로 누나가 인사하는 소리가 들리더라. 아빠 목소리도 따라왔지.

“저 자식 봐라. 인사도 안 하고 가네. 에이, 배은망덕한 놈.”

맞아. 아빠 논리대로라면 나는 은혜도 모르는 놈 맞아. 아빠를 기쁘게 한 적이 언제였던가. 나는 어릴 때부터 골골거렸다고 해. 엄마 말로는 젖배를 곯아 그렇대. 그건 맞는 말이야. 지금도 음식을 골고루 먹지 않거든. 입맛에 맞는 것만 먹는 나를 보고 아빠는 어린 시절부터 잔소리를 해댔어.

“당신이 그러니까 저 녀석이 나만 보면 뚱한 거야. 지금도 봐. 반찬을 왜 자꾸 옮겨?”

아빠는 밥상에 앉아서도 버럭 성질을 버리지 못했어. 그러거나 말거나 엄마의 목소리는 차분했어. 내가 좋아하는 호박나물과 김은 어느새 내 앞에다 놓여 있었어.

“괜찮아. 얼른 먹어. 학교 늦겠다.”

엄마는 날 훈련시킨다며 심부름을 시키곤 해. 마트 가기, 이동도서관에 가서 책 빌리기, 경비실 할아버지에게 빵 갖다 드리기. 그럴 땐 모두 나를 칭찬해 줘. 기특하다, 고맙다. 그리곤 머리를 쓰다듬어 주시지.

난 아빠에게 묻고 싶어. 뭐가 그리 못마땅한지 따지고 싶어. 그러나 그러질 못해.

"고개 좀 쳐들고 먹어. 무슨 죄 지었냐?"

이건 저녁마다 듣는 아빠 잔소리야. 난 아빠 앞에만 서면 아주 작은 벌레가 된 기분이야. 이 기분을 네가 안다고? 어떻게? 난 네 말을 믿을 수 없어. 증명해 봐. 증명해 보라고!

3. 내 이야기 들어볼래?

준수야, 내가 꿈속에 나타난 이유 말해줄까? 밤마다 일렁이는 그림자 친구로 네 앞에 서는 거 나도 원하는 일은 아니야.

네가 개미를 죽이고부터야.

넌 인정하기 싫겠지만 아빠의 작은 주머니칼을 가지고 다니면서 넌 달라지기 시작했어. 아주 이상한 방향으로. 내가 너를 주인이라며 따라다닐 이유가 사라질 정도로 심하게 변했어.

난 너와 다니며 늘 좋았어. 아빠 앞에서는 힘을 못 쓰지만 햇살 아래 선 너는 당당해 보였거든. 네가 우쭐우쭐 춤을 추면 나도 춤추었고 휘파람을 불면 나도 바람소리를 내며 노래를 불렀지. 넌 나를 의식하지 않았어. 행복한 아이는 그림자를 의식하지 않거든.

지금 자고 있는 네 모습은 편안해 보여. 그런데 입술을 움찔움찔 움직이는 걸 보니 나에게 하고 싶은 말이 많구나. 난 네 머리맡에 앉아 널 위해 마지막 부탁을 하고 있어.

준수야, 너희 학교에는 숲이 우거져 개미가 엄청 많았지. 근데 인조잔디를 운동장에 까는 바람에 개미는 부랴부랴 다른 곳으로 이사해야 했어. 축구하며 노는 너희에게는 원래 운동장이 더 좋았겠지. 흙과 모래가 깔린 운동장에서 공을 차야 더 맛이 나니까. 결국 인조잔디가 아동에게 나쁜 영향을 미친다는 학부모의 민원으로 5년 만에 인조잔디를 걷어냈어.

다시 개미들이 이동을 시작했어. 그리운 고향 품속으로. 예전에 그들이 다녔던 길을 찾아내고 흙냄새를 맡아가며 고향으로 돌아가고 있었지. 아직 어린 개미들은 앞질러 나가다가 길을 잃기도 했어. 어디든 꼭 어른 말을 안 듣는 아이가 있으니 말이야. 길을 잘못 찾아 복도 마루 틈으로 이동하는 개미를 발견하고 너는 주머니칼로 그들을 괴롭히기 시작했지. 이 사실을 친구들이 선생님께 알렸고 네 주머니칼은 선생님이 받아갔어.

다음 날 엄마가 학교에 온 사실은 잘 알지? 선생님은 조용히 해결하려고 생각했지. 엄마는 고개 숙여 빌었어. 다시는 흉기를 학교에 못 가져오도록 집에서 교육시킨다고 했어. 그러고는 아빠에게 알리지 않고 너를 나무랐지. 그러면 안 된다고. 아빠에게는 비밀로 할 테니 두 번 다시 이런 일이 생기지 않도록 약속하자고 했어. 아빠가 알면 준수가 더 움츠려 들 테니까 엄마 선에서 끝내고 싶었을 거야.

준수야, 궁금한 게 있어. 너도 이 방법에 찬성했니? 아니면 숨겨준 엄마가 고마웠니? 난 네가 아빠에게 솔직하게 말하고 다시는 아빠 물건에 손대지 않겠다는 약속을 하길 바랐어. 그게 책임을 지는 거니까. 아빠에게 혼나더라도 그 방법이 더 좋지 않았을까. 두려움에서 벗어나는 방법은 두려움을 이겨내는 거야. 아빠와 정면승부를 했다면 난 너를 더 좋아했을 거야.

근데 아니었어. 넌 사건 이후, 아빠 눈치를 더 보았고 눈에는 공포감이 서려있었어. 너에게 고통당하는 개미처럼. 엄마가 집 베란다 옆에서 칼을 찾았다며 네 허물을 덮어주었는데도 넌 죄책감으로 몸을 떨었지.

그러지 말자. 준수야, 우리 그리 살지 말자. 난 네 그림자잖아. 그리고 가장 너를 좋아하는 친구잖아. 네가 웃으면 나는 덩실덩실 춤을 추고 네가 개미를 죽이느라 앉아 있으면 난 작아져. 이제 나는 거의 없어질 지경이야.

준수야, 부탁한다. 내가 너를 벗어나 사라지고 나면 넌 생기를 잃게 될 거야. 입을 다물고 어두운 방에서 게임이나 하고 있겠지. 그런 준수를 상상하긴 정말 싫어. 아빠에게 당당히 사과하는 준수를 보고 싶어.

오늘 밤이 마지막이야. 네 꿈속에 들어가 이 말을 남기는 이유를 곰곰이 생각하면 좋겠어.

준수야, 잘 자.

그림자가 꿈속 여행을 하는 너에게.

최미혜
2001년《국제신문》신춘문예 동화 등단
방통문학상, 한새문학상, 부산아동문학상 수상
동화집『햇귀』,『앵무새별에서 온 무무』,『이팝꽃 눈사람』,『수상한 환승기차』,『붉은 방』 외

하루의 하루

최현진

“문어야, 문어.”

하루라는 멀쩡한 이름이 있는데 친구들은 나를 문어라고 불렀다. 할머니가 바짝 묶어 주신 머리가 문어 같다는데 말도 안 되는 핑계였다.

“왜 못 들은 척해? 수학 숙제했어? 다 했으면 보여줘.”

“네가 해야지. 왜 자꾸 보여 달래?”

난 턱을 앞으로 내밀었다.

“어제 학원 숙제하느라 할 시간이 없었어.”

“보여주기 싫어.”

“문어, 너.”

내가 실내화를 신으려고 고개를 숙이는 순간 눈앞에 별이 반짝였다.

“어. 미안해. 문어 양.”

승우가 신발주머니로 친 거였다.

“자꾸 이럴 거야?”

눈물이 나오려고 했지만 꾹 참았다. 나는 묶여있는 고무줄을 풀었다. 묶여있던 부분이 올라가서 어색했지만 손가락을 빗처럼 대충 쓸어내렸다. 고무줄은 잃어버릴까 봐 손목에 묶었다. 교실에 들어가서 자리에 앉았다. 승우가 나를 보고 혀를 내밀었다.

'저 얄미운 자식, 예쁜 내가 참는다.'

난 쥐었던 주먹을 슬그머니 풀었다.

"수학 숙제 안 한 사람은 스스로 자리에서 일어서."

선생님은 아이들의 숙제 노트를 하나 둘 확인하고 승우는 남아서 숙제를 해야만 했다.

급식 시간이 되었다.

'오늘은 쫄면이네. 맛있겠다. 많이 먹어야지.'

내 차례가 되어서 급식 판을 내밀었다.

"하루야, 할머니는 좀 어때? 어제는 일하러 안 나오셨던데."

희서 엄마였다. 할머니는 희서 엄마 가게에서 주방 일을 한다.

"이제는 괜찮아요. 고맙습니다."

난 고개를 푹 숙여서 인사를 했다. 갑자기 쫄면이 먹기 싫어졌다. 하지만 배가 고파서 억지로 입에 넣었다. 매웠다. 그런데 맛있었다. 다 먹은 식판을 두고 보리차를 마시러 뒤로 갔다. 보리차를 가득 담아서 마셨다. 물 잔에 내 얼굴이 비쳤다. 보기 싫었다. 컵을 넣으니 요란한 소리가 났다.

수업을 마치고 청소시간이 되었다. 내가 맡은 구역은 복도 창문이다. 걸레로 유리창을 반들반들 닦았다. 뿌연 유리창이 투명해졌다. 그때 운동장을 가로질러 가는 희서 엄마가 보였다. 걸레로 유리창을 더 박박 닦았다. 닦는 동안 희서 엄마가 눈앞에서 사라졌다.

유리창 청소 후 돌봄 교실로 가니 돌봄 선생님이 활짝 웃으며 반겼다.

"어서 와. 하루야."

"안녕하세요. 선생님. 있잖아요. 승우가 자꾸 날 괴롭혀요. 수학 숙제

한 것을 안 보여준다고 실내화도 내 자리에 넣고 실내화 주머니로 때렸어요."

교실에 들어가자마자 헐떡거리며 선생님한테 말했다. 선생님은 말없이 웃으시더니 나를 꼭 안아주셨다. 선생님한테서 엄마 냄새가 났다. 엄마가 더 보고 싶었다.

집으로 올라가는 길은 엄청 가팔랐다.

"에옹"

나는 가방에서 고양이 사료를 꺼내어 내밀었다. 코 끝에 검은 점이 있는 고양이는 사료를 맛있게 먹었다.

"너도 엄마 없이 많이 힘들지?"

고양이가 나를 쳐다봤다. 고양이의 눈빛이 꼭 내 말을 알아듣는 것 같았다.

"그래도 우리, 이겨내자. 홧팅!"

고양이는 사료를 다 먹고 내 다리에 자신의 얼굴을 부딪쳤다. 밥 먹고 기분이 좋은지 가르릉 소리를 냈다.

"이번에는 물 먹어야지."

나는 물통에 담아온 물을 부어줬다. 고양이는 잠시 머뭇거리더니 먹었다.

"잘했어. 먹기 싫어도 물은 꼭 먹어야 해."

나는 가방을 다시 메고 고양이에게 손을 흔들었다.

"내일 또 만나."

고양이는 나를 빤히 쳐다보더니 풀쩍 위로 뛰어올라갔다.

"문어, 거기서 뭐해?"

희서는 과자를 들고 있었다.

"희서야, 나도 주기로 했잖아."

소영이가 따라왔다.

"줄게. 이리 와."

"어, 너도 있었네. 집에 가?"

소영이가 나를 보고 말했다.

"응. 이제 갈 거야."

난 손을 엉덩이에 쓱 닦았다.

"집에 가면 아무도 없잖아. 오늘 불꽃 축제하니까 바다에 같이 가자."

희서가 같이 가자며 손짓을 했다.

"아냐. 가야 해. 할머니가 일찍 오기로 했어. 아빠가 올 수도 있고."

나는 손을 내저으며 거절했다.

"거짓말. 우리랑 놀러 가지 않으려고 그러지?"

소영이가 입을 삐쭉 내밀었다.

"그런 거 아냐."

나는 바쁜 척 걸어갔다. 희서를 보면 엄마가 더 생각난다.

'희서 엄마처럼 우리 엄마도 학교에 자주 온다면 얼마나 좋을까?'

헉, 헉, 숨이 목까지 올라오면 우리 집이다. 파란색 대문을 밀었다. 끼이익 소리를 내며 문이 열렸다.

"할머니, 할머니."

할머니가 없었다. 마루에 걸터앉으니 빨래가 바람에 흔들리는 모습이 보였다. 너무 조용했다. 아빠와 함께 불꽃 축제를 꼭 같이 보러 가기로 약속했었다. 집에 혼자 있기 싫었다. 가방을 방안으로 던지고 녹슨 대문을 쾅 닫았다. 대문은 듣기 싫은 굉음을 내면서 닫혔다.

비탈길에서 속도를 내면 몸이 저절로 내려갔다. 재미있었다. 대운서점 간판이 보였다. 버스정류장 근처에 있는데 지하다. 서점에서는 보고 싶은 책을 마음껏 볼 수 있다. 이것저것 뒤적거리다가 돌봄 교실 선생님을 만났다.

“어, 하루야, 책 보러 왔구나?”

“네. 선생님은요?”

“불꽃 축제를 같이 보기로 한 친구 연락을 기다리고 있어.”

그때 선생님의 폰이 울렸다.

“도착했나 봐. 하루야, 어두워지기 전에 집에 가. 내일 봐.”

선생님은 손을 흔들며 사라졌다. 순간 눈앞이 뿌옇게 보였다. 코를 훌쩍이자 서점 아저씨가 쳐다봤다. 다시 오르막을 올랐다. 하늘에 붉게 물든 노을이 생겼다. 오늘은 아빠가 오면 좋겠다. 예전에 아빠는 참 다정했다. 물론 술을 마시지 않을 때에만 그랬다. 술만 마시면 아빠가 변했다. 할머니는 아빠가 가슴에 한이 많아서 그런다고 했다. 아빠는 이 년 전 엄마가 교통사고로 죽고 나서부터 술을 많이 마셨다. 모두 자신의 슬픔에 빠져있었다. 게다가 할머니마저 기억이 오락가락 했다. 보호자 없는 어린이는 보육원에 간다고 했었다. 보육원에 가고 싶지 않아서 다른 사람들이 할머니가 그런 것을 알지 못하도록 조심했었다. 지금 아빠는 알코올 중독 치료를 받으러 다닌다.

“너, 혹시 우리 하루 못 봤니?”

할머니다. 난 손목에 묶어둔 머리끈으로 머리를 바짝 당겨 묶었다. 할머니는 머리를 묶지 않으면 아직도 내가 하루인 것을 모른다. 의사 선생님은 할머니가 나까지 잃을까 봐 불안감으로 기억이 오락가락한다고 했다. 난 머리를 풀고 다니고 싶지만 할머니가 머리를 묶어야만 알아보기 때문에 억지로 머리를 꽉 묶고 다녔다. 할머니마저 잃어버리고 싶지 않았다. 할머니는 현재 유일한 나의 보호자이고 어떤 의미에서는 나도 할머니의 보호자이다. 할머니가 불안감에서 벗어나서 나를 잊어버리지 않았으면 좋겠다.

붉게 수놓는 불꽃 축제로 하늘이 환했다. 불꽃이 터지는 소리를 들으며 할머니와 같이 참외를 먹었다. 툇마루에 앉아서 먹는 참외는 꿀맛이다. 할머니는 과도로 참외를 둥글게 깎아서 접시에 놓았다.

"할머니, 씨도 빼줘요. 씨 먹기 싫어요."

나는 할머니를 보며 어리광을 부렸다.

"참외가 달아서 씨도 맛있는데 안 먹을 거야?"

할머니는 투덜거리며 내가 먹을 참외의 씨를 발라주었다.

나는 입가에 참외를 가득 묻힌 채로 하늘을 올려다보았다. 꼭대기 집에 살면 하늘이 막힘없이 보여서 참 좋다. 커다란 소리가 나더니 불꽃이 펑하고 터졌다.

"에그, 시끄러워. 그만 좀 하지."

할머니는 양손으로 귀를 막았다.

"얼마나 좋아요?"

나는 그런 할머니가 귀여워 보였다. 할머니의 굵은 주름도 참 예뻤다.

"아빠가 오실 때 바삭바삭 튀긴 후라이드를 사 왔으면 좋겠어요. 후라이드가 얼마나 맛있는데."

나는 참외가 후라이드라도 되는 것처럼 베어 먹었다.

"뭘 모르네. 닭은 푹 삶아야 맛있지. 애비더러 삼계탕을 사오라고 해야겠네."

할머니는 닭다리를 뜯는 흉내를 내며 참외를 먹었다.

툇마루에서 불꽃 축제를 보니 답답한 마음이 조금 풀리는 것 같았다. 하늘을 향해서 불꽃이 가느다란 빛을 내며 올라갔다. '펑펑' 하늘이 환했다. '비요오 펑' 커다란 불꽃이 터졌다. 작은 불꽃이 하늘 높이 올라가더니 잠시 후 '펑펑'하고 커다랗게 터졌다.

"엄마, 보고 싶어요."

나는 참았던 속마음을 큰소리로 외쳤다. 순간 다리에 따뜻한 감촉이 느껴졌다. 내려다보니 코에 까만 점이 있는 고양이가 나에게 몸을 바짝 붙이고 있었다. 고양이의 따스함이 나에게 전해졌다. 여러 가지 색깔을 지닌 불꽃들의 축제로 화려했다. 아마 내일은 아빠도 돌아오실 것만 같다.

최현진
2016년 창주문학상 동화 등단
작품집 『네 마음을 몰랐어』, 『꼬마 뱀의 왕따탈출기』, 『고기를 먹으면 왜 지구가 아플까?』

티바의 눈물

한미화

"네 장난이 지나치구나. 친구들 마음에 상처를 주는 것도 모른다면 호하우 행성에서 살 자격이 없다. 가장 낮은 것이 되어 너를 돌아보아라!"

왕의 말이 끝나자마자 티바는 공 모양의 투명한 우주선에 갇혀버렸어요.

우주선은 둥실 떠올라 하늘로 치솟기 시작했고 광활한 우주 속으로 날아가기 시작했어요.

호하우 행성은 우주에서 가장 진보된 문명을 가지고 있고, 가장 평화로운 행성 중 하나예요. 누구나 초능력이 있는 행성이지요. 그러나 아무도 누구를 힘들게 하는 일에 초능력을 쓰지는 않아요. 그런데 티바는 그렇지 않았어요. 친구들에게 장난으로 초능력을 쓰며 함부로 말을 하고 함부로 행동했어요.

호하우 행성의 왕은 아들 티바 때문에 늘 고민이었어요. 마음에 상처받은 아이는 미워하는 마음이 생길 테고 그 마음이 세상에 퍼진다면 호하우 행성은 더 이상 평화롭지 못하게 되겠지요.

티바가 스스로 느끼고 배워야 한다고 생각한 왕은 큰 결심을 하게 되었어요.

우주를 날고 있는 투명한 우주선 안에서 티바는 두려웠어요.

'내가 여기서 못 빠져나갈 것 같아?'

티바는 눈을 감고 정신을 집중했어요. 누구보다 뛰어난 초능력을 가졌기에 금방 호하우 행성으로 돌아갈 자신이 있었어요. 그러나 여전히 둥글고 투명한 우주선 안이었어요.

벽면에는 티바의 심한 장난들이 동영상으로 재생되고 있었어요.

"친군데 저 정도면 받아줄 수 있는 거 아냐?"

티바는 화면을 띄워 친구들을 불렀어요. 아무도 연결이 되지 않았어요.

"친구들은 내게 한 번도 싫다고 하지 않았어."

티바를 감싼 투명한 우주선은 빛보다 빠른 속도로 날아갔어요.

초록 행성이 점점 가까워지고 있었어요. 곧 '지구' 행성에 도착한다는 안내 음성과 함께 호하우 행성과 닮았지만 다른 여러 정보가 빠르게 소개되고 있었어요.

티바는 실망했어요.

'이런 미개한 곳에 보내다니.'

지구 행성은 이제 겨우 우주탐사를 시작한 그야말로 걸음마 행성이었어요.

대기권에 들어선다는 안내와 함께 화면이 모두 꺼졌어요. 순식간에 구름 밑으로 내려갔고 곧이어 건물이 보였어요.

지면이 가까워지자 티바가 탄 우주선이 안개처럼 작은 알갱이로 흩어지기 시작했어요. 티바는 몸이 이상하다고 느꼈어요. 무언가 소용돌이치는 것 같은 엄청난 고통에 정신을 잃고 땅으로 떨어졌어요.

살랑살랑 간지럽히는 느낌에 티바는 눈을 떴어요. 바람이 지나가고 있었고, 파란 하늘에는 하얀 구름이 떠 있었어요.

건물들이 사방으로 보이고 건물 주변엔 키 큰 나무들이 있었어요.

호하우 행성의 사람들과 닮은 티바 또래의 아이들이 걸어오고 있었어요.

아이들은 티바를 밟고 지나갔어요.

“악! 눈은 뒀다 뭣에 쓰는 거야?”

아이들이 깜짝 놀라 멈추었어요.

“여기서 이상한 소리가 들려.”

지구인 아이 하나가 종이로 변한 티바를 꾹 밟았어요.

“이것들이, 내가 누군지 알아? 가만두지 않을 거야.”

티바는 아이들이 저 멀리 나가떨어지는 상상을 하며 정신을 집중했어요.

그러나 티바의 초능력은 지구에서는 통하지 않았어요.

티바는 온몸이 짓눌리는 고통을 느꼈어요.

“종이에서 찌글거리는 소리가 나는데? 재밌다!”

지구인 아이들은 키득키득 웃으며 티바를 쿵쿵 밟아댔어요.

“찢어볼까? 뭐가 들어서 이런 소리가 나지?”

“약속 시간 늦겠다. 희철이 전화하기 전에 그만 가자.”

아이 하나가 티바를 휙 걷어찼어요.

티바는 공중으로 휘리릭 날아올라 다시 땅으로 떨어졌어요.

‘나보고 종이라고?’

화를 꾹 참으며 티바는 눈동자로 공중에 사각 화면을 그렸어요.

“내 모습 좀 보여줘.”

두툼한 갈색 종이에 신발 자국이 어지럽게 찍혀 있는 모습이 보였어요.

티바는 기분이 몹시 상했어요.

호하우 행성에서는 제법 잘생겨서 여자아이들에게도 인기가 있었던 터라 지금의 모습을 받아들일 수 없었어요.

“이건 아니잖아!”

티바는 화면을 띄워 호하우 행성과 연결하려 했지만, 차단되었다는 문구만 표시되었어요.

“멍멍!”

사납게 보이고 입이 큰 개가 티바에게 다가왔어요.

티바는 두려워서 숨도 쉬지 못했어요.

“왜그래, 진돌아. 더러운 종이잖아.”

개는 목줄을 쥐고 있는 여자에게 끙끙거렸어요.

“어서 가자!”

개는 고개를 갸웃하더니 뒷발을 들어 오줌을 갈겼어요.

“가만두지 않을 거야!”

티바는 화가 나서 소리쳤어요.

“따르릉, 따르릉”

자전거가 길바닥에 널브러져 있는 티바를 밟고 지나갔어요. 바퀴 자국이 선명하게 찍혀버렸어요.

걸어오던 청년이 티바를 전봇대로 힘차게 걷어차며 외쳤어요.

“골인!”

전봇대를 박고 땅으로 떨어진 티바는 머리끝까지 화가 나서 부르르 떨었어요.

고양이가 다가와 꼬리를 말고 쉬었다 가도, 귀여운 아가가

엄마 손을 잡고 아장아장 걸어가도 티바는 눈을 부릅뜨며 노려보았어요.

밤이 되었어요.

지구인들이 사는 건물 창에서 밝고 따스한 빛이 새어 나왔어요.

할머니가 손수레를 끌고 가다 걸음을 멈추었어요.

손수레에는 납작하게 접은 종이상자들이 가득 들어있었어요.

할머니는 두툼한 갈색 종이를 주웠어요.

어지러이 자국이 찍히고 긁혀서 깊게 팬 종이를 보고 혀를 찼어요.

"세상에나!"

할머니는 종이를 품에 안아 토닥토닥 두드렸어요.

"아팠지? 이 할미는 알아. 네가 얼마나 귀한지 다 알아. 나도 얼마 뒤엔 죽어 흙이 되겠지. 그런 흙에 뿌리를 내리는 식물처럼 너도 누군가의 생명을 먹고 자라서 종이가 되었으니 얼마나 귀하냐구. 이 세상엔 저 혼자 무엇이 되고, 저 혼자 잘난 것은 없어. 넌 분명 누군가에게 소중한 종이였을 거야."

혼자 나직이 중얼거리던 할머니는 종이를 투박한 손으로 쓰다듬었어요.

순간, 티바의 가슴에 무언가가 뜨겁게 번져왔어요. 험한 일들을 겪으며 미움이 커졌던 티바는 처음으로 친구들의 마음을 생각해보았어요.

여자친구가 건네던 예쁜 꽃을 시든 꽃으로 변하게 했을 때, 맛있는 음식을 벌레처럼 보이게 했을 때, 우주선 함장이 되겠다던 친구에게 못생겨서 될 수 없다고 했을 때, 어색하게 웃거나 슬픈 표정을 짓던 친구들이 떠올랐어요.

"엉엉!"

티바는 갑자기 눈물이 터졌어요.

"내가 너무 못됐어."

할머니의 걸음처럼 뒤뚱이며 흔들리는 수레에서, 종이가 된 티바의 몸이 축축이 젖어 들고 있었어요.

한미화
2008년 아동문예 문학상 등단
동화집 『연두 햇살의 노래』, 『오래된 사탕』

그라제 할머니는 목욕탕 군기반장

한세경

"워찌케 사람이 없는디 자꾸 자리가 있다 그라요?"

"없긴 왜 없어요. 저기 냉탕에 들어가 있는데."

"쬐깬한 때타월만 있는디? 목욕 바구니도 없는디?"

"목욕 바구니 없어도 사람 있다고요!"

방수 비닐을 치마처럼 허리에 두른 할머니가 빽 소리를 쳤어요. 세모꼴로 치뜬 눈매가 사나웠어요.

"왜 고함은 지른당께요?"

"사람이 있다면 있는 줄 알지 자꾸 따지니까 그렇지요? 여기서부터 저기까지 전부 다 임자 있는 자리라고요!"

그라제 할머니는 기가 막혔어요. 이른 아침이라 욕실에 있는 사람은 어림잡아도 열 명이 넘지 않았어요. 그런데도 20여개의 좌식 샤워기 자리 모두 임자가 있다는 게 믿기지 않았거든요.

'그라제'는 '그렇지, 그렇지', '맞아, 맞아'라는 전라도 사투리예요. 그라제 할머니는 다른 사람 애기를 들을 때마다 "그라제, 그라제" 하며 용기를 주었어요. 문제가 생기면 "그라제, 그라제" 하며 앞장서서 문제를 해결해 주었어요.

"나가 아무리 깡촌에서 왔다혀도 아닌건 아니랑께요. 때타월 하나, 샴뿌통 하나 던져 불고 자리가 있다고라? 뭔 말 같잖은 소리를 혀고 그라요!"

그라제 할머니는 목욕 바구니를 샤워기 앞자리에 올려놓고 플라스틱 의자를 당겨 앉았어요.

"옴마옴마, 사람 말귀를 못 알아들으시네!"

비닐치마 할머니가 펄쩍 뛰었어요. 그 소리를 듣고 온탕에 있던 할머니가 걸어왔어요. 할머니 등짝에 동그란 부항기가 따개비처럼 따닥따닥 붙어있었어요. 어기적거리며 걷는 모습이 꼭 공룡 같았어요.

"처음 오셨나보네. 여기, 사람 있는 거 맞아요."

"그라요? 그라믄 이 자리 임자 나와 보라 그라시요잉!"

그라제 할머니가 눈을 부릅떴어요. 그 서슬에 놀란 공룡 할머니는 눈을 몇 번 껌뻑이다가 비닐치마 할머니를 쳐다보았어요.

"냉탕에 들어앉은 임자 좀 불러보랑께요?"

"아니, 이 할머니가 왜 명령조야? 우리가 당신 졸병이라도 돼요?"

"그라제, 할 말 없응께 쫄병 타령이여."

그라제 할머니는 바가지에 담긴 때타월을 꺼내 비닐치마 할머니에게 내밀었어요. 비닐치마 할머니는 머뭇거리다가 때타월을 낚아챘어요.

"때타월도 받았응께 저짜로 가쇼잉, 씻어야 쓰것소."

그라제 할머니는 샤워기 끝에 붙어있는 꼭지를 들어 올렸어요. 순식간에 샤워기에서 뿜어져 나온 찬물이 키 작은 비닐치마 할머니 얼굴 위로 쏟아졌어요.

"아이고, 차가워라! 이 할망구가 정말! 샤워기를 손에 들고 물을 틀던지 해야지!"

약이 바짝 오른 비닐치마 할머니가 발을 굴렀어요.

"그라제요."

그라제 할머니는 느긋하게 샤워기를 뽑아 손에 들었어요.

"근디, 우째야 따신 물이 나온당가?"

그라제 할머니는 따뜻한 물을 틀기 위해 둥근 꼭지도 돌려보고 손잡이처럼 생긴 길쭉한 꼭지도 만져 봤지만 별다른 변화가 없었어요. 얼굴을 가까이 대고 유심히 살피던 그라제 할머니 눈에 빨간색 눈금과 파란색 눈금이 희미하게 보였어요.

"빨강은 따신 물, 파랑이는 찬물."

꼭지를 이리저리 돌려보니 차가운 물과 따뜻한 물이 번갈아 나왔어요.

"샤워기 사용할 줄도 모르면서 무슨 목욕을 한다고."

"깡촌에 목욕탕이 있겠어?"

수도꼭지에서 물 나오는 방법을 찾느라 진땀을 빼고 있는데 속닥거리는 소리가 들렸어요. 그라제 할머니는 화를 가라앉히느라 심호흡을 했어요.

"할머니, 가운데 작은 꼭지를 눌러 보세요."

그때, 물 온도를 점검하던 직원이 말했어요.

"가만있어. 뭘 알려 주고 그래!"

비닐치마 할머니는 못마땅한 표정으로 직원에게 눈을 흘겼어요.

그라제 할머니가 머리를 감고, 비누칠을 하고, 탕에 들어가 몸을 담그고 나올 때까지 냉탕에 있다던 자리 임자는 나타나지 않았어요. 때를 밀다 곁눈질로 보니 뒤늦게 온 사람들이 바가지에 담긴 때타월이나 샴푸통을 다른 할머니들에게 돌려주고 그 자리에 앉았어요. 그러니까 서로 아는 사람들끼리 자리를 잡아준 거였어요.

"할망구들이 양심도 없당께로."

그라제 할머니는 목욕하는 내내 등 뒤로 쏟아지는 눈총을 느꼈지만 아랑곳하지 않았어요. 목욕을 끝낸 그라제 할머니가 탈의실로 나오는데 직원이

닫히려는 욕실 문을 황급히 잡았어요.

"할머니, 탕에서 음식 드시면 안 돼요!"

비닐치마 할머니와 공룡 할머니가 온탕에 걸터앉아 삶은 달걀을 먹고 있었어요.

"안 되기는 뭐가 안 돼? 먹으라고 삶은 달걀 파는 거 아냐? 흘리지 않을 테니까 걱정 마."

비닐치마 할머니는 직원을 향해 손을 까닥거렸어요. 알았으니 들어오지 말라는 손짓이었어요.

"워메, 목욕탕 안에서 뭘 먹어싸."

"저 분들에게는 규칙도 안 통해요. 몇 번 주의를 드렸는데도…, 어휴!"

직원은 고개를 절레절레 내저었어요.

"이건 뭐여."

그라제 할머니가 목욕탕을 나와 길거리 게시판 앞에서 걸음을 멈췄어요. '전세 구함', '급 매매', '사람 구함' 등 다양한 안내문이 붙어 있었어요. 그 중에는 직업을 구할 수 있도록 기술을 가르쳐 준다는 안내문도 눈에 띄었어요. 순간, 그라제 할머니 머릿속에 생각 하나가 스치고 지나갔어요.

'그라제, 그라제!'

그라제 할머니는 전화번호가 적힌 쪽지 하나를 찢어 주머니 속에 넣었어요. 집으로 돌아온 그라제 할머니는 아침 식사를 마친 뒤, 쪽지를 꺼내 전화를 걸었어요.

"그라제, 그라제. 3일만 배우면……. 알바? 그 목욕탕에? 으응, 그라제."

그라제 할머니는 고개를 갸우뚱거리기도 하고 끄덕이기도 하면서 한참 동안 통화를 했어요. 맞벌이를 하는 아들 며느리가 출근을 하자마자 그라제 할머니도 집을 나섰어요. 통화했던 직원이 알려준 장소로 가니 훈련원 버스가 기다리고 있었어요.

"아이고, 팔이야, 다리야! 삭신이 쑤신당께."

점심 무렵, 집으로 돌아온 그라제 할머니는 거실 바닥에 대자로 드러누워 한참을 쉬었어요. 시간이 지나자 피곤함이 가신 자리에 허기가 몰려들었어요.

"이러게혀서 이렇게."

식탁에 앉은 그라제 할머니는 밥 한술을 뜰 때마다 두 팔을 들어 원을 그리 듯 돌리다가 위 아래로 움직였어요. 누가 본다면 수영 연습을 하는 줄 알았을 거예요.

"깡촌 할망구라고 얕잡아보믄 안 되지라."

며칠 뒤 일어날 일을 생각하던 그라제 할머니 얼굴에 웃음이 번졌어요.

사흘이 지난 저녁이었어요.

"내일부터 나도 알바하러 가니께 그리 알어잉."

그라제 할머니는 아들 며느리에게 지나가는 말로 용건을 꺼냈어요.

"알바요? 육십 고개 넘은 지도 한참 지난 할머니를 누가 써줘요?"

"인생은 육십부터랑께. 니 어메 아직 끄떡없어야. 깡촌 사람들 죄다 자식따라 도시로 가고 어메도 할 수 없응께 이리 왔지만서도, 내 밥벌이는 나가 할 수 있응께 걱정 말어야."

다음 날, 새벽 4시 50분이 되자 그라제 할머니는 미리 챙겨둔 가방을 메고 현관문을 나섰어요. 그라제 할머니가 목욕탕에 도착했을 때, 출입문 앞에는 일찍부터 몰려온 할머니들로 혼잡했어요.

"좀 들어갈랑께요."

그라제 할머니는 사람들 사이를 뚫고 맨 앞자리로 나아갔어요.

"줄을 서야지 왜 새치기예요?"

비닐치마 할머니 목소리가 쨍하고 울렸어요.

"여거 줄이 어딨어라?"

"줄 없어도 순서 다 안다고요."

"아, 그러요잉! 나가 진즉 들어가서 준비할게 있응께 먼저 실례하것어라."

"준비라니? 벗고 씻으면 되는데 무슨 준비가 필요하다고 그래요? 그러고 보니 며칠 전에 만난 깡촌 할머니네."

그라제 할머니가 한 마디 더 하려는데 직원이 출입문으로 다가왔어요.

"아, 여사님. 먼저 들어오세요. 첫날이라 준비하실 게 많을 거예요."

문을 연 직원이 그라제 할머니를 알은체 하자, 비닐치마 할머니는 무슨 일인가하고 눈이 똥그래졌어요. 그라제 할머니는 제일 먼저 여탕으로 들어와 이것저것 준비를 서둘렀어요. 그 사이 탈의실에 도착한 할머니들은 옷도 벗지 않은 채 우르르 욕실로 들어왔어요.

"휘리, 휘리리릭!"

그때, 귀를 때리는 요란한 호루라기 소리가 들렸어요.

"아, 아, 알립니다. 오지도 않은 사람 자리를 잡아주는 거슨, 규칙에 어긋나 부러요. 옷을 갈아입고 와서 임자 앉을자리만 잡으시요잉."

사람들은 소리 나는 쪽으로 일제히 고개를 돌렸어요.

"저, 저 할망구가!"

비닐치마 할머니는 입이 쩍 벌어졌어요. 호루라기를 목에 걸고, 빨강색 무선 확성기를 손에 든 그라제 할머니를 발견했거든요.

"당신이 뭔데 이래라 저래라야!"

"직원 지시에 따르지 않으면 강제 퇴실이라고 적혀 있당께요. 자리를 잡아주면 안 된다는 말도 여기 떡 하니 적혀 있응께 보시요잉."

그라제 할머니는 안내문이 걸린 벽면을 가리켰어요.

"그래서 당신이 직원이라도 돼? 자기 분수를 알아야지!"

비닐치마 할머니가 삿대질을 했어요.

"세신사 한 명이 빠져부러서 오늘부터 나가 여기서 일한당께요. 다들 규칙을 지켜 줘야 쓰것소. 애들헌티 부끄러븐 어른이 되아서는 안 되지라."

"군기반장 나셨네, 나셨어!"

공룡 할머니가 비아냥거렸어요.

"휘리릭, 휘리릭! 뭣들 혀요, 싸게 움직이시랑께요!"

그제야 할머니들은 자리마다 놓아둔 물건들을 거둬들였어요.

"할머니 덕분에 십년 묵은 체증이 다 내려가는 것 같아요!"

그라제 할머니가 세신실에 들어서자 직원이 시원한 음료를 내밀었어요.

"그라제, 그라제. 오늘부턴 나가 해결할라니께 걱정 말어잉!"

그라제 할머니는 직업훈련원에서 배운 동작을 떠올리며 몸을 풀었어요. 내일은 입구에서 줄부터 세워야겠다 생각하면서요.

한세경

2003년 《부산일보》 신춘문예 동화 등단

제20회 한새문학상 수상

작품집 『중고 엄마, 제발 좀 사가세요』, 『작전명 쪼꼬미 리턴즈』, 『명탐정 블랙맨을 잡아라』 외

현, 도서출판 스토리-i 대표, 책방카페 이야기정원 운영

아리따 도자기의 어머니 백파선

1. 감물 야촌 잔칫날

한정기

낙동강에서 피어오른 물안개가 들판을 지나 감물 야촌 마을까지 밀려왔습니다. 마을은 물안개를 이불처럼 덮고 아직 잠들어 있었습니다.

"꼬끼오오!"

아침을 알리는 닭 울음소리에 깜짝 놀란 아침 해가 성죽골 뒷산 흰나들 위로 불쑥 솟아올랐습니다.

"움머어!"

외양간에서 소가 기지개를 켜며 웁니다.

"꿀! 꿀! 꿀!"

돼지도 아침밥을 달라 꿀꿀 댔습니다. 사람들은 가축들 먹이부터 주고 아침을 준비하며 하루를 시작합니다. 마을과 들판을 덮고 있던 물안개도 햇살과 함께 서서히 걷혀갔습니다.

"오늘 태도와 덕선이 혼례날인데 빠진 것 없이 준비는 다 되었소?"

감물야촌에서 제일 큰 가마를 운영하는 사기장 덕수 어른이 아내 가동댁을 보고 물었습니다.

"준비랄 거나 있나요? 없는 사람들끼리 그저 물 한 그릇 떠놓고 천지신명께 알리고 절만 하면 끝이지요. 그나저나 오늘 날씨가 잔치하기 딱 좋네요."

"우리 같은 천한 것들이 그런 복이라도 있어야지. 평생 뼈 빠지게 그릇 만들어 바쳐도 사람대접도 못 받고 사는데."

"아이구, 당신은 또 그런 소리를……. 오늘은 좋은 날이니 그런 말은 마시우."

가동댁이 막 방을 나오는데 개똥이가 촐랑대며 마당으로 들어섰습니다. 개똥이는 덕수 어른이 운영하는 가마에서 온갖 허드렛일을 하는 사령이었습니다. 그러다 기회가 되면 흙도 이기고 불 때는 나무도 나르며 도예 기술을 익히고 있었습니다. 아직 댕기를 드리운 개똥이는 이제 막 어린티를 벗어나고 있었습니다.

"어르신! 아침은 드셨습니까? 오늘 태도 형님 장가가는데……. 어머니가 갖다 드리라고 하셔서……. 별 거 아닙니다."

개똥이가 도토리묵 한 판을 내밀며 부끄러운 듯 얼굴을 붉혔습니다.

"아이구, 대동댁 형님이 가을 내도록 산에 다니며 주운 도토리로 묵을 쑤셨구만. 이 귀한 걸."

가동댁이 묵판을 받아들고 어쩔 줄 모르는데 사립문으로 사람들이 줄지어 들어왔습니다. 모두 덕수 어른 가마에서 일하는 도공들이었습니다.

"이거, 적지만……, 며칠 전부터 암탉이 낳기 시작한 알이네요."

도자기 굽 깎는 마조장 아율이는 계란을 들고 왔습니다.

"집사람이 콩나물을 기른 게 있어서……."

삼수가 지고 온 콩나물시루를 내려놓으며 말했습니다. 삼수는 도자기를 만드는 흙을 이기는 일을 하고 있었습니다.

"또칠이하고 새벽 일찍 강에 나가 잡은 붕어네요."

동관이가 내려놓은 삼태기 안에는 어른 팔뚝만한 붕어 서너 마리가 펄떡거리고 있었습니다. 또칠는 가마에 불을 때는 '화장'이었고 동관이는 '남화장'으로 불꽃을 보며 온도를 계산하는 도공이었습니다.

가동댁 입이 함지박만큼 벌어졌습니다.

"아이고, 이만하면 동네잔치하고도 남겠네! 다들 이렇게 마음을 모아주니 정말 고맙네."

"저희 집사람도 일손 도우러 곧 올 겁니다."

콩나물을 들고 온 삼수가 미처 말을 끝내기도 전에 사립문으로 어린 아기를 업은 삼수 아내가 들어왔습니다.

"형님, 제가 늦은 거 아니죠? 얼라 젖부터 좀 먹이고 오느라……."

"아이고, 이 사람아. 그리 급하게 오지 않아도 되는데. 이제 슬슬 준비하면 되겠네."

가동댁은 아기를 업은 삼수댁과 함께 부엌으로 들어가고 남은 도공들은 덕수 어른의 지시에 따라 마당에 초례상을 준비했습니다.

부엌일을 끝낸 가동댁은 건넌방에 있는 덕선이를 안방으로 불렀습니다. 반닫이에 곱게 넣어둔 노랑저고리와 빨간 치마를 꺼내 덕선이에게 입혔습니다. 가동댁이 시집올 때 입었던 비단옷이었습니다.

"좀 낡긴 했지만 잘 맞는구나. 인연이 닿아 이렇게 우리 집에 와서 시집까지 가게 되어 맘이 좋다. 이제부터 너를 딸처럼 여길 터이니, 너도 나를 어머니라 생각하렴. 네 이름이 덕선이니 이름처럼 선한 덕을 쌓으며 잘 살게다."

가동댁이 흐뭇한 얼굴로 덕선이를 바라보며 말했습니다.

덕선이는 가동댁을 보고 깊이 고개를 숙였습니다. 눈물 그렁한 눈에서 눈물이 투둑 떨어졌습니다.

"오늘처럼 좋은 날, 우는 게 아니란다."

가동댁은 덕선이를 달래며 치마저고리 위에 혼례복을 입혔습니다. 길게 땋은 머리도 올려 비녀를 찌르고 붉은 댕기를 드리웠습니다.

'부모님도 모른 채 남의 집 허드렛일이나 하던 내게 어머니가 생기고 혼례까지 올리다니.'

덕선이는 모든 게 믿기지 않았습니다.

'꼭 꿈을 꾸고 있는 것 같아.'

덕선이는 허벅지를 꼬집어봤습니다.

"아야!"

아픈 걸 보니 분명 꿈은 아니었습니다.

신랑 김태도는 덕수 어른이 운영하는 가마의 조기장이었습니다. 조기장은 도자기 형태를 빚는 사람을 이르는 호칭입니다. 김태도는 어릴 때부터 가마에서 갖은 심부름과 잡일을 하며 기술을 익혀 지금은 감물 야촌에서 제일가는 도예가가 되었습니다. 김태도는 도예 일을 배우느라 늦도록 장가도 못 가고 마을 가장 외딴집에서 홀어머니와 같이 살고 있었습니다.

덕선이는 몇 년 전, 덕수 어른이 물금에서 제일 부자인 최부자집에 도자기 주문받으러 갔다가 데려온 처녀였습니다. 덕선이의 고향이 어딘지, 부모님이 어떤 사람이었는지 아무도 몰랐습니다.

그날 덕수 어른 뒤를 따라 들어오는 덕선이를 보고 가동댁이 놀라 물었습니다.

"아니, 그릇 주문받으러 가서는 웬 처자를 데려왔어요?"

"최부자 집에서 일하는 찬모가 데리고 있던 아이인데 말 못한 사정이 있어 내가 데려오게 되었소. 당신 가마 일꾼들 밥해대느라 힘든데 부엌일 가르치며 데리고 있으면 좋을 것 같은데……. 이것도 다 하늘이 준 인연이지 싶소."

"에그 쯧쯧쯔……. 이렇게 만난 것도 다 인연이니 우리 잘 지내보자꾸나."

속 깊은 가동댁은 덕선의 사정을 헤아려 더 묻지 않고 덕선이를 받아들였습니다. 눈빛은 불안하게 흔들렸지만 덕수 어른 옆에 서 있는 덕선이의 자태가 얌전하고 입매가 야무져 보이는 게 가동댁 마음에 들었습니다. 거기다 남의 집 부엌에서 심부름하며 지낸 아이답지 않게 외모에서 풍기는 밝은 느낌이 좋았습니다. 가동댁은 덕선이에게 이런저런 일을 시켜보았습니다. 바느질이면 바느질, 음식이면 음식, 빨래면 빨래, 청소면 청소까지, 하나를 가르치면 열을 깨우치는 덕선이었습니다.

"당신이 데려온 덕선이가 보통 영민한 아이가 아니에요. 솜씨도 뛰어나고 마음씨도 어질고 결이 부드러운 아이네요."

가동댁이 남편에게 흐뭇한 얼굴로 말했습니다.

덕선이는 그렇게 사기장 어른 집에서 딸처럼 지내다 오늘 김태도와 혼례를 치르게 되었습니다.

조용하던 감물 야촌에 모처럼 사람 사는 훈기가 돌며 떠들썩했습니다.

"허허, 새신랑 좀 봐! 인물이 훤하네. 늠름한 대장부구나 대장부!"

마을 어른들이 고개를 끄덕이며 칭찬했습니다.

"새색시는 어떻고! 귓불이 부처님처럼 늘어지고 얼굴이 보름달처럼 복스럽게 생겼구만."

"맞아! 얼굴색도 발그레하니 곱고."

"아들, 딸 많이 낳고 잘 살겠어!"

마을 아낙들도 입에 침이 마르게 새색시를 칭찬했습니다.

가마 일꾼들이 십시일반 부조한 음식으로 국수를 삶고 도토리묵과 붕어조림을 안주로 막걸리도 한 잔씩 나눠마셨습니다.

두 사람의 혼인을 가장 기뻐한 사람은 김태도의 늙은 어머니였습니다.

"이제 나는 내일 죽어도 여한이 없다. 우리 태도가 저리 참한 색시를 맞아 장가가게 되다니! 이게 꿈이 아닌지 모르겠다."

태도의 어머니는 내도록 팔을 꼬집으며 울다 웃다 했습니다.

도봉산 너머로 설핏 해가 기울고 김태도와 덕선은 태도네 오막살이 방에 마주 앉았습니다.

"오늘 큰일 치르느라 고생했소."

김태도가 조심스럽게 말했습니다. 가마에 밥 함지를 이고 오면 자주 받아주긴 했지만 이렇게 가까이 마주 앉아보는 건 처음이었습니다. 그건 덕선이도 마찬가지였습니다. 신랑이라고 얼굴을 제대로 바라본 건 오늘이 처음이었습니다. 가동댁을 따라 가마에 점심을 이고 가면 제일 먼저 달려 나와 밥 함지를 받아주던 사람. 덕선이는 김태도의 자상한 행동이 좋았습니다. 이제 이 사람이 내 남편이라 생각하니 마음이 든든했습니다.

"서방님도 고단하시지요."

덕선이도 부끄러웠지만 용기를 내서 말했습니다.

"내가 열심히 일해서 당신 고생시키지 않을 거요. 나만 믿고 따라주시오."

김태도는 덕선의 손을 꼭 잡았습니다. 덕선이 가슴이 희망으로 콩닥콩닥 뛰었습니다.

김태도와 덕선이는 하루하루가 꿈만 같았습니다. 아침에 눈을 뜨면 믿음직한 남편이 곁에 있었고 사랑스런 아내가 밥을 차려주는 게 정말 좋았습니다. 두 사람은 한 쌍의 원앙처럼 오순도순 살았습니다. 어느새 아기도 태어났습니다. 김태도는 아들 이름을 종해라고 지었습니다.

김종해.

덕선이와 김태도 사이에 태어난 첫아들이었습니다.

한정기
1996년《부산일보》신춘문예 동화 등단
비룡소 황금도깨비상, 5 · 18문학상, 부산아동문학상 수상
장편추리동화『플루토 비밀결사대』시리즈 5권, 청소년소설『나는 브라질로 간다』,『깡깡이』외
현, 부산아동문학인협회 이사

시끌벅적한 여름방학

허명남

"엄마, 여름방학 동안 연우 잘 부탁해요. 은혜는 잊지 않을게요."

엄마는 할머니와 몇 마디 이야기를 주고받지도 않고 승용차를 타고 급히 떠났다. 나는 학습용 로봇 온리를 안고 엄마 승용차를 우두커니 바라보고 있었다.

"이게 너 공부 가르쳐 준다는 그 로봇이여? 눈이 땡그랗고 머리카락은 딱 붙어 있고 조그만한 게 원숭이 닮았네."

"원숭이라뇨. 저보다 천 배 만 배 똑똑한 걸요."

할머니 집에는 올 때마다 심심했던 터라, 온리가 없었다면 오지도 않았을 것이다.

"연우야, 할머니하고 산 아래 밭에 옥수수 따러 같이 가자."

"벌레 때문에 싫어요. 깨끗한 온리하고 놀게요."

"쯧쯧. 그러는 너도 로봇처럼 보여."

할머니가 고개를 절레절레 흔들며 마당을 나갔다.

"온리, 김영인에게 영상통화 연결해 줘."

"김영인에게 영상통화 연결합니다."

신호 가는 소리가 나고, 곧이어 머리에 노란 별 머리띠를 한 영인이가 나타났다. 한 손에 샌드위치를 들었고 입술에는 누런 소스가 묻어있었다.

"영인아, 나 시골 할머니 댁이야. 오늘 영어학원은 재미있었니?"

"영어를 재미로 배우냐? 내 꿈을 위해서 하는 거지. 나 지금 간식 먹고 또 피아노학원 가야 돼. 나중에 통화해."

영인이가 전화를 끊어버렸다. 나는 머쓱해서 입술을 쑥 내밀었다. 5학년 올라와서 같은 반이 된 영인은 꿈이 같아서 친하다. 로봇 공학자가 되고 싶은 것이다. 영인은 이 순간도 꿈을 위해 뛰어다니는데, 나만 산속에 갇힌 기분이 들었다. 갑자기 주위가 너무 고요하다. 뭘 해야 하나! 아참, 나에겐 온리가 있다. 우선 이 울적한 마음부터 풀어볼까.

"온리, 가상 아이돌 비비후의 7월 20일 공연 장면 보여줘."

"비비후의 7월 20일 공연 장면입니다."

온리의 가슴 부분 화면이 밝아지며 잘생긴 비비후의 공연이 시작되었다. 노래도 춤도 환상적이다. 나도 구름 떼 같은 팬이 되어 같이 뛰고 노래했다. 금세 온몸이 땀에 젖었다.

할머니가 옥수수 바구니를 들고 왔다. 옥수수를 삶아 큰 접시에 담아 주었다. 나는 학원에 오가며 먹던 닭꼬치가 생각났다. 그래서 옥수수에는 손도 대지 않았다. 할머니가 맛있다고 먹어보라고 권했지만, 좀 있다 먹겠다 하고는 잊어버렸다.

나는 저녁을 먹고 나서도 온리와 영어 공부를 하고 퀴즈 놀이를 하며 시간을 보냈다. 영인이와 카톡으로 대화도 했다.

다음 날도 할머니는 밭에 나갔다. 나는 온리하고 놀고 있는데 백구가 유난히 컹컹 짖었다. 밖을 내다보니 할머니가 들어왔다.

"얼마나 배가 고팠으면, 어이구!"

할머니가 조그만 동물 한 마리를 안고 왔다. 마당에 내려놓으니 짧은 다리로 비실비실 일어서려고 했다. 강아지 비슷한데 뭘까?

"할머니, 뭐예요?"

"아기 너구리여. 어미를 잃었나벼. 나를 졸졸 따라오다가 기운이 없는지 픽 쓰러졌어. 그래서 안고 왔지."

나는 위험할까 봐 가까이 가지 못했다. 너구리인지 늑대인지 녀석의 정체를 확실하게 확인해야 했다. 휴대폰 카메라로 사진을 찍은 뒤 로봇 온리에게 전송해서 무언지 물었다.

—너구리 : 개과. 잡식성. 사람을 잘 따른다. 야생 너구리는 광견병을 옮길 수 있으니 함부로 만지면 안 된다.

너구리가 확실했다. 내가 필요한 부분을 기억하며 더 읽고 있는데, 할머니는 벌써 너구리에게 밥을 먹이고 있었다. 너구리는 앞발을 손처럼 써서 잘 먹고 있었다. 정말 배가 고팠나 보았다. 하지만 나는 할머니가 너구리 키우는 것을 막아야겠다고 생각했다. 야생동물을 집에서 키우는 건 위험하다고 읽었다.

"할머니, 너구리 돌려보내요. 광견병에 전염될 수도 있어요."

"이봐. 밥을 이렇게 잘 먹는데 무슨 광견병이 있겠나. 배가 고파서 비실거렸지. 요 콧등 좀 봐라. 우리 백구처럼 촉촉혀. 이게 바로 건강하다는 증거지."

할머니는 너구리 콧잔등을 쓰다듬었다. 너구리가 꼬리를 살랑거렸다.

"계속 밥 주고 그러시면 할머니가 엄마인 줄 알고 야생으로 갈 생각을 못하게 된다고요. 할머니, 야생동물 구조대에 제가 신고할게요. 거기서 야생으로 돌아가서도 살아갈 수 있게 훈련을 해요. 건강해지고 야생 적응을 잘하면 산으로 돌려보낸대요."

"너는 로봇 이야기만 듣는겨! 동물구조대에 갔다가 다시 산으로 가도 오

소리 같은 놈 만나면 잡아먹혀버려. 너구리가 나 좋다고 따라왔어. 제 살길을 찾은 거여. 나하고 평생 같이 살면 되는겨. 우리 백구처럼"

할머니는 백구 어릴 때 쓰던 목줄까지 가져와서 채웠다. 너구리는 목줄이 싫은지 자꾸만 뱅뱅 돌며 빠져나가려고 애썼다. 할머니가 너구리 콧잔등을 쓰다듬었다. 그러자 조용해졌다. 자꾸만 짖어대는 백구와 좀 떨어진 석류나무 둥치에 줄을 맸다. 백구도 이젠 짖지 않고 너구리를 가만히 바라보았다. 나도 할머니 고집에 할 말을 잃었다.

"너굴아, 이 할미가 좋아서 왔지? 이제 내가 책임지고 보호해 줄 거여."

할머니는 너구리를 들여다보며 정다운 목소리로 말했다.

너구리는 몸통을 둥글게 말아 코를 다리 사이에 묻고 졸았다.

밤에 자기 전에 할머니께 전화가 왔다. 엄마였다. 할머니는 너구리에 대해 여러 가지 이야기를 했다. 할머니가 전화를 끊지 않고 나한테 휴대폰을 건네주었다.

"연우야, 할머니가 그동안 외로우셨나 봐. 너구리가 순하다니 너무 반대하지 마. 너도 온리하고만 시간 보내지 말고 할머니께 애교도 좀 부리고 그래 봐…."

내가 오자마자 로봇 온리만 붙잡고 할머니께 너무 무관심했던 건 인정한다. 유치원 다닐 무렵, 할머니 집에 오면 할머니가 내 손을 잡고 이웃집에 데리고 가서, 손자라고 소개하며 좋아하던 기억이 떠올랐다. 내일 아침 해 뜨기 전에 할머니하고 산책을 나가야겠다. 그래서 일찍 잠자리에 들었다.

"꼬끼요~ 꼬꼬~."

닭들이 알람 시계처럼 울어주어서 일찍 일어났다. 할머니랑 산책을 가기로 마음먹었더니 몸도 알아서 말을 잘 들었다.

"할머니, 백구하고 산책하러 가요."

할머니 얼굴이 나팔꽃처럼 활짝 피었다. 할머니는 너구리도 산책시키자고 했다.

“아이참, 하여사님! 사람들이 보면 너구리 싫어할지도 몰라요.”

나는 할머니에게 애교를 부리며 말렸다. 할머니는 내 말은 아랑곳하지 않았다. 어느새 너구리를 맨 줄을 풀어서 데리고 왔다. 어쩔 수 없이 나는 백구 줄을 잡고, 할머니는 너구리 줄을 잡고 마을 앞 시냇가 둑길을 걸었다. 너구리는 여기저기 냄새를 맡고 엉덩이를 비비며 영역 표시를 했다. 백구도 질세라 제 영역 표시를 하느라 다리를 들어올리기 바빴다. 가다가 마을 사람을 만났다. 할머니가 먼저 너구리를 데리고 온 사연을 이야기했다.

“어쩌겠시유. 좋다고 따라왔으면 먹여 살려야지유.”

할머니는 그 이야기를 듣고 빙긋이 웃었다. 손자 소개 같은 건 없었다.

할머니는 아침 반찬으로 내가 좋아하는 소시지 계란말이를 해주었다. 아침을 먹고 할머니를 따라 산 아래 밭에 갔다. 할머니가 좋아했다. 계피가루로 만든 벌레 기피제를 몸에 뿌려 주었다. 할머니는 옥수수를 따고 나는 매

미와 방아깨비를 잡았다. 햇살이 많이 뜨거워지기 전에 집으로 돌아왔다.

"너굴아, 너굴아!"

너구리가 사라졌다. 집안 곳곳을 찾았지만 그림자도 안 보였다.

"아이구, 독수리가 물어갔나?"

하늘을 쳐다보는 할머니 눈에 눈물이 글썽거렸다. 너구리를 처음 만났다는 밭에도 다시 가서 둘레를 샅샅이 찾았지만 없었다.

할머니는 밭고랑에 털썩 주저앉았다. 얼굴색이 하얗게 변하고 식은땀을 줄줄 흘렸다. 너구리가 원래 살던 곳으로 돌아간 건 잘된 일이라고 생각했지만, 슬퍼하는 할머니가 안타까웠다. 그래서 진심으로 위로했다.

"할머니, 너구리가 힘들면 할머니 냄새 찾아 다시 돌아올지도 몰라요. 너무 걱정하지 마세요."

"너굴 아가! 배고프면 언제든지 이 할미 찾아와."

할머니는 앞산을 바라보며 소리쳤다. 메아리가 한 번 더 말해주었다.

할머니는 밤에 잘 때도 대문을 닫지 않고 활짝 열어두었다.

다음 날 아침, 할머니가 나를 흔들어 깨웠다.

"연우야, 마당에 뭣이 낑낑대는 소리가 들려. 나가보자."

눈을 비비며 나가보니 마당에 너구리가 와서 엎드려 있었다. 나는 할머니보다 먼저 너구리 곁으로 뛰어갔다. 다리에 피가 묻어 있었다. 어떤 짐승한테 물렸는지 허벅지 살점이 계란 크기만큼 뜯겨나갔다.

"으아아."

나는 경악했다. 내가 편안하게 잠자는 동안 너구리는 끔찍한 일을 당했다. 아기 너구리가 너무 불쌍했다.

"아플 때 또 내 집을 찾아온 거 보니 우리 식구가 되려나벼."

할머니가 허둥지둥 소독약과 붕대를 가져와서 응급처치를 했다. 나는 엄마한테 전화했다. 엄마는 읍내 동물병원에 데리고 가라고 했다. 할머니가 이장 집에 가서 고양이 케이지를 빌려왔다. 할머니와 나는 버스를 타고 읍내 동물병원에 갔다. 다행히 상처는 깊지 않다고 했다. 붕대를 감고 먹을 약과 바르는 약을 받았다. 검사를 한 뒤, 피부병과 광견병 예방주사도 맞혔다. 나는 용돈을 털어 너구리가 좋아하는 사료도 샀다.

할머니와 시장반점에서 맛있는 짜장면을 사 먹고 집으로 돌아왔다.

"연우야, 너굴 아기 이름 지어줘야겠어. 이름도 안 불러주고 무관심하니 화가 나서 집 나가버린 거여."

할머니는 그제사 농담할 여유가 생겼나 보았다.

무관심했다는 말에 양심이 찔렸다. 그래서 너구리를 찬찬히 바라보았다. 이름을 지어주려면 머리끝에서 발끝까지 자세히 보는 정성이라도 들어가야 할 것이다. 하얀 털이 복슬복슬한 눈썹이 참 귀엽다는 생각이 들었다.

"섭이, 눈썹이 귀여워요. 눈썹을 줄여서 섭이라고 해요."

"섭이라! 아이 이름 같기도 하고 괜찮구먼. 섭아, 섭아!"

할머니가 큰 소리로 불러댔다. 너구리가 제 이름인 줄 알아채고 고개를 돌려 "끼응" 하고 답을 했다. 하지만 눈빛이 왠지 슬퍼 보였다. 자세히 보아야 사랑스럽다는 시가 있던데, 자세히 보아야 슬픔도 함께 할 수 있나 보다.

"섭아, 형이 다리 치료 잘 해줄게. 빨리 나아라!"

섭이는 내 다리에 몸을 비볐다. 내가 좀 편해진 걸까?

"그려그려, 어린 섭이가 있어서 우리 연우가 형처럼 의젓하네."

올해 여름방학은 할머니와 섭이와 백구 그리고 온리와 시끌벅적하게 보내게 되었다

허명남
2000년 부산아동문학신인상, 2003년《국제신문》신춘문예 동화 등단
2005년 MBC 창작동화 공모전에 장편 동화 당선, 부산아동문학상 수상
동화책『재활용 공주』외, 동요작사 <도깨비가 감투쓰고> 외

동화의 정원에 핀 갖가지 꽃들의 향기

김문홍

저마다의 모습과 향기로 어우러진 동화 정원

부산아동문학인협회(회장 박선미)의 연간집은 지난해부터 동시집과 동화집, 두 권으로 나누어 출판하게 되었습니다. 우리 협회 소속으로 동화를 쓰고 있는 두 분의 작가가 각각 나누어 그림을 그리고, 올해부터 다시 기획된 '작품 감상'은 박일 회원이 동시를, 제가 동화를 맡아 글을 쓰게 되었습니다.

연간집 동화편『생각을 훔쳐보고 있다』에 실려 있는 동화는 각 작품의 분량이 25매인데, 41명이면 원고지로 일천 장이 넘습니다. 하나하나 메모를 하며 작품을 톺아보자니 여간 힘든 일이 아니었습니다. 그러나 읽어가면서 동화의 정원에 핀 41가지 꽃들의 갖가지 모습과 향기를 맡다 보니, 행복한 글 읽기를 해낸 것 같아 여간 재미있는 게 아니었습니다. 같은 동화작가로 많은 것을 배우기도 했습니다. 주제넘게 각자의 개성이 뚜렷한 작품들의 잘잘못을 따지기보다는, 독자의 동화 읽기에 도움이 될 만한 작품 감상으로 방향을 잡았습니다. 끝머리에는 그래도 동화의 정원에서 핀 꽃들 중에서 유난히 향기가 좋은 대여섯 편을 골라보기도 했습니다만, 이건 어디까지나 제 기준에 본 것들이라는 것을 밝힙니다.

이 작품집에는 41 편의 동화가 실려 있는데, '어우러짐'이란 4개의 항목으로 '사람과 자연의 어우러짐', '사람과 사람의 어우러짐', 'SF 판타지 속의 어우러짐', '신화와 역사의 어우러짐'이라는 네 가지 섹션을 설정해 그 속에 작품을 끼워 넣었습니다. 마지막으로, 동화의 정원에 핀 꽃들 중에서 제겐 유난히 향기가 짙은 6편의 작품을 골라 보기로 했습니다. 어디까지나 제 개인적인 기준이니 마음 크게 쓰지 않기를 바랍니다.

사람과 자연의 어우러짐

본디부터 사람과 자연은 각각 개별이 아니라 하나입니다. 우리는 어머니의 몸을 빌려서 태어나지만 생명의 원천은 자연입니다. 자연은 인공이 아니라 '스스로(自) 그렇게 된(然) 것'입니다. 자연은 될 수 있으면 본디 그대로 보존하는 것이 좋습니다. 거기에 사람의 힘과 기술이 보태지면 본래의 속성을 잃게 마련입니다. 그런데 우리 인간은 자연을 함부로 다룹니다. 거기 스스로 그렇게 되어 있는 것을 참을성 있게 보지 못하는 것이 인간의 욕심입니다. 개발이라는 명목으로 산을 깎고 나무를 베어내는 등 훼손을 일삼고 있습니다. 자연이 본래의 성질을 잃으니 홍수나 산사태, 그리고 코로나 19 같은 펜데믹을 우리가 당하는 것입니다.

이 작품집에 실려 있는 작품들 중 자연과 인간은 서로 다른 별개가 아니라 함께 살아가야 한다는 것을 주제와 소재로 다룬 작품들이 아주 많습니다. 「까치와 진주」(권옥숙)는 사람과 동물들이 함께 어우러져 살아가는 세계를 펼쳐 보입니다. 「어느 날 고양이가」(김경순)에서 엄마는 오민우가 집으로 데리고 온 아픈 길고양이를 보고 "길고양이는 제가 살고 싶은 대로 살게 해야 한다."고 타이르지만, 오민우가 지극하게 돌보는 것에 감동을 받아 마음이 변하게 됩니다. 이 작품은 사람과 더불어 살아가는 생태계를 사랑과 연민의 눈으로 살펴보고 있습니다.

「송이와 구름 가족」(김동영)은 판타지 동화로 비가 오려는 낌새를 한 편의 아름다운 동화로 빚고 있습니다. 비가 오려는 신호를 고장난 바람버스 때문에 구름 가족의 이동이 불편하다든지, 바지랑대의 빨래를 빌려 입은 구름 가족이 버스를 타는 모양이라든지, 자연과 인간이 어우러지는 아름다운 풍경을 만들어 주고 있습니다. 「산을 넘어 온 도롱뇽」(김복임)은 엄광산 남쪽 자락에 자리 잡은 뇽이 가족을 중심으로, 외할머니 댁에 내려온 창대와 이를 말리는 할머니의 작은 갈등을 통해 생명의 신비에 대한 경외감을 느끼게 해줍니다. 도롱뇽의 알을 옹달샘에 돌려주는 외할머니의 마음 씀씀이를 보여주는 마지막 장면이 아주 감동적입니다.

「두부는 내 친구」(김현경)는 직박구리 새인 '구리'와 백구인 '두부'의 이야기입니다. 두부는 아기 고양이 '춘삼이'를 맡아 기르게 되는데, 나중에 춘삼이가 구리를 위기에서 구해줍니다. 이 작품은 동물의 세계를 다루고 있지만, 인간 세상에도 이처럼 정겨운 풍경이 있었으면 얼마나 좋을까 하고 이를 빗대어 은유하고 있습니다. 「고양이처럼 기다릴래」(윤경)는 인간과 동물의 세계를 아주 유머러스하게 다루고 있습니다. 미지는 학교 가는 길에 심통이 나 은행잎을 발로 차고, 회색 줄무늬 고양이의 게으름을 탓하기도 합니다. 돌아오는 길에 회색 줄무늬 고양이는 미지에게 아침의 일을 사과 받으며 "꿈은 씨앗이 그리는 꿈이야. 저쪽 장미가 다른 장미들보다 천천히, 아주 천천히 꿈을 그리고 있기 때문에 꽃을 늦게 피우는 것뿐이야."라고 일러줍니다.

「새순이와 다솜이」(이마리)는 이야기의 배경이 지금 작가가 머무르고 있는 호주의 어느 마을입니다. 한국에서 이사 온 다솜이가 아기 유칼리 나무에게 '새순이'라는 한국식 이름을 붙여 줍니다. 변기통의 배관을 유칼리 나무가 막았다고 생각하며 아버지가 전기톱으로 자르려고 하자, 다솜이는 새순이 배관을 감싸게 하고 갈라진 틈을 막습니다. 하나의 작은 생명이라도 아끼고 보호하려는 다솜이의 마음이 참 아름답습니다. 「청둥오리」(장분례)는 만경강 갈대밭과 새만금 갯벌이 인간의 욕심으로 사막으로 변하자, 선동마을 할아버지는 청둥오리를 구해 줍니다. 부러진 날개와 다리를 치료해 주고 보호합니다. 새들이 공중 곡예를 하며 날아가는 모습을 통해, 날짐승이나 작은 들꽃도 측은히 여기고 연민의 눈길을 보내는 것은 곧 작가의 마음이기도 합니다.

「시끌벅적한 여름방학」(허명남)은 시골 외할머니 댁에 맡겨진 화자인 '나'의 이야기입니다. 나는 할머니의 찐 옥수수 대신 닭꼬치를 생각하며 할머니와 대화하기보다 학습용 로봇 '온리'와 더 자주 지냅니다. 어느 날, 할머니가 야생 너구리를 안고 들어와 키우게 됩니다. 그런데 너구리가 나가 버리자 대문을 활짝 열어놓고 기다립니다. 허벅지 살결이 반쯤 뜯겨나간 너구리에게 '섭이'라는 이름을 지어주고 함께 살게 됩니다. 이런 할머니의 사랑에 동화되어 가는 화자인 '나'의 시골살이가 무척 재미있습니다.

「쓰레질 하기 딱 좋은 날」(김여나)은 돌미역 씨앗을 심기 위해 바닷속 바위를 닦아내는 '쓰레질'을 소재로, 어촌 해녀들의 풍속이 잘 나타나 있으며, 문장이 흡사 노래 가사를 읊듯 리드미컬한 음악성이 있어 가독성이 참 좋습니다. 「사이좋게 지내요」(박미경)는 비둘기에 대한 우리들의 나쁜 고정관념을 반성하게 합니다. 비둘기는 한국전쟁 때 적군에 포위된 할아버지 소식을 아군에게 알리는 통신병 역할을 훌륭하게 해냅니다. 이 작품은 우리가 사는 세상은 이처럼 서로 도움을 주고받으며 살아가기로 되어 있다는 것을 은근하게 알려줍니다.

「엄마를 기억할게요」(박윤덕)는 민들레 꽃씨가 바람에 흩날리는 이야기를 통해 민들레 꽃씨들의 대를 이은 자식 사랑을 담은 의인동화입니다. 이 작품은 잡초에 대한 우리의 잘못된 생각을 바로잡아 주고 있습니다. 「아기 반달가슴곰」(남순) 역시 의인 동화로, 아기 반달가슴곰과 산벚나무의 대를 이은 사랑을 이야기하고 있습니다. 산벚나무는 대대로 이곳을 지켜오고 있는데 중국의 황사와 벌레로 산벚나무가 애를 태우자, 아기 반달가슴곰이 벌레들에게 좋은 곳으로 안내해 주는 이야기로, 서로 서로 도우며 살아가는 생태계의 모습을 통해 인간 세상을 은유하고 있습니다. 「나는야 행복한 냄새」(고훈실)는 의인 동화로 청국장 냄새의 여행을 다루고 있습니다. 냄새가 작품의 화자가 되는 작품은 아주 특이한 것으로, 사람처럼 냄새도 각양각색으로 모두 자기만의 개성으로 나름대로의 쓰임새가 있다는 것을 이야기하고 있는 작품입니다. 「나무 무덤」(박진희)은 재선충에 걸린 소나무를 베어 모아놓은 것을 '나무 무덤'으로 표현하고 있습니다. 솔수염하늘소라는 재선충 벌레에 의해 소나무들이 붉게 변하는 모습이 아주 끔찍합니다. 이 작품은 주제를 감추는 동화적 기법을 잘 활용한다면 재미있는 작품으로 거듭날 것 같습니다.

사람과 사람의 어우러짐

연간집 동화 편에서 소재와 주제로 가장 많은 비중을 차지하는 것이 '사람과 사람의 어우러짐'을 담은 작품들입니다. 친구와 친구 사이의 우정, 서로 어우러져 어린 시절의 동심처럼 놀이를 즐기는 어른들, 비 오는 날 우산 쓰고 정겹게 등교하는 어린이들, 치매에 걸린 할아버지를 돌보는 손녀, 이웃의 즐거움을 위해 아름다운 일을 자처하는 사람들, 시골 외할아버지 댁에서의 추억, 눈을 통해 토라짐이 눈 녹듯이 사라지는 경험, 어른들의 아이들 마음 되기, 숲속 식구들의 동행, 다문화 가족의 꿋꿋한 행진 등 사람 사는 세상의 이야기가 다채롭게 피어 저마다의 향기를 자랑하고 있습니다. 이런 이야기들을 들여다보니 우리 사는 세상이 이렇게 아름다울 수 없습니다.

「헐렁한 우정 반지」(김나월)는 예지와 화자인 '나'의 이야기를 통해, 친구 사이에서는 어떤 마음가짐과 태도를 가져야 하는가의 문제를 짚어보고 있으며, 「금반지 한 개」(김영호)는 수몰 지구에 묻혀 있는 이야기를 건져내어 반지에 얽힌 사연을 마치 구수한 전래동화를 읽는 듯한 기분을 느끼게 하고, 「황톳길에서 만난 개구쟁이들」(김재원)은 술술 읽히는 음악적 리듬의 문장을 통해, 아파트 황톳길에서 어린 시절의 추억을 떠올리며 씨름하는 철부지 어른들의 모습을 재미있게 그리고 있습니다.

「우리 셋이 나란히」(박미라)는 동요 곡의 노랫말을 서사적 형식으로 펼쳐 비 오는 날 우산 쓰고 장난질 치며 등교하는 아이들의 모습을 정겹게 표현하고, 「할아버지 추억」(소민호)은 치매에 걸린 할아버지를 요양원에 보낸다는 가족의 결정에 아무것도 할 수 없는 손녀 누리의 가슴 조이는 아픔을 통해, 사람이 사람의 기억을 잃어가고 있는 아릿한 슬픔을 얘기하고, 「사장님 길들이기」(손수자)는 공부에 집중 안 하고 아이들과 잘 어울리지 않고, 아버지 정 사장의 꾸중에 화장실 바닥에서 자고 있는 민서의 기행을 통해, 아이들과 함께 놀아주고 함께 대화하는 것이 가장 좋은 처방이라는 것을 알려주고 있으며, 「시장 놀이」(안덕자)는 교실에서의 '시장 놀이' 수업을 통해 우리의 사연이 담긴 것들의 소중함을 일깨우고, 물건을 사고파는 가운데 드러나는 재미난 말들의 흉내를 통해 추억의 소중함을 이야기하고 있습니다.

「게릴라 정원사」(양지영)는 민우 아빠와 민우가 아무도 몰래 아파트 공터에 꽃밭을 만들고 벽에다 그림을 그리는 아름다운 일을 통해, 우리 이웃을 위해 '꽃 심는 도둑'이 되는 봉사의 즐거움을 유쾌하게 그리고 있으며, 「도장밥으로 만든 기차」(이상미)는 강원도 외할아버지 댁에서의 추억을 통해, 도장밥으로 만든 기차를 보고 외할아버지는 나의 마음을 알아챕니다. 추억의 이야기를 본문과는 다른 글씨체로 표현한 시각적 아이디어가 참 재미있었고, 「길 탐험가」(임순옥)는 우리 동네 길을 조사하라는 과제를 수행하는 감수성이 예민한 소년의 길 탐험을 그리고 있습니다. '내가 신은 헌 운동화처럼 어쩐지 외로워 보이는 집', '노란 공 같은 해가 바다로 내려오고 있어요' 같은 묘사가 소년의 감수성을 잘 나타내고 있습니다.

「눈이 소복소복」(정현진)은 할머니 댁에서 눈이 오기를 기다리는 주인공 오은나, 눈 소식을 알려주려고 언니 오하나에게 달려가는 오은나의 돌발적인 행동을 재미있게 표현하고 있는데, 눈을 통해 언니와의 토라짐을 잊고 함께 즐기는 마음이 참 예쁘게 보였으며, 「붉은 여우」(조미형)는 의인동화로 붉은 여우가 호두나무 숲속의 하얀 여우의 초대로 길을 떠나는데, 종달새가 길잡이를 하고 말벌 떼를 함께 물리치며 동행하는 이야기를 통해, 사람 사는 세상도 이처럼 아름다운 풍경이었으면 얼마나 좋을까 하고 빗대어 표현하고 있으며, 「그림자 아이」(최미혜) 속에는 덩치 큰 아빠, 규칙적이고 폭압적인 아빠, 아빠의 주머니칼로 혼자 노는 아이가 나옵니다. 이 이야기를 통해 오이디푸스 콤플렉스를 다루고 있는데, 두려움에서 벗어나는 방법은 두려움을 정면 승부로 이겨내는 것이라는 그림자의 충고는 곧 작가의 사랑이고 연민의 마음입니다.

「그라제 할머니는 목욕탕 군기 반장」(한세경)은 공중목욕탕에서의 질서와 예절을 안 지키는 사람들의 버릇을 고치기 위해, 세신사 자격증을 딴 '그라제 할머니'의 좌충우돌을 통해 우리 사는 세상에도 돈키호테 같은 사람이 필요함을 얘기하고 있으며, 「환상의 복식조」(정영혜)는 파키스탄 어머니를 둔 혜주가 학교 학예발표회 때 엄마와 함께 시 낭송을 통해, 떳떳하게 다문화 가족에 대한 편견을 박차는 모습을 그리고 있으며, 「하루의 하루」(최현진)는 아픈 가족의 모습을 그리고 있습니다. 엄마가 교통사고로 죽자 술만 마시면 변하는 아빠, 반찬가게에서 일하며 집안 일을 책임진 할머니, 아빠의 알콜 중독 치료 등 화자인 주인공 '하루'의 힘겹지만 희망이 보이는 하루를 그리고 있습니다. 글을 읽는 내내 하루가 빨리 행복해지는 모습을 보고 싶어 마음이 초조해지기도 했습니다.

SF 판타지와 현실의 아우러짐

SF 즉, 과학 동화는 우리 어린이들이 좋아하는 동화 중의 한 분야입니다. 미래 세계를 배경으로 하는 SF 동화는 주로 디스토피아적인 암울한 세계를 다루고 있습니다. 조지 오웰이 쓴 소설 『1984』는 통제와 감시 사회의 위험성을 다루고 있는데, 그의 염려와 걱정이 현실화 되고 있습니다. 요즈음 우리 사회에서도 AI(인공지능)가 우리 생활을 이롭게 하고 있지만, 그것을 다루는 주체인 인간의 음험한 욕망 때문에 잘못 쓰이면 어떤 사회가 될지 우려하고 있습니다. 연간집 동화편에도 SF 판타지 동화가 6편이나 실려 있는데, 가까운 미래를 배경으로 우리 생활에 유용하게 쓰이는 과학의 편리함을, 부정적으로 이용되어 미래 사회를 통제하는 감시 도구로서의 위험성, 그리고 인간과 과학이 공존하는 바람직한 방향 등 크게 세 가지 유형으로 동화를 빚어내고 있습니다.

「생각을 훔쳐보고 있다」(김문홍)는 앞으로 70여 년 뒤의 암울한 미래 세계를 조명하고 있습니다. 인간이 태어나자마자 뇌 속에 칩을 넣어 인간의 일상생활을 통제하고 생각까지 감시하는 통제 사회의 암울함을 그리고 있습니다. 「알봇, 출동이다!」(김하영)는 10년 뒤의 가까운 미래를 배경으로 하고 있는데, 주인공 현지가 알봇을 이용해 노인정 말벌집을 철거하는가 하면 싱크홀에 추락한 운전자를 구조하고, 터널 속 자동차 7중 추돌까지 예방하는 활약상을 그리고 있어 마음 든든하게 생각됩니다. 두 작품 중 하나는 먼 미래의 암울한 모습을, 그리고 다른 한편은 가까운 미래에 과학이 긍정적으로 쓰이는 모습을 대비시키고 있습니다.

「헬 파라다이스」(이유신) 역시 아주 먼 미래를 배경으로 후각과 통각을 못 느끼는 인간형 AI '케리 77호'가 지구 쓰레기 처리장인 '헬 파라다이스'에 보내집니다. 이 작품에는 여러 가지 로봇들이 등장하는데, 헬 파라다이스의 스케줄 관리와 쓰레기 더미를 스캔하여 분류하는 청소용 로봇 '툴', 인간들에게 학대당해 팔과 다리가 떨어져 나간 로봇 '케리 55호' 등이 그렇습니다. 이 작품은 인간의 일을 대신하는 로봇이 오히려 인간에게 버림받는 내용으로 인간의 비정한 모습을 보여주고 있습니다. 「OMB1」(이자경)은 '오 마이 브라더'의 약칭으로, 화자인 나는 동생을 치료 센터에 데리고 가기도 하는데 동생은 자폐 스펙트럼을 앓고 있어 행동이 로봇을 닮아 있습니다. 이 작품은 로봇과 인간의 공존을 다루고 있습니다.

「티바의 눈물」(한미화)은 먼 미래를 다루고 있습니다. 호아후 행성을 다스리는 왕의 아들인 왕자 '티바'는 장난이 지나쳐 공 모양의 투명한 우주선에 갇힙니다. '티바'는 초록 행성인 지구에 도착하는데 종이로 변해 무수한 발자국에 밟히고 자전거가 밟고 지나가기도 합니다. 결국은 폐지 수집 할머니가 종이로 변한 티바를 수레에 담자, 티바는 그제서야 뉘우치게 됩니다. 이 작품은 모호한 주제를 살렸으면 참 좋을 듯했습니다. 「저는 앨습니다」(배익천)는 나이 90세의 할머니가 요양병원에 입원하게 되는데, 거기에서 AI 로봇 'A3'가 할머니 시중을 들며 노래까지 불러주며 극진하게 보살펴 주자, 할머니는 전 재산을 로봇에게 물려줍니다. 할머니가 입원한 방화골 요양병원은 가상의 공간으로, 작가가 할머니를 위해 만든 일종의 파라다이스로 보입니다.

신화와 역사의 어우러짐

신화와 역사는 동화의 좋은 소재가 됩니다. 그러나 신화와 역사는 그것 자체만으로는 동화가 될 수 없고, 작가의 독특하고 창의적인 개성으로 '지금 이곳'에 그것들이 어떤 새로운 의미를 가질 수 있는가에 대한 재해석이 반드시 필요합니다. 즉, 그것이 우리가 살고 있는 지금 이곳에 어떤 의미로 다가오는지에 대한 필연적인 의미를 지녀야 합니다. 역사 동화는 지금 어엿하게 동화의 한 분야로 자리잡고 있습니다만, 신화는 아직 미개척 분야로 작가들이 관심을 가져야 될 줄로 압니다.

「아리따 도자기의 어머니 백파선」(한정기)은 임진왜란 때 끌려간 도예 장인 백파선에 관한 이야기입니다. 작가는 일본 내에서 한국 도자기의 명인으로 널리 이름을 떨친 백파선의 이야기를 장편으로 쓸 계획인데, 이번의 작품은 제1장인 '감물 야촌 잔칫날'로 그 첫 번째 발단이 되는 부분입니다. 「전설 기담 : 쇠미산 도깨비 흉가」(정현정)는 여름방학에 쇠미산 기슭에 있는 사촌형 집에

간 민서와 그곳에 전해져 내려오는 도깨비 흉가에 관한 이야기입니다. 버들 도령에 관한 전설 기담이 흥미진진하게 펼쳐집니다.

「까치와 까마귀」(윤태원)는 원래 몸 빛깔이 흰색이었던 까마귀가 아폴론 신의 노여움으로 검은색의 까마귀로 변했다는 그리스 신화와, 까치와 까마귀가 견우와 직녀를 위한 오작교를 만들어 만나게 한다는 우리의 민담을 접목하고 있습니다. 그러나 이런 신화와 민담을 현대적으로 재해석 했더라면 더 재미있는 작품으로 거듭날 수 있었을 것 같은데 조금 아쉽습니다. 「비단 공주 비랑」(이창민)은 비단에서 태어나 어떤 실로 바느질해도 금빛이 나는 비랑의 이야기를 흥미진진하게 펼치고 있는데, 인물의 행동에 대한 당위성이 부족한 것이 조금 아쉽습니다.

동화의 정원에 핀 꽃 중에서도 유난히 향기가 뛰어난 꽃들이 있습니다. 마찬가지로 41편의 작품들 가운데 「송이와 구름 가족」, 「산을 넘어온 도롱뇽」, 「아기 반달가슴곰」, 「우산 셋이 나란히」, 「고양이처럼 기다릴래」, 「시끌벅적한 여름방학」 등 여섯 작품이 보다 더 향기가 진해 조금 도드라져 보였습니다. 한 가지 부탁하고 싶은 것은 부산아동문학인협회 연간집에 실을 작품들은, 작가가 가장 정성을 들여 빚어 자랑할 만한 작품들이었으면 합니다. 연간집에 실린 동화들은 우리 부산아동문학인협회 동화의 빛나는 수준이 될 것이기 때문입니다. 초등학교 국어 교과서에 수록될 만한 작품이었으면 합니다.

김문홍
문학박사. 1976년 소년중앙문학상 동화 당선
장편동화 『머나먼 나라』 외 소설집, 희곡집 외 40여 권
부산시문화상, 이주홍문학상, 부산예술대상, 대한민국연극제 희곡상, 한국아동문학상 등
현, 부산공연사연구소 소장

부산아동문학인협회의 발자취

1972. 3.	부산아동문학회 창립 회장 : 박돈목. 총무 : 선용. 정진채, 김종목(김향), 주성호 등이 참여
1973. 2. 10.	부산아동문학회 재발족 회장 : 정진채. 고문 : 이주홍, 조유로. 심군식, 김상련, 공재동, 안수휘, 김용석, 박원돈, 이금옥, 황하주, 최향숙 등이 합류하여 명실상부 지역 아동문학가들의 통합으로 출발함
1973. 5.	제1회 부산 어린이 글잔치 개최(74, 75년 봄 · 가을 연간 2회 실시)
1973. 9. 10.	회지 창간호 『부산아동문학』 출간(제자 : 이주홍, 표지화 : 조유로)
1974. 2.	『부산아동문학』 제2집 발간
1976. 7. 20.	회지 제3집 『모래성』 발간, 회장 : 심군식
1977. 9. 16.	부산아동문학가협회 창립 총회. 기존의 부산아동문학회와 새로 창립한 부산아동문학가 협회로 양분됨
1979. 7. 17.	부산아동문학작가상(현, 부산아동문학상) 제정 제1회 수상자 - 선용
1977~1982	부산아동문학가협회의 활동이 활발함 회보 21호까지 발간, 회지 『하얀 뱃고동』, 『꿈꾸는 섬』 등 발간, 부정기 간행물 《문학소년》 출간
1981. 5.	해강아동문학상 제정, 제1회 수상자 - 정영태
1981. 10.	이주홍아동문학상 제정, 제1회 수상자 - 박홍근 부산수산대학교에서 시상식 개최함
1984. 9.	향파 이주홍 대한민국문학상을 수상함. 온천장에서 개최한 축하연에 안수휘, 김상남을 비롯한 양 단체 회원들이 자리를 함께 하였고, 통합에 대한 의견들이 구체적으로 이루어짐. 회 명칭은 〈부산아동문학협회〉로 하고 이주홍을 회장으로 추대함
1984. 12. 22.	〈부산아동문학협회〉 총회 및 연간집 『무지개 뜨는 바다』 출판 기념회 개최(카톨릭회관)
1985. 3.	통합 창립 소식을 전하는 회보 제1호 발간
1987. 1.	이주홍 전 회장 별세
1987. 2.	임원 재선출 회장 : 안수휘. 부회장 : 김상남, 강현호. 상임이사 : 민홍우
1989. 1.	정기총회 개최. 회장 강현호 선출
1993	정기총회에서 〈부산아동문학인협회〉로 회 명칭 변경
2004. 12.	정기총회 개최. 회장 선용, 사무국장 김인봉 선출
2006. 12.	정기총회 개최. 회장 김문홍, 사무국장 한정기 선출
2009. 12.	정기총회 개최. 회장 소민호, 사무국장 김승태 선출
2012. 2.	남부교육지원청과 재능기부 협약체결 〈토요동시교실〉 운영
2012. 12.	정기총회 개최. 회장 손수자, 사무국장 김춘남 선출
2013. 5.	어린이회관 동시 동화의 길 전시
2013. 5.	부산아동문학 페스티벌

2013. 5. 찾아가는 아동문학 교실
2013. 10. 가을문학기행(창원 이원수문학관, 고성 동시 동화 나무의 숲)
2014. 5. 어린이회관 동시 동화의 길 전시
2014. 10. 가을체육대회
2014. 12. 정기총회 개최. 회장 김영호, 사무국장 김나월 선출
2015. 5. 부산아동문학 페스티벌, 어린이회관 동시 동화의 길 전시
2015. 10. 가을문학기행(삼국유사의 고장 군위)
2015. 4.~2016. 1. 기장빛물꿈문화학교 〈동화작가와 함께하는 문학교실〉 운영(부산시교육청 주관, 기장군청 후원)
2016. 10. 가을독서문화축제 참여
2016. 10. 가을문학기행(창녕 우포늪 일대)
2016. 12. 정기총회 개최. 회장 구옥순, 사무국장 이자경 선출
2017. 5. 부산아동문학 페스티벌, 어린이회관 동시 동화의 길 전시
2017. 9. 가을독서문화축제 참여
2017. 10. 가을문학기행(청도)
2018. 5. 부산아동문학 페스티벌, 어린이회관 동시 동화의 길 전시
2018. 9. 가을독서문화축제 참여
2018. 10. 가을문학기행(경주)
2018. 12. 정기총회 개최. 회장 한정기, 사무국장 한아 선출
2019. 5. 부산아동문학 페스티벌, 어린이회관 동시 동화의 길 전시
2019. 10. 가을문학기행(하동)
2019. 11. 동동동 book을 울려라(감만창의촌)
2020. 9.~12. 작가와 함께하는 행복한 북토크(부산시교육청 사업)
2020. 12. 정기총회 개최. 회장 김승태, 사무국장 양경화 선출
2021. 5.~12. 작가와 함께하는 행복한 북토크(부산시교육청 사업)
2021. 9. 창비 부산 〈부산작가의 서재〉 전시
2022. 10. 가을문학기행(포항 및 독락당)
2022. 12. 정기총회 개최. 회장 박선미, 사무국장 강기화 선출
2023. 3. 이주홍 선생님과 함께하는 봄맞이 걷기대회
2023. 4.~11. 부산교육청 연계 〈작가와 함께하는 행복한 글쓰기〉 운영
2023. 4.~11. 부산북부교육지원청 연계 〈학교로 찾아가는 사람책 도서관〉 운영
2023. 5. 부산아동문학 페스티벌
2023. 6. 제52회 어린이 글잔치 시상식
제45회 부산아동문학상 및 제26회 부산아동문학신인상 시상식
2023. 10. 가을문학기행(경주 및 독락당)
2023. 11. 찾아가는 동시 동화 이야기(사회복지법인 우리집원)
2023. 12. 정기 총회 개최. 우수작품선집 『여름 놀이터』, 『고라니 엄마』 발간
2024. 3. 이주홍 선생님과 함께하는 봄맞이 걷기대회
2024. 4.~11. 부산교육청 연계 〈작가와 함께하는 행복한 글쓰기〉 운영

2024. 4.~11.	부산북부교육지원청 연계 〈학교로 찾아가는 사람책 도서관〉 운영
2024. 5.~10.	부산교육청 연계 〈지역 연계 책 쓰기 동아리〉 운영
2024. 5.	부산아동문학 페스티벌
2024. 6.	제53회 어린이 글잔치 시상식 제46회 부산아동문학상 및 제 27회 부산아동문학신인상 시상식
2024. 9.	부산시 '제15회 가을독서문화축제' 참여 부산아동문학인협회 도서 전시전
2024. 10.	가을문학기행(통영)
2024. 11.	찾아가는 동시 동화 이야기(사회복지법인 우리집원)

※『부산아동문학사』(부산문인협회 1997. 12 소문출판사 p.318 부산아동문학사) 참조

통합 단체 후 회장 명단

1984 이주홍	1993 공재동	2003 주성호	2015 김영호
1987 안수휘	1995 김상남	2005 선 용	2017 구옥순
1989 강현호	1997 박지현	2007 김문홍	2019 한정기
1991 최만조	1999 강구중	2010 소민호	2021 김승태
1992 민홍우	2001 박 일	2013 손수자	2023 박선미

통합 단체 후 연간집 발간

1984년 무지개 뜨는 바다
1986년 꿈이 피는 바다
1987년 해가 사는 바다
1989년 별이 내리는 바다
1990년 은빛 흐르는 바다
1991년 꿈이 자라는 바다
1994년 동백섬 아기 바람
1995년 바닷속 작은 마을
1996년 바다를 담은 풍선
1997년 바다와 해바라기
1998년 반딧불이 사는 바다
1999년 꿈이 열리는 바다
2000년 바다로 소풍가는 우주선
2001년 해를 삼킨 아이
2002년 걸어 다니는 바다
2003년 바다 일기
2004년 햇살 내리는 바다
2005년 독도가 떠 있는 바다
2006년 바다라는 책
2007년 을숙도 아침
2008년 숨은그림찾기
2009년 교실 안 풍경
2010년 바다 속 풍경
2011년 인어공주와 고래아저씨
2012년 반닫이 속으로 들어간 달님
2013년 무지개를 풀어라
2014년 빗방울의 덧셈
2015년 봄을 파는 가게, 그 후 이야기
2016년 빨간 신호등
2017년 별이 열리는 나무
2018년 사거리 팬시점
2019년 하늘 깨뜨리기
2020년 털머위꽃
2021년 모험을 떠나는 단추
2022년 약속 보관소
2023년 여름 놀이터 / 고라니 엄마
2024년 수박귀신 / 생각을 훔쳐보고 있다

역대 부산아동문학상 수상자

제 1 회 1979년 선　용
제 2 회 1980년 안수휘
제 3 회 1981년 김용석
제 4 회 1982년 노금섭 · 민홍우
제 5 회 1983년 박지현
제 6 회 1984년 강현호
제 7 회 1985년 최만조
제 8 회 1986년 윤옥자
제 9 회 1987년 최향숙
제10회 1988년 주성호
제11회 1989년 최영희
제12회 1990년 이국재 · 곽종분
제13회 1991년 최장길 · 이금옥
제14회 1992년 김종완 · 배홍태
제15회 1993년 손수자 · 성성모
제16회 1994년 박안숙
제17회 1995년 배소현
제18회 1996년 강구중
제19회 1997년 서하원
제20회 1998년 배혜경
제21회 1999년 이상문
제22회 2000년 류석환
제23회 2001년 오정임 · 오선자
제24회 2002년 소민호
제25회 2003년 김종순
제26회 2004년 손월향
제27회 2005년 구　용
제28회 2006년 김승태 · 김인봉
제29회 2007년 한정기
제30회 2008년 김상곤
제31회 2009년 윤동기
제32회 2010년 최경희
제33회 2011년 구옥순
제34회 2012년 허명남
제35회 2013년 정갑숙
제36회 2014년 김춘남
제37회 2015년 양경화
제38회 2016년 안덕자
제39회 2017년 김영호 · 김자미
제40회 2018년 최미혜 · 정미혜
제41회 2019년 신주선 · 김정순
제42회 2020년 안미란
제43회 2021년 이자경 · 박선미
제44회 2022년 한　아 · 강기화
제45회 2023년 최혜진 · 하　빈
제46회 2024년 이상미 · 조윤주

제28회 <부산아동문학신인상> 작품 모집

부산아동문학인협회에서는 역량 있고 참신한 신인의 발굴을 위해
〈부산아동문학신인상〉을 제정하여 시상하고 있습니다.
관심 있는 분의 많은 응모 바랍니다.

1. 응모부문 및 분량

동시 5편 이상
동화(소년소설) 2편 이상(200자 원고지 30장 내외)

2. 모집기간 및 발표

기간 : 2025. 4. 1. ~ 4. 30.

발표 : 부산아동문학인협회 카페 및 개별통보함

3. 대상

부산 및 인근 지역 거주자

4. 원고 접수

온라인 접수 (2025년 3월 중 온라인 주소 안내)

5.심사 방법 및 규정

—심사위원은 부산아동문학인협회 사무국에서 위촉함
—당선자는 상패와 상금을 수여하고 기성작가로 우대함

6. 유의사항

—신인으로서 발표하지 않은 순수 창작품일 것
—표절 확인시 수상 취소함

부산아동문학인협회